K컬처 트렌드 2025

K컬처 트렌드 2025

초 판 1쇄 2024년 12월 24일

지은이 컬처코드연구소 · 경희대학교 K-컬처·스토리콘텐츠연구소
펴낸이 류종렬

펴낸곳 미다스북스
본부장 임종익
편집장 이다경, 김가영
디자인 임인영, 윤가희
책임진행 이예나, 김요섭, 안채원, 김은진, 장민주

등록 2001년 3월 21일 제2001-000040호
주소 서울시 마포구 양화로 133 서교타워 711호
전화 02) 322-7802~3
팩스 02) 6007-1845
블로그 http://blog.naver.com/midasbooks
전자주소 midasbooks@hanmail.net
페이스북 https://www.facebook.com/midasbooks425
인스타그램 https://www.instagram.com/midasbooks

ISBN 979-11-6910-994-9 03800

값 **28,500원**

※ 이 저서는 아모레퍼시픽재단의 지원을 받아 수행되었음
※ 이 저서는 2021년 대한민국 교육부와 한국학중앙연구원(한국학진흥사업단)을 통해 K학술확산연구소사업의 지원을 받아 수행된 연구임(AKS-2021-KDA-1250004)

미다스북스는 다음세대에게 필요한 지혜와 교양을 생각합니다.

K컬처 트렌드

2025

대중음악,

영화,

드라마,

예능,

웹툰으로 보는

K컬처의

모든 것!

컬처코드연구소 · 경희대학교 K-컬처·스토리콘텐츠연구소 편저

정민아·조일동·김소원·윤석진·안숭범 외

미다스북스

세계에 스며든 K컬처의 매력을 이해하기

정민아

2020년 초부터 시작하여 2023년까지 3년에 걸쳐 전 세계인이 우울함에 빠진 팬데믹 상황에서 K대중문화는 세계인을 달래주었다. 2차 세계대전 이후 할리우드 영화와 팝송이 전 세계인의 공용어가 되어 젊은이들을 공통 관심사로 묶어내었듯이 21세기에는 한국 대중문화가 그간 미국 대중문화만이 해왔던 그 위치에 우뚝 섰다.

K가 들어가면 재밌고 신기하다. 2020년대에 K컬처는 세계인의 마음을 더 단단하게 사로잡았고, 음악, 영화, 드라마, 만화를 아우르는 대중문화를 타고 넘어 음식, 언어, 클래식, 문학, 의료, 뷰티, 패션, 춤, 여행 등 코리아의 다양한 면모가 세계인의 마음을 얻었다. 한국은 팬데믹이라

는 위기 상황에서 대중문화를 이끌며 막강해졌다. 어쩌면 위기의 시간을 기회로 가장 잘 활용한 나라가 한국일 것이다. 한류는 오랫동안 이어지던 문화의 서구중심주의를 뒤흔든 일대 사건이었다.

1990년대부터 서서히 불기 시작한 한류가 30여 년이 되어가는 지금 K컬처는 더 널리 확산하여 세계화되고 더 많은 팬을 확보했다. 한류가 특정 지역에서 특정 시기에 퍼졌던 유행이라면 'K'는 성격이 다르다. 한류에서 K컬처로 이름이 바뀌는 과정에서 한국에서 생산된 대중문화는 세계 시장의 주변부에서 중심으로 진입하였다.

이러한 상황에서 대중문화를 분석하고 비평하는 이들이 모여 2022년 말에 'K컬처 트렌드 콜로키움'을 열고, 그해 대중문화를 진단하고 이후를 전망하는 작은 행사를 치렀다. 그 결과물로 『K컬처 트렌드 2023』을 출간했다. 3년 차가 된 2024년에는 아모레퍼시픽재단 주최, 컬처코드연구소 기획, 경희대학교 K-컬처·스토리콘텐츠연구소 공동주관으로 명칭도 'K컬처 트렌드 포럼'으로 변경하고, 800여 명이 참여한 대규모 행사로 진행했다. 아모레퍼시픽재단과 학계 및 현장에서 활발하게 활동하는 문화예술인들이 협심하여 2024년에 이르러 K컬처 트렌드 포럼의 대중화를 실현한 것이다. 아모레홀을 가득 메운 애호가들과 현장인들의 뜨거운 열기와 기대를 기억하며 도서 『K컬처 트렌드 2025』를 선보인다.

지금 K컬처의 인기는 2000년대 아시아로 퍼져가던 한류 TV드라마의 인기와는 차원이 다르다. K컬처는 지역 제한 없이 글로벌한 콘텐츠로 소비되고 있으며 한국다운 고유한 성격이 기초를 이루는 문화 콘텐츠라는 인식이 뿌리를 내리고 있다. K컬처를 통해 'Korea'의 의미가 글로벌 시민에게 새롭게 확산하였다. K에는 매력적이고 세련되고 힙하고 쿨하고 젊고 감각적이고 역동적이라는 의미가 더해진다. 우리도 모르는 새 K는 가장 멋지고 재미있는 것이 되어 있었다.

K컬처는 현재 생산의 경계가 허물어지며 한국 인력과 자본이 참여하지 않아도 K컬처로 수용된다. 가령, 영화 〈미나리〉, 시리즈 〈파친코〉와 〈성난 사람들〉은 한국배우가 참여하고, 한국역사와 상황을 기반으로 한국적 문화정체성이 반영된 작품이지만, 자본, 제작, 유통은 한국산업과 관련이 없이 외국에서 이루어졌다. 한국인 아티스트가 없는 K팝 아이돌 그룹이 세계 각국에서 준비되어 데뷔하고 있으며, 한국이 발명한 웹툰을 외국에서도 하나의 대중문화 장르로 받아들이고 일상화하였다. 분명한 것은 해외 글로벌 기업이 한국의 문화코드를 상업적 성공을 위한 소재로 활용하는 일이 가속화되고 있다는 것이다. K컬처는 글로벌 문화에서 하나의 장르가 되어 그 영역을 확고하게 만들어가고 있다.

'K'는 고정될 수 없다. 문화는 흐르면서 합쳐지고 성숙하는 과정을 거친다. K컬처를 보면서 한국인들이 성취한 민주주의를 롤모델로 삼는 아시아, 남미, 아프리카 대륙의 젊은 수용자들이 자국 민주주의를 촉구하는 행동에서 K팝을 부르고 군무를 추며 K팝 팬 사이트를 민주주의 발언대로 활용한다는 뉴스는 우리의 가슴을 뛰게 한다.

이 책은 대중음악, 영화, 드라마&예능, 웹툰 등 4개 분야로 나뉘었으며, 학계, 비평계, 저널리즘, 제작 현장에서 활약하는 14인의 전문가가 공동 집필하였다. 앞으로도 계속해서 K컬처, 한국 대중문화의 흐름을 예의주시하고 전문가다운 식견으로 미래를 전망해 보려고 한다. 이 책은 창작자와 아티스트, 그리고 K컬처를 사랑하는 팬과 연구자가 귀 기울일 만한 이야기로 풍성하다.

포럼을 기획하고 개최하며 책을 출간하기까지 많은 분의 도움이 있었다. 사회공헌사업의 하나로 다양한 인문학 분야 연구지원사업을 진행해 온 아모레퍼시픽재단이 손을 내밀어 주어서 이 사업이 순조롭게 이루어질 수 있었다. 주최사로서 최고의 지원을 아끼지 않은 김태우 사무국장, 백승도 매니저, 그리고 재단 직원들께 감사드린다. 출판 시장이 어려움에도 문화와 예술에 대한 애정으로 이 사업을 꾸준하게 지켜봐 주는 미다스북스의 류종열 대표, 임종익 본부장, 이다경 편집장, 그리고 행사를 함께 만들어간 경희대 K-컬처 · 스토리콘텐츠연구소의 백태현 연구교수께 감사를 전한다. 녹취와 자료 정리를 성심껏 도와준 연세대 대학원 김지현 선생, 충남대 대학원 김종현 선생, 행사 진행에 도움을 준 성결대 영화영상학과의 성지민, 주욱탁, 강동우 학생에게도 고마움을 전한다.

다문화성, 경계 없음, 무엇에든 활짝 열린 변화무쌍한 잠재력을 가진 K컬처의 성장을 지켜보는 즐거움을 이 책에 한껏 담았다. 독자들과 함께 즐겁게 나누고 싶다.

우리의 K컬처는 거기에서 시작된다

안숭범

한국문화를 알고 있다는 말과 K컬처를 이해한다는 말은 전혀 다른 의미를 갖는다. 일반적으로 한국문화란 한국인의 고유한 전통과 현대적 생활 방식을 포괄하며 매우 넓은 의미망을 갖는다. 한국의 유구한 역사 속에서 한국인의 정체성을 구성하는 의식적 유산과 현실적 결과물들이 각각 한국문화의 내포와 외연일 수 있다.

그러나 K컬처는 글로벌 맥락에서 소비되는 한국 문화콘텐츠를 중심으로 도출된 개념에 가깝다. 우리는 한류를 견인하고 있는 각 분야의 콘텐츠들이 국경 바깥에서 새롭게 해석되고 창조적으로 소비되는 것을 지켜봐 왔다. 글로벌 소비자들은 각자의 취향과 관습에 따라 한국 문화의 특정 이미지를 탈의미화, 재의미화하는 주체다. 그들이 이해한 '한국', '한국인', '한국적인 것'은, 우리의 생각과 크고 작은 차이를 가질 수밖에 없다. 그래서 한국 문화는 우리가 가장 잘 알지만, K컬처는 우리가 가장 잘 모르는 어떤 것인지도 모른다.

오늘날 한류가 세계인의 일상 문화에까지 침투하면서, K컬처는 한국인이 주도적으로 기획하거나 재단할 수 없는 대상으로 변화해가고 있다. 그것은 우리가 가르치거나 전파할 수 있는 대상이라기보다는 오히려 우리가 배우고, 그들의 감각으로 다시 성찰해야 하는 대상이 되고 있다. 그 때문에 일 년 주기로 K컬처 트렌드를 살펴보려는 이 책의 기획은 매우 중요하다.

한류 관련 기업이나 기획(창작)자들, 해당 분야를 공부하는 학생이나 연구자들에게만 유효한 게 아니다. 한류공동체의 일원으로 살아가고 있는 우리가 세계시민으로 스스로를 위치시키는 데 이 책이 기여하는 바가 있다. '지금 거기'의 한류를 읽어내지 못하면, 우리에 대한 세계인의 인식을 좇아갈 수 없다. K컬처의 역동적인 변화를 가늠하지 않고서는, 글로벌 사회에서 호혜적으로 소통하는 데 필요한 수단들을 놓칠 수 있다.

지난 3년 여간, 한류에 관한 주요 국가의 반응을 살피기 위해 여러 도시, 여러 대학을 돌아다녔다. 불확실한 국제 정세 속에서, 또 글로벌 대중문화 시장의 복잡다단하고 예민한 변화 속에서 한류는 크고 작은 부침을 겪어왔다. 근본적으로 한류에 의해 역동하는 K컬처에 대한 이미지는 권역과 국가, 지역별로도 불균질하게 분화해 가고 있다. 이는 우려해야 할 현상이 결코 아니다. 오히려 자연스러운 흐름이며 그 정도는 더욱 심해질 것이다.

개별 문화콘텐츠가 국경을 넘어 새로운 문화권에서 소비되는 과정은 그리 간단하지 않다. 수용 국가의 정책과 제도, 미디어 환경과 산업 생태계, 선재하는 취향 문화와 관습은 한국 문화콘텐츠의 탈맥락적 향유를 이끌어낼 수밖에 없다. 그곳을 살아가는 잠재적 수용자의 지배적인 감정 구조에 의해 일부 내용은 자연스럽게 각색되어 수용되고, 예기치 않은 해석을 야기할 수도 있다. 따라서 '지금 거기'의 K컬처를 살펴본다는 건 매우 복잡한 비교문화학적 태도를 요구한다.

학문의 영역에서 굳어진 연구틀로 말하면, 특정 시기의 K컬처 트렌드를 효과적으로 읽기 위해서는 시의적 성격의 정책론, 산업론, 매체론, 장르론, 경영론, 기획론에 해당하는 결과물을 순발력 있게 규합해야 한다. 한국 문화콘텐츠를 둘러싼 비평론, 수용론, 작품론에 해당하는 학술적 결과물이 종합될 때 세심하게 확인되는 것이기도 하다. 국경 안팎의 화제성있는 현상들을 가로지르며, 다학제적·간학문적 연구가 민첩하게 집적 되었을 때, K컬처 트렌드의 일단을 설명할 수 있는 것이다.

그런 면에서 이 책의 기획과 구성은 매우 효율적이다. 이 책의 독자들은 대중음악, 영화, 드라마 & 예능, 각 분야에서 가장 예민한 촉수를 가진 평론가, 연구자, 제작자, 기자들의 경륜을 압축적으로 만날 수 있다. 그들이 서로 다른 전문성에 기반해 내놓은 해석과 전망은 흥미롭게 길항하기도 하고, 서로 접합되어 일정한 방향성을 내보일 것이다. 물론 공신력있는 기관의 한류 관련 실태조사보고서나 연례적인 백서에 나온 계량화된 수치들도 K컬처 트렌드를 읽는 데 일정한 참조점을 제공할 수 있다. 그런데 이 책은 숫자와 그래프, 도식 너머에 숨어있는 문화적 의미와 시사점을 깊고 넓게 해석하는 데 확실한 통찰을 줄 것이다.

그처럼 이 책은 2024년 K컬처 각 분야의 상황과 앞으로의 진로를 다각적으로 제시할 것이다. 그 내용을 우리의 신체에 비유하면, 신체 각 부분의 뼈와 살에 해당한다고 말할 수 있다. 그렇다면 지금부터는 독자의 이해를 돕기 위해 신체의 전체적인 윤곽을 몇 가지 언급하고자 한다. 특히 해외 한류 팬들과의 접점에서 K컬처의 변화무쌍한 표정을 요약하기로 한다.

첫째, K컬처에 대한 가장 역동적인 현장은 천천히 서남진하고 있다. 한류 초창기, 국경을 맞대고 있는 중화권 국가와 일본 등에서 드라마, 대중음악 등 일부 콘텐츠를 중심으로 예기치 않은 흐름이 만들어지던 것을 기억한다. 이후 한류는 아시아 전역을 넘어 글로벌 콘텐츠, 혹은 글로컬 문화로 자리잡은 것이 사실이다. 한류의 열대권, 곧 가장 뜨거운 핵심 소비국이 모여 있는 중심권역은 최근까지 동남아시아였다. 그런데 최근에는 인도 등 남아시아와 UAE를 비롯한 서아시아 지역으로 중심권역이 이동할 가능성이 가시화되고 있다. 한류에 대한 인기도, 선호도, 브랜드 파워 등 다양한 지표에서 이러한 현상은 증명되고 있다.

둘째, 해외 한류 팬덤이 K콘텐츠를 사회문화적 자본으로 활용하는 현상이 매우 두드러지고 있다. 2020년 태국에서 일어난 대규모 반정부

시위 때, 청년들이 소녀시대의 '다시 만난 세계'를 시위 곡으로 쓰며 연대하던 것을 기억한다. 이후 인도네시아를 거점으로 '케이팝포플래닛(Kpop4Planet)' 운동이 일어나면서 최근까지 전세계 K컬처 팬들이 여러 대기업을 상대로 기후 위기에 대응하라는 메시지를 내보내고 있다. 그들의 실천은 재생에너지 활용 청원, 친환경 콘텐츠 제작 압박 등으로 계속되고 있다. 몇 해 전, 'Black Lives Matter' 운동 때 인종차별 반대 운동에 앞장섰던 방탄소년단 아미(A.R.M.Y) 역시 여전히 응집력있게 활동 중이다. 그들은 다양한 사회적 의제를 놓고 구호활동, 자선활동 등을 해나가고 있다. 이들은 K컬처가 대사회적 영향력을 통해 긍정적인 정체성을 드러낸 사례에 해당한다.

셋째, K컬처 기업들은 그들 각자가 해낼 수 있는 디지털 혁신을 통해 콘텐츠 소비 방식의 변화에 발 빠르게 대응하며, 플랫폼 패권주의에 맞서고 있다. 사실 한국은 가성비 높은 콘텐츠와 경쟁력있는 아티스트를 앞세워 한류를 확산해 왔다. 그러나 압도적인 영향력을 갖는 글로벌 플랫폼, 곧 콘텐츠 창구를 장악하고 있는 것은 아니다. 엔터테인먼트 산업에 대한 인식을 바꾼 유튜브, 숏폼 콘텐츠 시대를 연 틱톡, 그리고 SNS 시장의 절대 강자인 페이스북, 인스타그램, 왓츠앱, 글로벌 OTT 서비스 시장을 장악하고 있는 넷플릭스, 아마존 프라임, 디즈니+, 글로벌 음원 스트리밍 서비스 스포티파이, 애플뮤직, 아마존뮤직 등에 우리는 여전히 의존적이다. 그럼에도 한국의 대형 기획사들은 저마다의 창조적 디지털 혁신을 통해 K컬처 팬들과의 접촉면을 넓히고 있다. 팬 커뮤니티와 이커

머스를 혁신적으로 결합한 위버스 사례처럼 K컬처 기업들은 '연결'과 '공유', '창조적 연대'를 이끌어내는 창구를 확보하는 노력에 더 충실해야 할 것이다.

넷째, K컬처에 대한 해외 팬들의 애정을 한국어와 한국문화 전반에 대한 관심으로 전환하기 위한 노력들도 결실을 맺고 있다. 베트남은 한국어 강좌나 한국학과가 존재하는 대학 숫자가 2017년 23곳에서 2023년에 60곳이 되었다. 베트남의 명문대인 하노이대학교의 2023-2024년 입시에서 한국어학과는 전체 25개 학과 중 당당히 합격 점수 1위를 기록했을 정도다. 태국에서는 한국어가 제1외국어로 지정되어 초등학교 1학년부터 선택 과목이 되고 있다. 인도 최고의 대학 중 하나인 자와할랄 네루대학교(Jawaharlal Nehru University) 한국학과는 2022년 입시에서 3,300 대 1의 경쟁률을 기록했다. 정원 30명인 학과에 10만 여명이 지원했기 때문이다. 이런 현상은 유럽과 미국에서도 나타나고 있다. 미국현대언어협회(MLA)의 조사에 따르면, 외국어대학의 위상이 흔들리고 상당수 개별 학과의 정원이 줄어드는 중에 한국어 수강생만 비약적으로 상승하고 있는 추세다. 2021년 통계를 보면, 최근 5년 동안 무려 38.3%나 증가했다.

이처럼 한류는 다양한 위기의 파고를 끊임없이 맞닥뜨리면서도 여전히 건재하다. 코로나19 팬데믹이 엔데믹 시대로 접어든 이후에도 K컬처는 '뒤섞고 뒤섞이는 힘'을 과시하며 지금에 이르고 있다. 부디 이 책이 한국인의 상상 속에 자리한 '지금 여기의 한류'와 해외 팬들의 일상에 안

착한 '지금 거기의 한류'를 균형있게 살펴보는 데 중요한 창이 되었으면 좋겠다. 한류 30년을 향해 가는 이때에, 우리가 한류의 발신자라는 자부심도 중요하지만, 책임적 수신자이자 호혜적 재발신자가 될 수 있는 역량과 태도를 갖출 수 있길 바란다.

필자 약력

정민아

성결대학교 영화영상학과 교수. 영화평론가. 국제영화비평가연맹 한국본부 출판이사, 한국영화학회 편집위원, 한국영상문화학회 편집위원을 맡고 있다. 공저로 *The Korean Cinema Book*(근간), 『영화는 역사가 아니다』, 『K컬처 트렌드 2024』, 『K콘텐츠 코드』, 『다시 한국영화를 말하다: 코리안 뉴웨이브와 이장호』, 『봉준호 코드』 등이 있다.

조일동

한국학중앙연구원 문화예술학부 교수. 문화인류학자. 대중음악 웹진 〈음악취향Y〉 편집장, 한국대중음악학회 · 한국시각인류학회 연구이사, 한국대중음악상 선정위원을 맡고 있다. 미디어 기술과 대중문화 변화에 관한 연구를 지속하고 있으며, 저역서로 『다시 한국영화를 말하다: 코리안 뉴웨이브와 이장호』, 『K컬처 트렌드 2024』, 『신해철 다시 읽기』, 『공감 대화』, 『미국 대중음악』 등이 있다.

김소원

　경희대학교 K-컬처·스토리콘텐츠연구소 학술연구교수. 만화연구가. 한국만화웹툰학회 편집위원장, 대중서사학회 편집위원, 한국만화애니메이션학회 편집위원을 맡고 있다. 저서로『시대가 그려낸 소녀-한·일 순정만화의 역사』,『만화웹툰작가 평론선-김진』,『만화웹툰작가 평론선-무적핑크』,『만화웹툰작가 평론선-이빈』,『만화웹툰작가 평론선-강경옥』등이 있고, 공저로『컬처 트렌드 2024』,『2024 K-콘텐츠: 한류를 읽는 안과 밖의 시선』,『웹툰』등이 있다.

윤석진

　충남대학교 국어국문학과 교수. 드라마평론가. 한국비평문학회 회장과 한국극예술학회 편집위원장을 맡고 있다. 서울드라마어워즈와 백상예술대상 등 드라마 어워즈의 심사위원으로 활동하였다. 「텔레비전드라마〈시크릿 가든〉의 경제적 타자성과 판타지 장치」, 「〈한뼘 드라마〉의 양식 실험과 드라마 플랫폼 환경 변화」등의 논문, 『텔레비전드라마, 역사를 전유하다』, 『텔레비전드라마, 판타지를 환유하다』, 『텔레비전드라마, 권력을 현상하다』등의 공저가 있다.

안숭범

경희대학교 국어국문학과 교수. 영화평론가. 시인. EBS 〈시네마천국〉을 진행한 바 있으며 현재 K-컬처·스토리콘텐츠연구소 소장으로 한류에 관한 비교문화학적 연구, 스토리콘텐츠 방법론 연구를 하고 있다. 저서로 Contemporary K-Cinema and K-Dramas, 『환멸의 밤과 인간의 새벽』, 『SF, 포스트휴먼, 오토피아』 등이 있다.

강태진

코니스트 대표이사. 웹툰·망가 데이터베이스전문가. SICAF 집행위원장을 역임했으며, 현재 한국웹툰산업협회 부회장으로 활동하고 있다. 기업에서 〈폴리와 함께하는 교통안전 이야기〉 등 다양한 콘텐츠 관련 일을 진행했으며, 최근 10년간 웹툰, 웹소설, 망가 관련 IT 서비스 개발에 매진해왔다. 웹툰·망가 정보 〈cocoda〉, 불법복제 모니터링 〈JIKIDA〉, 웹툰매거진 〈웹툰가이드〉 등의 서비스가 있다.

고윤화

음악사회학자. 서울대학교 아시아연구소 한류연구센터 선임연구원. 숭실사이버대 외래교수. 뮤직플랫폼 콘텐츠 PD 및 기획자로 일했으며, 문화기술융합컨소시엄 Artist First Alliance(AFA) 디렉터로 K콘텐츠 산업분야와 학계의 가교역할을 하고 있다. 디지털화 이후 음악 산업의 구조 변화와 음악의 사회적 기능 변화에 연구의 초점을 맞추고 있다.

김영대

음악평론가. 미국 워싱턴대학 음악인류학 박사. 〈뉴욕매거진〉, MTV, 〈롤링스톤〉, 〈한겨레〉, 〈시사저널〉 등에 음악평론을 기고했고, NPR, NBC, 워싱턴포스트, 아사히 방송에 출연해 K팝 현상을 소개했다. MAMA 어워드·한국대중음악상 선정위원이며 저서로 『지금 여기의 아이돌-아티스트』, 『BTS: The Review』 등이 있다.

김형석

영화저널리스트. 시네마테크 '문화학교 서울'에서 영화 공부를 시작했고, 영화전문지 〈스크린〉 편집장, 춘천영화제 운영위원장, 평창국제평화영화제 프로그래머를 역임했다. 저서로 『KIM Jee-woon』, 『21세기 한국영화』, 『1990년대 한국영화』, 『K컬처 트렌드 2024』, 『영화 편집』 등이 있다.

나원정

〈중앙일보〉 문화부 기자. 영화잡지 〈스크린〉 에디터로 시작해 〈무비위크〉, 〈맥스무비 매거진〉, 〈매거진M〉 기자로 일했다. JTBC 아침&, KBS 라디오 등 여러 매체에서 영화 리뷰와 산업 기획 기사를 전해왔다. 저서로 ChatGPT와의 협업으로 완성한 SF 앤솔러지 『매니페스토』가 있다.

서은영

한양대학교(에리카) 문화콘텐츠전략연구소 학술연구교수. 만화평론가. 부천만화대상에서 학술평론상을 수상했으며 한국만화영상진흥원 만화포럼위원으로 활동했다. 저서로 『웹툰, 시대를 읽다』, 『박기정』, 『이정문』, 『주호민』 등이 있다. 현재 대학에서 웹툰과 스토리텔링을 강의하고 있다.

안수영

MBC 예능본부 PD. 제33대 한국PD연합회장을 역임하였으며, 〈복면가왕〉, 〈나 혼자 산다〉, 〈쇼 음악중심〉, 〈라디오스타〉 등 예능프로그램의 CP를 맡은 바 있다. 연출작으로 〈전지적 참견시점〉, 〈일밤-은밀하게 위대하게〉, 〈생방송 음악캠프〉, 〈느낌표-책을 읽읍시다〉 등이 있다.

이재훈

〈뉴시스〉에서 사회부와 문화부를 거쳐 대중음악을 담당하고 있다. 네이버 문화재단 온스테이지 기획위원을 거쳐 현재 한국대중음악상(KMA) 선정위원을 맡고 있다. 서울문화재단, 국립극장 등에 비정기적으로 공연, 음악 관련 글도 기고하고 있다.

임민혁

콘텐츠랩블루 운영 총괄(COO). 웹툰 〈검술명가 막내아들〉 등을 제작했다. LG전자, 네오위즈, AMD, 키다리스튜디오 등 콘텐츠와 비콘텐츠 부문에서 국내, 해외사업을 담당하였으며, 웹툰산업에서는 키다리스튜디오 국내·해외 사업 총괄을 거쳐 현재는 사업 및 조직운영을 담당하고 있다.

목차

I. 대중음악 - 조일동, 고윤화, 김영대, 이재훈

II. 영화 - 정민아, 김형석, 나원정

III. 드라마 & 예능 - 윤석진, 안수영

크리에이터의 활성화와 신인 작가의 발굴
여성 연출가의 활약과 젠더 감수성의 강화

[예능] 성장 둔화의 시대, 적자생존의 예능

TV 예능의 부익부 빈익빈
유튜브 예능의 계속된 약진
OTT 예능의 영토 확장

리얼 버라이어티의 퇴조
유튜브로 간 국민 MC들

스포츠와 예능의 바람직한 결합
이 시대의 착한 예능

시즌제와 스핀오프의 크로스 플랫폼
준셀럽(quasi-celebrity) 포맷의 증가
요리 예능의 르네상스

글로벌 시청자 맞춤 전략
반전의 쾌감

로맨스의 연애 감성
코리안 트위스트(Korean Twist)의 반전
캐릭터들의 착한 대결

IV. 웹툰 - 김소원, 강태진, 서은영, 임민혁

I. 대중음악

조일동

고윤화

김영대

이재훈

0.

들어가며

2024년 한국 대중음악은 한마디로 케이팝의 글로벌 확산이 이전과 또 다른 새로운 차원으로 확산된 한 해였다. 이전까지 해외에서 인기를 얻은 케이팝은 대부분 그룹이나 유닛 단위로 활동하는 경우가 대부분이었다. 한류라는 이름으로 아시아 시장을 주름잡았던 초기 동방신기부터 현재 글로벌 시장을 휘어잡는 존재가 된 BTS, 블랙핑크, 뉴진스 등은 모두 걸그룹, 보이밴드와 같은 유닛/그룹 형태를 취하고 있다. 해외 평단이나 기사에서 케이팝을 평가할 때 그룹 단위 활동을 전제하고 그 안에서 정교하게 구분 지어진 역할 분배, 한 사람의 동작처럼 정확하게 맞물린 '칼군무' 등을 높게 사왔다. 케이팝 그룹 멤버 개개인의 개성이나 실력에 대한 평가가 흔치 않았던 까닭은 케이팝 아티스트 다수가 그룹 형태, 그것도 개별 구성원의 자율도가 매우 낮은 꽉 짜인 형태의 편곡, 안무, 활동 방식으로 왔기 때문이다.

2024년은 유닛 단위 활동을 통한 인기의 지속과 함께 유닛 혹은 그룹을 구성하고 있는 개별 멤버, 즉 '솔로'의 활약이 늘어났던 한 해라고 할 수 있다. 이전에도 그룹의 휴지기에 멤버들이 솔로로 싱글이나 EP를 발표하는 사례가 없던 것은 아니지만, 그간 솔로 활동이 그룹 단위 활동에 비해 더 큰 주목을 받았던 경우는 흔치 않았다. 하지만 2024년에는 솔로 활동을 통해 얻어낸 상업적 성과의 규모나 음악적 수준이 그룹 단위 활동 못지않은, 혹은 그룹 단위 활동에서 보여주지 못했던 새로운 매력을 충분히 발산하고 인정 받았던 한해였다고 할 수 있다. 케이팝 그룹을 구성하고 있는 개별 멤버 하나하나가 세계적으로 주목받을 수 있는 역량을 충분히 갖추고 있다는 사실이 다양한 지표를 통해 확인되는 한 해였다고 하겠다.

케이팝 해외 진출 역사의 첫 성과였다고 할 싸이가 솔로 아티스트였다는 사실을 고려해본다면 케이팝이 반드시 그룹 단위로 활동해야 할 이유가 없다. 나아가 케이팝 그룹 형태 역시 힙합과 EDM 계열 음악과 댄스 퍼포먼스를 중심에 두는 방식으로 고정될 필요 없으며, 오히려 (개러지 혹은 하드) 록밴드, (국악기를 차용한) 크로스오버, 퓨처알앤비 등 다양한 방식으로 확장될 수 있으며, 솔로 활동의 성과를 통해 이러한 시도가 소구력을 얻을 가능성을 충분히 가지고 있음을 암시한다.

지난 두 번의 케이 컬처트랜드를 통해 소개한 바와 같이 케이팝은 하나의 장르라기보다 제작 시스템이라고 본다면 케이팝을 구성하는 음악 장르 또한 대단히 다양해질 수 있다. 한국 대중음악은 주류와 비주류를 넘어서 워낙 다양한 음악적 시도가 넘실대고 있는 현장이다. 2024년은 그 어느 때보다 다양한 시도들이, 활발하게 펼쳐졌던 한 해였으며, 케이팝이라는 이름으로 소환되는 주류 대중음악 역시 이러한 한국 대중음악을 구성하는 다양한 음악적 시도와 접목되면서 시너지를 확장할 가능성을 선보였던 한 해였다고 할 수 있다. 공연 규모의 성장은 음반이나 음원만으로 판단할 수 없는 2024년 한국 대중음악의 모습을 잘 보여준다.

물론 2024년 한국 대중음악계에는 안타까운 소식도 있었다. 한국 대중음악에서 노랫말의 중요성, 특히 화자의 생각과 감정을 전달하는 방식에 대한 고민을 거의 처음으로 가져온, 나아가 음악이 사회의 일부라는 사실을 우리에게 명확하게 깨닫게 해줬던 싱어송라이터이자 소극장 운영자 겸 뮤지컬 극단주이기도 했던 김민기가 우리 곁을 떠났다. 어쩌면 2024년 한국 대중음악을 정리하고 2025년을 전망해보는 우리의 시도는 모두 김민기 같은 선구자가 한국 대중음악, 나아가서 한국 대중문화의 기초를 탄탄하게 마련해줬기 때문에 가능한 일이기도 할 것이다.

아래에서는 2024년 한국 대중 음악에 대해서 큰 틀에서 점검을 한다. 글의 순서는 총론으로 한국 대중음악을 조망하고, 각론으로 멀티레이블 체제로 변화하고 있는 케이팝 산업의 명과 암, 밴드 형태로 확장되고 있는 케이팝의 변화, "APT."라는 곡의 성공과 로제의 활약이 가진 의미, 새로운 전기에 접어들고 있는 팬덤 문화, 일본 대중문화의 재발견 혹은 재부상과 같은 키워드를 가지고 조금 더 자세히 논의토록 한다. (조일동)

2024년 한국 대중음악 특징과 동향

떠들썩했지만 무엇이 남았을까, 메인스트림

2024년은 떠들썩했지만 신나는 일은 없었던 한 해였던지 않았나 싶다. 혹자는 '케이팝의 암흑기'라고도 표현하기도 하더라. 하지만 2024년이 정말로 암흑기였는지에 대해선 후대가 판단을 다시 할 문제일 것이다. 키워드를 짚으면서 이 같은 내용은 더 자세히 살피겠다. 어쨌든 전체적으로 언론에 시끄럽게 기사가 오르내린 사건은 많았지만, 가시적인 성과는 크게 대두되지 않았던 한 해였다고 평가할 수 있겠다. 몇 가지 이유가 있을 텐데, 특히 상반기는 소위 '하이브-민희진 분쟁'이 다른 모든 이슈를 덮어버렸다. 또 올림픽 시즌과도 겹쳐서 주요 음반 발매가 미뤄지기도 했다.

막상 발표가 미뤄졌던 그 음반들이 대중 앞에 공개됐을 때 기대했던 만큼의 결과물이 담기지 못했던 경우가 많았고, 음반 판매량도 이에 비례해 줄어든 것도 사실이다. 2023년에는 '걸그룹 천하'라고 해도 과언이 아닐 만큼 4세대 걸그룹이 압도적인 활약을 펼쳤고, 뉴진스와 같은 신선한 그룹들이 등장해 케이팝을 포함한 한국 대중음악계 전체에 활력을 추동했던 것에 반해서 2024년에는 굵직한 흐름이 포착되기보다 여러 가능성이 제시되는 데 그치지 않았나 싶다. 정리하자면, 시끄러웠던 것에 비해 실속은 크지 않았던 한 해가 아니었을까 판단하고 있다. 물론 그 안에서도 뒤에서 다루겠지만 우리가 성과와 한계를 동시에 발견할 지점은 분명히 존재했다고 짚을 수는 있겠다. (김영대)

메인스트림을 포함해 2024년 한국 대중음악 현장에서 가장 얘기가 많이 나왔던 부분은 아무래도 공연이었다. 예술경영지원센터 『2024 상반기 공연 시장 티켓판매 현황 분석 보고서』를 보면 대중음악 공연 티켓 판매액이 가장 컸다. 약 3천억 수준이다. 이 액수는 2023년 같은 기간 대비 약 50%가 늘어난 거다. 대중음악 판매액이 뮤지컬을 앞지른 건 공연 시장 관람권 판매액 분석이 시작된 2020년 이후 처음 있는 일이다. 코로나가 끝나고, 2023년 재정비 기간을 거친 후, 2024년 공연 수요가 폭발적으로 늘어났다. 전체 음반 판매량이 줄고 있어 케이팝 침체된 것이 아닌가 하는 진단이 여러 매체에서 나오기도 했지만, 반대로 공연 시장이 폭발적인 성장세를 보여주고 있어서 케이팝 음악시장에 전환점이 된 것이 아니냐는 분석도 해볼 수 있다. 이러한 흐름 속에서 당연히 페스티벌 시장도 많이 커졌다. 아울러 몇 년 전부터 공연장 부족 문제가 제기됐다. 뒤에서 더 자세히 다루겠지만, 현장에선 '왜 케이팝 종주국에 4만, 5만 명 들어갈 수 있는 공연장이 없나?'는 이야기도 많이 나왔다. 또한 2024년에 빼놓을 수 없는 게 제이팝이다. 현장에서 얼추 따져도 연말까지 내한하는 뮤지션까지 2024년에만 30팀의 제이팝 뮤지션이 내한한다. 이 변화가 의미하는 바도 뒤에서 자세히 논의한다. (이재훈)

이 길 끝에는 또 다른 세상이 있을 거야, 인디 음악

매년 케이 컬처 트렌드 지면을 통해 강조하지만, 우리가 인디 음악을 꾸준히 주목하고 정리하며, 소개하는 까닭은 단순히 비주류, 소규모 음악에도 관심을 기울이자는 의미가 아니다. 인디 음악판에서 펼쳐지고 있는 다양하고 새로운 시도들, 혹은 특정 장르를 고집하는 음악인들이 상업성과 별개로 성취하는 음악적, 기술적 시도와 작법은 그저 인디 음악 동네에서만 등장하고 사라지지 않는다. 이러한 성취는 인적, 음악적 네트워크를 통해 메인스트림 음악에 반영, 확산하면서 한국 대중음악을 질적으로 더 풍부하고 풍성하게 만드는 질료가 된다. 그런 차원에서 인디 음악의 흐름과 성취를 이해하는 일은 이후 메인스트림이 나아갈 음악적 방향과 시도를 예측해 볼 수 있는 기회가 된다.

김민기 타계

「김민기」(정규앨범, 1971)_대도레코드

한국 대중음악의 역사에서 처음으로 자기 경험에 바탕을 둔 자전적인 서사로 소박하지만 짙은 울림을 주는 가사와 이를 투박하면서도 맑은 울림을 담은 포크 음악으로 들려줬던 김민기가 지난 2024년 7월 21일 별세했다. 김민기는 솔로 아티스트로서의 성과뿐 아니라 1980년대 민중가요로 대표되는 노래운동의 정신적 지주 역할을 해온 어른이자, 대학로 학전 소극장을 통해 1990년대 언더그라운드에서 새로운 음악적 도전을 선보이던 음악인을 위한 무대를 제공한 기획자였으며, 뮤지컬 〈지하철 1호선〉을 통해 한국 뮤지컬의 새로운 가능성을 일궈낸 연출자이기도 하다. 김민기는 자기성찰적인 노랫말, 그리고 그 노랫말을 뒷받침하는 청아하고 부드러운 포크 기타 연주, 자기 곡을 스스로 쓰고 노래하는 싱어송라이터로서의 역량까지, 현재 우리가 사용하는 '아티스트'라는 칭호에 필요한 기준을 1970년대에 이미 선보인 바 있다. 현재의 젊은 세대에겐 1971년 정규 1집만 발표한 아주 오래 전 가수였을 뿐이라고 생각할 수도 있다. 김민기의 음악은 정규 1집 금지 이후, 정식으로 발매되지 못했고, 1990년대 흩어져 있던 여러 음원을 모은 전집 시리즈만 발표되었다. 그러나 김민기가 만들었던 음악 속에 담긴 개인적이지만 청자에게 큰 울림을 주는 가사가 품었던 특유의 정서는 케이팝으로 대표되는 한국 대중음악을 저류하는 정서적 뿌리가 되었다고 평가한다.

나아가 김민기가 1970년대 후반 비공식 음반과 무용, 노래극의 형태로 선보였던 〈공장의 불빛〉에는 처절할 정도로 척박했던 당시의 한국 사회에 '노동자가 인간'이라고 하는 사실이 저릿하게 담겨있다. 사실 〈공장의 불빛〉은 사회적 목소리 이상으로 곡의 형식, 무용과 연결된 종합 예술로서의 심도가 깊은 작품이었다. 김민기가 훗날 학전소극장에서 장기 상연했던 뮤지컬 〈지하철 1호선〉에 담긴 예술성의 시작은 〈공장의 불빛〉이었다 해도 과언이 아니다. 〈지하철 1호선〉은 원래 독일 뮤지컬 원작을 한국 실정에 맞춰서 번안한 작품이다. 하지만 독일 원작자였던 루트비히와 하이반은 한국에서 김민기가 각색, 번안한 작품을 본 후에 '더 이상 저작권료를 받지 않겠다. 이 뮤지컬의 기초는 우리가 만든 것일지 몰라도 〈지하철 1호선〉은 김민기의 작품이다.'라고 인정했을 만큼 한국화된 작품이었다.

그만큼 김민기는 한국 밖에서 들어온 음악 스타일과 장르를, 기초적인 양식은 수용하면서도 한국적인 정서와 의미를 담아내 온전히 한국화시킨 대가였다는 의미다. 지금 우리가 케이팝을 이야기하면서 항상 음악적인 형태와 스타일은 해외에서 유입된 형태에 기초하고 있지만 그 안에서 한국적인 무엇을 담아냈고, 바로 그 지점이 세계와 소통한 것이라 평가하고 있지 않은가? 김민기는 바로 세계와 호흡할 수 있는 한국 대중문화의 첫 계단을 만들었던 선구자라 봐도 무방할 것이다. 〈지하철 1호선〉을 선보였던 극단 '학전'에는 현재 세계적인 인기를 얻고 있는 한국 드라마와 영화 속 주역을 맡고 있는 수많은 배우가 소속되어 있었다. 또한 앞서도 언급한 소극장 '학전 블루'에서는 김광석부터 전인권에 이르는 한국 대중음악에 새로운 방향을 제시했던 혁신적인 가수들이 자신의 음악적인 성향을 마음껏 펼쳐냈다. 김민기는 지적으로, 정서적으로, 음악적으로 현대 한국 대중음악, 대중문화의 기초 공사를 말없이(김민기가 자주 쓰던 표현으로는 "뒷것"에 충실하며) 하나하나 세워 올린, 시대의 어른이었다. 고인의 명복을 빈다. (조일동)

남예지 「오래된 노래, 틈」(정규앨범, 2024)_재즈올로지

남예지 「오래된 노래, 틈」

이원술의 베이스가 자박자박 곡을 끌고 가면 비안의 피아노와 오정수의 기타가 베이스 사이로 때론 그 위로 콤핑을 한다. 유연함과 무게감이라는 두 마리 토끼를 함께 쥔 남예지의 보컬이 등장하면 비안과 오정수는 보컬과 대구를 만들며 통통 튕기는 리듬감을 완성한다. 보컬보다 가볍고 화사한 피아노 솔로가 치고 나서려 하면 김종현의 드럼이 파열음과 무게로 남예지 보컬이 만든 부드러움 속 묵직함을 다시 음악 속에 심어 넣는다. 국악에서 아니리가 펼쳐지듯 진행되는 장면마다 오정수의 기타는 화려함과 유연함으로 무장한 연주로 전체 위에 짙게 수를 놓으며 가청공간을 풍성하게 만든다. 보컬을 포함해서 앨범 전체의 사운드 디렉터가 앨범을 처음 듣는 순간 귀를 채갔던 베

이시스트 이원술이었음이 다시 눈에 들어온다. 넉넉함과 여유 속에 정교함

이 담긴 온고지신 우량 앨범. (조일동, 〈음악취향Y〉, 2024.11.4.)

출처: 남예지 페이스북

2024년 한국 인디 음악의 흐름 중 가장 흥미로운 지점 하나는 다양한 스타일의 레트로 작품이 등장했다는 점이다. 재즈보컬리스트 남예지는 1900년을 전후 한 근대 시기 한반도를 풍미했던 유행가와 당대의 (신)민요를 굉장히 세련된 재즈로 재구성해서 일종의 온고지신 바람을 불어넣었다. 또한 많은 이들이 기억하는 KBS 다큐멘터리 시리즈 〈모던 코리아〉를 다시 떠올려보라. 〈모던 코리아〉는 다큐멘터리 구성 형식이라는 영상적 측면에서도 큰 반향을 일으켰지만, 그 안에 담겼던 음악 또한 많은 주목을 받은 바 있다. 다큐멘터리 방영이 모두 끝나고 난 후에 영상에 삽입된 음악들을 카세트테이프로 제작해 선착순 배포했을 때, 단 몇 분 만에 동났던 일이 있었다. 다큐멘터리 〈모던 코리아〉에 담겼던 음악작업을 했던 DJ 소울스케이프가 주도하는 스튜디오 프로젝트 밴드 스튜디오360경음악단이 2024년 1970년대에 음악을 현재의 감각으로 재구성하는 앨범을 발매했다. 이전에도 1970년대 음악과 문화에 대한 주목이 커질 것이라는 예측을 한 바 있었다. 2024년 한국 대중음악계에서 1970년대에 대한 주목이 메인스트림에서 노골적으로 드러난 것은 아니었지만, 한국 대중음악에 담긴 샘플링에서 스타일에서 혹은 드라마, 영화 혹은 광고 스타일이나 내용 속에 조금씩 그러나 자주 환기되는 방식으로 미세하게 확산되고 있다. 1970년대 음악에 대한 지식이나 감각이 없다면 '뭔가 익숙하고 오래된 것 같으면서도 신선한 시도 혹은 소리' 같은 반응을 보이게 될지도 모르겠다.

스튜디오360경음악단 「예언」 (정규앨범, 2024)_스튜디오360

스튜디오360경음악단 「예언」

1970년대 한국 사회를 풍미했던 청년문화가 있다. 그 결과로 탄생한 역시나 '청년'영화라는 이름이 붙었던 영화들이 있다. 이장호, 하길종, 김호선 감독이 바로 당대의 새로운 시도를 이끌었던 대표적인 인물이다. 이들 영화 속에는 삐뚤어진, 그러나 세상을 뒤엎을 전의(戰意)는 상실한 슬픈 청년들이 등장한다. 이 영화들 속에 담긴 음악은 당대 한국 대중음악의 전위에 서 있는 결과물이었다. 정성조와 강근식은 영화음악을 통해 한국 대중음악에 새로운 시도를 불어넣었던 청년영화의 또 다른 주역이었다. 강근식이 신디사이저를 앞세운 프로그레시브 록과 포크를 뒤섞었다면, 정성조는 Weather Report 같은 퓨전재즈에 포크를 덧댄 창작곡을 영화 속에 삽입했다. 정성조 뿐 아니라 1970년대 말에는 미8군 무대 밖에서 한국 재즈를 일군 전설의 클럽 '야누스'

가 문을 연다. 바로 그 시대 한국 재즈의 감성이 이 노래 안에 빼곡하게 들어 있다. 2006년 무렵 DJ소울스케이프를 만났을 때 이미 그는 1970년대 한국 대중음악에 담긴 연주 소리에 빠져 있었고, 그 누구보다 그 시절 '소리'에 해박했다. 그런 그가 윤석철, 마더바이브, 김오키 등과 당대 한국 재즈에 헌사하는 곡을 만들었다면, 이건 '진짜'일 수밖에 없다. 어설프게 복고를 표방하지만, 당대의 음악과 비교하면 너무나도 이질적인 '상상의 복고'와 차원이 다르다는 얘기다. 그루비한 베이스, 멜로디 중심으로 진행되는 뿌연 테너 색소폰 음색, 어쿠스틱 기타, 비브라폰과 전기피아노까지. 정성조와 메신저스가 담당했던 영화음악의 뉘앙스가 짙게 풍겨 나온다. 물론 이 앨범은 헌정의 의미를 담은 창작곡을 담은 작품이기에 뉘앙스를 제대로 파악하고 있다는 거지, 전기 피아노나 오르간 소리가 다른 악기 소리를 잡아먹는 당대 녹음과 믹싱의 아쉬움까지 그대로 담고 있다는 얘기는 아니다. 완벽하지 않았고, 들쭉날쭉했지만, 그래서 당대 재즈 아티스트들의 고민을 이해할 수 있던 1970년대 한국 재즈에 대해 이보다 완벽한 헌사는 없을 것이다. (조일동, 〈음악취향Y〉, 2024.5.27.)

우리가 흔히 '크로스 오버' 혹은 '퓨전국악'이라고 부르는 장르 또한 더 다채롭고 재미있게 성장했다. 많은 이들에게 친숙한 이희문은 2024년 내내 전국공연을 이어갔고, 〈범내려온다〉로 퓨전국악의 새로운 가능성을 선보였던 밴드 이날치가 드라마 〈정년이〉의 OST에 참여하며 활동을 재개했고, 곧바로 2집으로 향하는 싱글을 하나씩 선보이기 시작했다. 또한 BTS의 투어공연 현장에서 국악 연주를 도맡았던 전통 연희집단 유희와 스카밴드 킹스턴 루디스카가 힘을 합쳐 '유희스카'라는 이름으로 음반을 발표하기도 했다. 국악이 얼마나 다양한 음악과 어우러지며 새로운 시도를 만들어낼 수 있는지 확인시켜주는 흥미로운 음반이다. 대중적 주목도와 별개로 이러한 퓨전국악의 흐름은 한국 대중음악 바닥에서부터 새로운 바람을 일으키고 있으며, 이미 시도되고 있지만 더 큰 중요한 흐름과 영향력을 메인스트림에 끼치게 될 것이라 예상해보게 된다.

이날치 「정년이 OST Part 1—새타령」(싱글, 2024.10.)_Stone Music 엔터테인먼트

유희스카 「유희스카」 (정규앨범, 2024)_NHN벅스

유희스카 「유희스카」(2024)_NHN벅스

스카의 째깍대는 리듬 퍼커션과 드럼이 꽹과리의 쇳소리와 만나고 끊임없이 그루브를 불어넣는 혼섹션이 태평소와 만난다. 강세가 서로 다른 두 리듬임에도 불구하고 이음새가 너무 매끈해서 어느 장르 음악인지 구분이 되지 않을 정도다. 그러나 삼강오륜이 으뜸이라는 소리에 스카는 특유의 삐딱한 가사로 응수한다. 물론 축원과 같은 수록곡 제목대로 음악적으론 화합으로 나아간다. 하지만 "마음은 한구석 편치는 않아 그래" 같은 가사를 읊어대는 스카의 태도가 깔쭉대며 곡마다 흔적을 남긴다. 덕분에 이 음악은 국악도 스카도 아닌 독특한 유희스카가 된다. 앨범 안에는 스카 비중이 커지는 노래와 풍물과 타령 비중이 커지는 노래가 오가는데, 전체의 합으로 보면 놀랍게 합일의 소리가 된다. 이 앨범을 듣다 보면 스카야말로 우리네 타령의 정서와 가장 잘 어울리는 퓨전 동료처럼 느껴지기까지 한다. 다른 말로 하면 연희컴퍼니 유희와 킹스턴루디스카가 머리를 맞대고 수많은 리허설로 서로를 체화하는 데 성공했다는 거다. (조일동, 〈음악취향Y〉, 2024.3.4.)

출처: 유희스카 페이스북

또 한 가지, 인디 음악의 중요한 줄기는 아래에서 2024년 한국 대중음악을 이해하는 중요한 키워드 중 하나로 자세히 짚는 록과 밴드음악이라는 흐름이다. 록은 포크와 함께 인디 음악의 그간을 이루는 장르적 현상이기도 하다. 2024년 한국 록음악을 논할 때, 개인적으로 가장 눈에 들어오는 인물은 보컬리스트 박근홍이다. 2024년 게이트플라워즈, ABTB, 모노폴리, 최근 활동을 시작한 언어독까지 한국 록 씬에서 굵직한 밴드를 네 개씩이나 함께 진행했다. 각 밴드의 이름으로 라이브 활동을 하는 와중에 두 장의 정규 음반 작업도 함께 해냈을 만큼 박근홍의 활동은 정렬적이었다. 놀라운 사실은 박근홍이 참여하며 내놓았던 작품들 모두 한국 록의 역사에서 역대급 지위를 차지할 음반이라는 점이다.

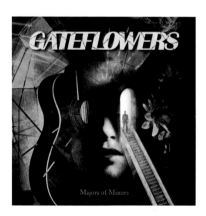

게이트플라워즈 「Majors of Minors」(정규앨범, 2024)_게이트플라워즈

모노폴리 「Ordinary Chaos」 (정규앨범, 2024)_Mono4oly

모노폴리 「Ordinary Chaos」(2024)_Mono4oly

현 시점, 한국 록 음악계에서 가장 열정적인 보컬리스트 박근홍과 가장 뜨거운 기타리스트 편지효가 만나니, 당연히, 아니 예상 가능하도 생각했던 완성도를 한참 뛰어넘는 역대급 작품이 폭발했다. 박근홍은 이렇게 계속 명반을 쏟아내도 되는가 싶은 생각마저 들만큼 이번에도 자신의 한계라 여겼던 영역을 또 뛰어넘었다. 모노폴리의 첫 정규앨범을 통해 편지효는 김도균, 윤병주를 잇는 한국 대표 하드록/메탈/얼터너티브 기타리스트임을 선언하는 듯하다. 섹시한 드라이브 톤으로 뿜어내는 리프는 오토-와 페달을 효과적으로 사용하며 유연함과 묵직함 모두를 빈틈없이 챙겨낸다. 편지효가 영리한 편곡자인 사실은 첫 곡 〈Fake Empire〉의 기타 솔로를 어떻게 배치하는지만 봐도 알 수 있다. 무작정 기타 솔로로 달려들기보다 클린 톤 기타 아르페지오

사이로 와와 페달을 끝까지 밟은 베이스 솔로 라인을 집어넣어 긴장감을 한 껏 끌어올리고 박근홍의 코러스까지 한 번 더 등장시켜 분위기를 환기시킨 후에야 기타 솔로를 풀어내기 시작하기 때문이다. 만일 보컬 코러스 다음에 베이스 솔로 없이 기타 솔로가 바로 시작되었다면, 혹은 베이스 솔로 후 바로 솔로가 이어졌다면 속주의 매력도 와와 페달을 반쯤 밟고 진행한 영리한 프 레이즈도 그만큼 맛깔나게 느껴지지 않았을 것이다. 짧지만 섬세한 장치들 을 통해 기타 솔로 속 노트 하나하나에 집중하게 만드는 데 성공했다. 오토-와를 건 기타 리프 사이로 하이플랫을 짚는 베이스 라인을 배치해 반복되는 구절 하나하나 새롭게 매만진 점도 높이 살만하다. 하드록 고전과 그런지 전 성기의 매력이 아무렇지 않게 버무려진 연주 위에서 박근홍은 말 그대로 "미 친" 보컬 실력을 자랑한다. 레인 스탠리(Layne Staley)를 연상시키는 희뿌연 보컬로 시작한 그는 재즈적 접근과 헤비메탈 스타일 보컬의 면모까지 자유 자재로 변신한다. 몇몇 장면은 마치 로버트 플랜트(Robert Plant)가 얼터너티 브 메탈을 부른다면 이런 모습이지 않을까 싶은 착시의 감정마저 불러 일으 킨다. 이 폭넓은 스타일을 당연한 듯 하나의 결로 불러댈 수 있는 보컬리스트 는 박근홍 뿐이리라. 또 이런 보컬리스트의 풍부한 정서를 받아칠 수 있는 밴 드는 모노폴리 뿐이리라 싶어진다. 2024년 한국 대중음악 절정부를 빛내고 있는 앨범과 만난다. (조일동, 〈음악취향Y〉, 2024.11.17.)

이러한 경향성 안에서, 대중적 주목도와 별개로 자신만의 록 세계를 내놓은 밴드 서울 부인, 대단히 실험적인 록 사운드를 선보인 극야, 포스트록 장르를 극단으로 밀어붙인 소음발광, 미역수염, 스토너메탈 스타일의 홀리마운틴, 와비킹, 좀 더 모던한 사운드를 표현한 뉴클리어 이디엇, 스킵잭, 브리니클 레인 등의 밴드는 음반과 라이브 활동 모두에서 주목할 밴드임에 분명하다. 아래에서 살피는 2024년 한국 대중음악을 이해할 수 있는 키워드 중 하나이기도 한 록음악/밴드 포맷 음악의 재발견은 인디 음악판에서 록음악의 불씨를 끊임없이 지키고 키워온 이들 밴드의 노력과 연결된 흐름이 아닐 수 없다. 2025년에도 한국 인디 음악판에서 울려 나올 록음악은 반드시 놓치지 않고 지켜볼 필요가 있다. (조일동)

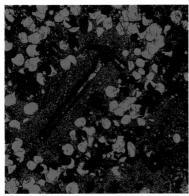

소음발광 「불과 빛」(정규앨범, 2024)_오소리웍스

홀리마운틴 「Holy Mountain」(정규앨범, 2024)_Holy Mountain

서울부인 「깽판」 (정규앨범, 2024)_서울부인

서울부인 「깽판」(2024)_서울부인

블루지한 리프에 붙은 탄력 가득한 베이스와 드럼이 RATM을 떠올릴 만큼 강렬하다. 비음으로 툭툭 던지던 보컬은 버스가 더해질수록 리듬감과 무게감을 함께 챙기며 곡의 매력을 이끄는 중심적인 지위로 올라선다. 앨범과 동명의 타이틀 곡 〈깽판〉 중반부에는 '이판사판에 깽판'을 나지막이 반복하는 브릿지와 기타 솔로, 코러스까지 폭발한다. 앨범을 대표하는 이 노래의 마지막 1분 20초는 2024년 한국 하드록의 결정적인 순간 중 하나로 부족함이 없다. 직선으로 향하며 "깽판"을 외치는 보컬과 그루브 가득한 리프로 나선형 깽판을 치는 연주가 어우러지는 합은 록 음악, 밴드만이 자아낼 수 있는 패기와 깡으로 만든 매력의 극치다. (조일동, 〈음악취향Y〉, 2024.11.17.)

미역수염 「2」 (정규앨범, 2024)_제임스레코드

미역수염 「2」(2024)_제임스레코드

〈음악취향Y〉에서는 헤비니스라는 말을 자주 쓴다. 전통적인 의미의 헤비메탈 작법 밖에서 만들어지는 완성도 높은 '시끄러운' 음악을 포괄하기 위해서다. 미역수염은 바로 그 헤비니스라는 단어를 선택한 우리의 판단을 지지해주는 듯한 음악을 쏟아낸다. 녹음과 믹싱을 통해 (재)구성된 소리임에도 가청 공간 가득 짓누르는 음압에서, 그 안에 유연하게 치고 나가며 곡을 이끄는 드럼 연주에서, 그로울링과 내뱉는 클린 보컬의 대비에서, 트레몰로 연주와 블래스트 비트가 만나는 지점에서, 2024년 가장 멋진 소음라는 사실을 계속 확인케 해준다. 인간이 소음과 소음이 아닌 소리를 가르며 만든 소리의 문화적 영역을 가리키는 말이 음악이라면, 미역수염은 소음의 경계 끝에 가장 무겁게 자리한 음악이자, 음악의 경계 가장 마지막에 선 경쾌한 소음이다. (조일동, 〈음악취향Y〉, 2024.12.02)

와비킹 「Turn over the Game」 (정규앨범, 2024)_KAMI International

와비킹 「Turn over the Game」(2024)_KAMI International

Motörhead의 후예라는 사실을 대문짝만하게 적어놓은 밴드 와비킹의 음악은 단순하지만 그래서 더 흡입력이 있다. Epic에서 배급했던 『March ör Die』 시절 Motörhead가 내놓았던 다채로운 시도를 두고 지금까지도 팬들 사이에는 호불호가 갈린다. 개인적으로 Slash와 Ozzy Osborne까지 끌어들였던 1990년대 초반 Lemmy의 선택을 지지하는 입장이다. 그리고 와비킹의 첫 정규앨범은 바로 그 시절 Motörhead가 보여주던 자신감과 유연성을 와비킹 식으로 풀어냈다. 와비의 목소리는 누가 뭐래도 '이 판을 뒤집고 우리 길을 만들어 가겠다.'는 허세의 술 내음이 풀풀 넘친다. 록은 허장성세의 음악이고, 직선으로 달려 나가는 두둑한 배짱이 있어야 매력이 배가되는 음악이다. 단순하게 밀어치는 드럼 사이로 단단하게 찔러넣는 근성 있는 베이스 연주가 만드는 긴장을 들으면 단단한 음악 내공까지 즐겁다. 와비가 기타 솔로를 조금 더 후려(?!)줬으면 하는 아쉬움마저 남는, 진짜 수컷 하드 로큰롤! (조일동, 〈음악취향Y〉, 2024.11.25.)

출처: 와비킹 페이스북

메인스트림 그 너머, K클래식 도약하다

메인스트림 외에 한국음악의 다양성 측면에서, 2022년에는 이루마의 데뷔앨범에 수록되었던 〈River flows in you〉라는 곡이 20년 만에 빌보드차트 1위, 유튜브 1억 뷰를 달성한 역주행 이슈를 다뤘고, 2023년에는 이루마가 이전 소속사 스톰프 뮤직을 상대로 낸 소송에서 승소한 사건을 언급했다. 이 사건을 통해 온라인 미디어의 확대가 오히려 외연적인 측면을 소멸시키고 음악의 힘으로 주목받을 가능성을 보여주는 사례라고 지적한 바 있다. 2024년에도 이루마 관련 이슈가 발생했다. 지난해 책 『K컬처 트렌드 2024』에서 언급했던 악보 관련 이슈가 증가할 것이라는 예측과 맞물리는 측면도 있는 내용인데, 이루마의 곡을 임의로 편곡, 편집해 만들어 디지털 악보를 판매한 출판사를 상대로 이루마가 저작인격권 침해 소송을 걸어 승소했다.

사실 디지털화 이전에는 이러한 사례가 아주 흔한 일이었다. 예를 들어 당대의 히트곡을 다양한 악보출판사에서 피아노나 기타로 연주하기 쉽게 편곡한 악보를 제작해 판매하곤 했다. 당연히 원래의 곡과 다른 임의의 편집과정이 포함되기도 했다. 과거 피아노를 전공했던 필자의 입장에선 가끔 '이렇게 허접한 수준의 악보를 돈을 내고 사야하나?'라고 생각할 정도로 형편없는 수준의 악보도 유통되곤 했다. 그리고 그것이 얼마나 원곡의 아름다움을 훼손하는 행위인지도 잘 알고 있다. 이루마의 이번 사건에서 핵심은 무엇보다 저작자(이루마)에게 허락을 받지 않았다는 사실이다. 이루마의 경우는 특히 가사가 있는 곡이 아니라 피아노 연주음악이기 때문에 곡을 임의로 바꾸는 행위는 원곡의 의미를 심각하게 훼손하는 일이 될 수 있다. 앞으로는 연주곡은 물론 가사 중심의 곡도 임의 편곡 혹은 편집을 할 경우, 소송에 휘말릴 소지가 크다. 이번 사건을 계기로 악보 출판에도 변화의 흐름이 있으리라 예상한다.

K순수예술, K아트, 그리고 그 안의 K클래식은 2024년 한국 (대중)문화에서 주요한 흐름이자 트렌드 중 하나로 볼 수 있다. 클래식 피아니스트 조성진, 임윤찬을 모르는 사람이 있을까? 이미 많은 대중들에게 사랑을 받고 있는 '대중스타'다. 클래식계의 팬덤 현상에 대해서는 기존 케이컬처 포럼에서도 여러 번 논의된 바 있으나, 2024년은 여러 가지 측면에서 본격적으로 케이컬처 안에 순수예술의 존재감이 드러나는 해였다고 생각한다. 2024년 문체부에서 발표한 「3대 혁신 전략 10대 핵심 과제」에는 가장 먼저 순수예술 분야의 글로벌 확산을 위해 지원을 강화하겠다는 내용이 담겨 있다. 이는 곧 케이컬처 안에 순수예술이 중요한 역할을 하고 있음을 보여주는 사례다. 그 밖에도 대표적인 클래식 공연장인 예술의전당에서 처음으로 공연 영상 플랫폼인 '디지털 스테이지'를 1월 런칭해 임윤찬의 실황 연주를 단독으로 공개했다. 애플뮤직에서는 '애플뮤직 클래시컬'이라는 클래식음악 전용 어플을 런칭해 무손실 음원을 제공했다. 특히 클래식 음악의 특성상 다양한 카테고리, 즉 작곡가, 시대, 장르, 지휘자, 오케스트라, 솔로이스트, 앙상블, 합창단 등을 세부적으로 분류하고, 관련 독점 콘텐츠를 제공하는 등 클래식 애호가를 위한 공격적인 마케팅을 선보이고 있다. 이러한 흐름은 분명 앞서 언급한 K클래식이 앞으로 케이컬처, 케이뮤직 안에 중요한 요소로 자리매김하게 될 것임을 알려

주는 주요한 사인으로 해석할 수 있다.

예술의 전당 디지털 스테이지

하나 더 추가하면, SM 엔터테인먼트 산하 클래식 전문 레이블이 있다. 2020년 걸 그룹 레드벨벳의 〈빨간 맛〉이란 곡을 서울시립교향악단(서울시향)과 함께 하며 첫 협업 시도를 했고, 2022년에는 대중적으로 잘 알려진 바로크 작곡가 J.S. 바흐의 〈G선상의 아리아〉를 샘플링한 〈필 마이 리듬〉이란 곡의 뮤직비디오를 오케스트라 버전으로 제작해 큰 호응을 얻었다. 이후 SM 클래식스는 샤이니, 에스파 등 대표적인 SM 케이팝 아티스트와 다양한 협업을 통해 그 영역을 확장하고 있으며 2024년 5월에는 유튜브에 SM 클래식스 전용 채널을 오픈했다. 케이팝을 실력파 클래식 연주자들이 직접 연주한 오케스트레이션으로 재구성해 색다른 사운드를 구현해 대중적인 관심도 증가시키는 시도다. 앞으로 케이팝과 K클래식의 콜라보는 더욱 확장될 것으로 예상된다. (고윤화)

2

키워드로 읽는
2024년 한국 대중음악

멀티레이블 체제, 어떻게 봐야 할까?

앞서 언급한 것처럼 케이팝 산업을 이끌고 있다고 해도 과언이 아닐 SM 엔터테인먼트가 클래식과 관련된 자회사를 런칭했다. SM 클래식스의 사례와 일대일로 대응하는 건 아니지만, 이제 하나의 음반사—레이블이 여러 아티스트들을 거느리는 고전적인 형태의 계약 관계가 점차 사라지고 있다. 한 회사 아래 다시 자회사의 형태로 다양한 레이블들이 포진하고, 각각의 레이블이 또 소수의 소속 아티스트를 관리하는 형태의 소위 '멀티레이블' 체제가 한국 대중음악판에서 보편적인 형태가 되고 있다. 지난 해 케이컬처 트랜드에서도 이러한 변화를 지적한 바 있다. 멀티레이블 체제가 되면서 레이블의 규모는 더 작아지고 개별 레이블 소속 아티스트도 줄어들었다. 최근에는 한 레이블이 한 팀 혹은 두 팀 정도를 담당해서 음반 아티스트의 세계관과 같은 콘셉트부터 작곡, 편곡, 안무, 패션까지 총괄하는 모양새다. 즉 무대에 오르는 아이돌 한 팀을 전담하는 크리에이터 팀이 하나씩 붙게 된다는 거다. 한국 대중음악, 특히 주류 대중음악 혹은 케이팝을 이야기할 때, 이전부터 불거지던 '아티스트가 먼저인가 혹은 크리에이터가 먼저인가?' 하는 문제가 좀 더 심화되었다고 할 수 있다. 그런 면에서 멀티레이블 체제는 크리에이터와 아티스트의 경계를 흐리게 만들 뿐 아니라 새롭게 범주화 혹은 의미화하는 모양새다. 아래에서는 멀티레이블 체제를 어떻게 볼 것인지 살펴보도록 하겠다. (조일동)

한국 대중음악, 특히 '가요계'의 역사를 보면 한때, 매니저의 시대가 있었다. 지금은 제작자라고 통칭되는 매니저, 그중에서도 힘 있는 매니저가 (실제로 물리적인 힘이 셌던 이들을 포함해) 얼마나 많은 권력을 행사하고 속된 말로 '어디에 꽂아주느냐, 얼마나 많은 업소에 출연시킬 수 있느냐?'가 소속 가수를 흥행시킬 수 있는 능력으로 입증되던 시기가 있었다. 이러한 분위기는 1990년대 케이팝의 탄생과 함께 전환점을 맞게 되는데, 해외에서도 사례가 찾기 쉽지 않은 한국만의 프로듀서를 중심으로 한 혹은 그 프로듀서의 이름을 건 기획사 중심 시장으로 바뀌게 된다. 자신의 이름을 건 창업자들은 공통적으로 뮤지션 혹은 프로듀서 출신이라는 점도 특징적이다. 아티스트 출신 프로듀서가 본인의 이름을 딴 레이블을 만들었다는 건 단지 이름 짓기가 편해서가 아니라, 자신이 가진 독창적인 음악 색깔과 정체성을 이 레이블 안에 녹이겠다는 의도가 담겨 있었다. 그래서 케이팝은 해외처럼 아티스트가 대형 음반사와 계약한 것을 내세우기보다, 특정 기획사 소속임을 강조하고 그 기획사가 가진 정체성이 소속 아티스트의 음악과 행보를 통해 드러나는 것을 중요하게 여기는 문화가 만들어졌다. 이 같은 기획사들이 주도하는 시대를 20년 가까이 겪으면서 이제 기획사마다 독특한 '콘텐츠 창작 과정의 시스템화'가 되면서 안정적인 상태에 이르렀다. 콘텐츠에 담긴 정체성 유지가 안정화 되다 보니 기획사-레이블 단위에서는 훌륭한 그룹을 어떻게 더 전략적으로 양산할 수 있느냐, 혹은 글로벌화시킬 수 있느냐 하는 부분을 중시하는 방향으로 산업이 흘러가고 있다.

과거에는 레이블 단위의 개성이 중요했지만, 케이팝 시장 규모가 커지고 레이블의 정체성이 안정화 되면서 레이블 개별적인 개성보다는 '누가 더 어떤 큰 자본을 투자해서 더 의미 있는 아웃풋을 뽑아내는가?'와 같은 사업적 기획력과 수완, 그에 따르는 시스템을 만드는 게 중요한 목표로 변하고 있다는 이야기다. 그래서 기존의 SM, JYP, YG는 물론이고 후발주자였던 빅히트도 적극적인 '몸 불리기'를 시도하고 있다. 하이브라고 하는 국내에 유례가 없던 규모의 엔터테인먼트 기업이 탄생한 맥락이다. 이게 긍정적인 변화냐 아니냐라고 하는 것은 정확히는 알 수 없다. 결국은 이제 이걸 어떻게 운영하느냐의 문제일 거다. 어쨌든 이는 음악산업에서 어떤 하나의 보편적 흐름이 되고 있다고 할 수 있다. 미국같은 경우도 1970년대에 음반산업이 보수화가 되기 시작했고, 1980년대부터는 이 산업의 안정화를 위해 적극적인 M&A를 통한 몸집 불리기를 시작한 바 있다. 우리가 아는 미국의 3대 음반사/엔터사가 이렇게 탄생을 한 것이다. 어찌보면 한국도 지금 비슷한 방향으로 나아가는 중이라고 볼 수도 있다.

이러한 흐름 속에서 하이브–민희진 사태도 존재한다. 상위레이블–하이브와 하위레이블–어도어 사이의 갈등 역시 개별적인 성격을 강조하던 작은 레이블 체제에서 만들어진 기업의 습관과 성격이 남아 있는 채로 규모민 확징해 멀티레이블의 체제로 전환했기 때문에 나타나는 모순이라고 할 수도 있다. 레이블의 정체성이 아티스트의 정체성이던 시절의 정서로 자회사 혹은 하위 레이블을 늘려가다 보니 소속 레이블에서 만드는 '음악'이라는 결과물, 창작물의 주체를 누구로 볼 거냐' 혹은 '누구의 정체성이 반영된 음악'이냐의 문제가 나타나는 것이다. 그러니까 레이블이 '아티스트 양산하는 공장'인가, 혹은 '콘텐츠를 만드는 창작자인가'의 입장 차이가 생겨난다. 나아가 그 안에서 예술을 어떻게 정의할 것인가에 대한 논쟁도 있다. (김영대)

과거에는 음악을 만드는 작업이 고독한 아티스트가 골방에서 끊임없는 자기 수련을 하는 일처럼 여겨지곤 했다. 따라서 음악은 아티스트 개인의 노력이 나타난 결과처럼 받아들여졌다. 하지만 케이팝으로 대표되는 현대 대중음악의 형태는 창작의 과정을 표준화 혹은 시스템화하고, 그 시스템을 얼마나 큰 자본을 투여해서 확장시킬 수 있느냐가 관건이 되었다. 그렇다보니 무대 위에서 퍼포밍을 하는 아티스트가 그 음악과 성과의 주인이냐, 아니면 그러한 시스템을 지원해 주는 사람이 주인이냐 하는 문제가 대두된다. 즉 '누가 이 음악의 주인인가?'라고 하는 이전에 없던 질문이 점차 중요해진 거다. 개인적으로 이러한 고민이 정리된 게, 2024년 10월 투애니원 복귀 공연을 보면서였다.

투애니원 컴백콘서트 포스터

　음악의 주인은 퍼포머라는 방향으로 말이다. 투애니원이 한창 활동하던 시기에도 같은 물음이 있었다. 투애니원의 구성원 4명이 보여줬던 강력한 무대 매너나 퍼포먼스도 중요했지만, 이러한 음악, 패션, 안무를 기획한 YG 소속 테디와 쿠시가 투애니원의 진짜 주인공 아니냐는 얘기가 언제나 꼬리표처럼 붙어 있었다. 그런데 이들이 오랜 공백을 깨고 다시 뭉쳤을 때, 누구도 투애니원 인기의 질료라 할 음악과 안무를 생산해냈던 표준화된 제작 시스템으로 투애니원을 이해하지 않았다. 온전히 무대에서 퍼포먼스를 선보이는 아티스트 투애니원의 이름으로 모든 시선이 환원되고 있었다. 이 지점은 매우 흥미롭다. 지금 이야기하는 멀티레이블 체제에서 '레이블의 아티스트냐?' 아니면 무대에 선 아티스트를 탄생

시키는 과정을 진두지휘한 '프로듀싱이 진짜냐?' 하는 논란은 한국의 매우 독특한 아이돌 시스템이 만든 착시였을 뿐이라는 거다. 과거 CD 혹은 물리적인 매체의 음반을 보면 앞면에는 아티스트의 이름, 그리고 뒷면에는 'Produced by 누구'라고 적혀 있었다. 이 얘기는 앞면에서 이름을 박아 넣은 이가 이 앨범 혹은 이 활동을 책임지는 존재라는 거다. 프로듀서 이름이 잎면이 아니라 뒷면에 적힌 *까닭*은 프로듀서는 아티스트의 활농을 조력하고 탄생하게 도운 존재, 즉 음악적인 책임을 지고 있는 사람이라는 사실을 암시한다. 멀티레이블 체제, 그리고 멀티레이블 갈등의 핵심이라 할 아티스트와 프로듀서/크리에이터 관계에서 헷갈리고 있던 문제가 투애니원의 복귀 공연, 심지어 연장 공연까지 매진하는 성공을 보면서 대중음악 제작의 기본에 대해 다시 깨닫게 되었다고나 할까? 'CD 앞면과 뒷면에서 강조하며 적어놓은 이름이 다르다.'라고 하는 사실을 다시 기억해야 한다. (조일동)

대중음악 산업 현장에서 취재하고 사람들을 만났던 입장에서 말하자면, 일단 제일 당황스러워했던 시기가 2023년과 2024년이었다. 이전까지는 산업적으로 음악에 접근하는 경우가 많이 없었다. 2023년에 SM, 하이브 사태가 발발하고 2024년 멀티레이블 이슈가 나오면서 아티스트 이름보다 먼저 제작·산업적으로 접근을 해야 이해되는 경우가 많이 생겼다. 음악 담당 기자들이 그간 콘텐츠만 보다가 이제 재무제표도 봐야 되는 상황이 된 거다. 부끄러운 얘기를 솔직하게 하자면 2023년에 SM, 하이브 관련 단독 기사는 거의 증권업계 기자들이 썼다. 콘텐츠만 집중하던 대중문화 담당 기사들은 넋 놓고 있을 수밖에 없었다. 홍보 담당자들도 마찬가지였다. 경제부나 산업부 기자를 상대한 적이 많지 않은데 갑자기 이들에게 연락이 오니까 음반사 홍보 담당자 역시 당황스러운 거다. 2024년 현재까지도 이러한 혼란은 계속되고 있는 상황이다. 음악산업이 증권, 투자와 연결되면서 음악당당 기자들도 다른 분야와 융합을 해서 봐야 하는 시대가 왔다. 당황스러워 하면서도 공부를 하는 중이고, 시대의 당연한 흐름이라고도 생각한다.

앞서 김영대 평론가가 짚은 것처럼 1970~80년대까지는 음반사가 많았다. 대중이 잘 아는 것처럼 1980년대 말 재편을 통해 유니버설뮤직, 소니뮤직, 워너뮤직 3대 음반사가 강자가 됐다. '인디 파워 플레이어스'는 빌보드가 이들 외에 세계 음악 시장에서 독자적 성과를 이룬 레이블 및 유통사의 리더를 뽑아 발표하는 리스트다. 세 음반사가 엄청난 파워를 자랑하기 때문에 케이팝도 산업화되는 과정 중에서 멀티레이블 체제를 선택한 것은 어쩔 수 없는 결과라고 본다. 장단점 얘기를 떠나서 말이다. 왜냐하면 일단 덩치가 있어야 북미 시장이나 해외 시장에서 거대 음반사와 시장에서 맞붙을 수 있기 때문이다. 어쩔 수 없다. 그럼에도 불구하고 해외 멀티레이블은 거대 음반사 산하에 있지만 레이블별로 각기 다른 색깔이 분명하다. 한국의 멀티레이블은 레이블마다 자율적인 개성을 어느 정도 갖느냐고 묻는다면 답하기 쉽지 않다. 한국에서 멀티레이블 체제는 성장통 과정 안에 있다. 그러다 보니까 각 레이블별로 창작자들의 색깔을 존중해 주는 정도가 어디까지냐는 철저히 수장의 의견에 달려있다 할 수 있다. 그래서 레이블의 크리에이터와 대형 레이블의 수장의 의견 사이를 조율하는 과정에 진통이 있다.

그러한 흐름 가운데 앞서 언급된 SM의 클래식 레이블이나 최근 SM이 런칭한 크루셜 라이즈라는 R&B 레이블 같은 존재가 나오는 거다. 크루셜라이즈는 민지운을 런칭 아티스트로 내세웠다.

민지운 「Sentimental Love」(싱글, 2024)_Krucialize

데뷔곡은 비교적 어렵지 않으면서도 심도깊은 R&B를 시도하고 있다는 평가를 받고 있다. JYP 같은 경우도 박진영 대표 프로듀서는 R&B, 소울 같은 흑인 음악에 관심이 많고 그와 오랜 기간 같이 일해온 정욱 대표는 백인 음악 특히 밴드 스타일 음악에 관심이 많다. JYP는 본부제로 운영되고 있는데 이런 각자 취향들이 본부마다 반영되다 보니 데이식스나 엑디즈(엑스디너리 히어로즈) 같은 밴드 중심 편성의, 이전 케이팝과는 다른 색깔의 팀들이 나왔다고 본다. 앞으로 한국 대중음악의 산업화가 본격적으로 진행될수록 멀티레이블의 장단점이 선명하게 드러나게 될 것이라 생각한다. (이재훈)

한 가지 추가하자면, 현재 한국을 대표하는 엔터테인먼트사들의 멀티레이블 현상은 우리가 선택할 수 있는 문제가 아니며 이 산업의 규모가 커지면서 자연스럽게 벌어지는 현상이라는 점이다. 2023년 SM 경영권 분쟁이나, 2024년 빅히트와 하이브(민희진)간의 갈등도 구조적 측면에서 보면 사업체의 규모가 커지면서 충분히 생겨날 수 있는 사건들이다. 한국의 음악 산업이 계속 성장하고 있다는 방증이라 생각한다. 앞으로 더 다양한 사건들이 등장할 수 있으며 정말 중요한 점은 이러한 갈등 상황을 어떻게 해결해나가는가를 추적해야 한다는 사실에 있다. 최근 외국인 멤버로만 구성된 팀을 인터뷰할 기회가 있었다. 흥미로운 점은 이 팀을 이끄는 매니저 역시 외국인이라는 점이다. 이야기를 나눠보니 한국어를 자유롭게 구사하고 아울러 한국의 생활, 문화에 대해서도 잘 알고 있는 사람이었다. 빅히트의 방시혁 의장이 이야기한 "이제 앞으로 케이팝에서 K를 떼어내야 한다."는 말을 실감하게 되는 지점이기도 했다. (고윤화)

음악적인 측면에서는 멀티레이블 체제는 '다양성을 담보할 수 있다.'는 측면이 분명히 존재한다. 그러나 빼먹지 말아야 할 것은 멀티레이블 체제라고 하는 것이 기본적으로 가지고 있는 산업적 측면에 대해서다. 위험의 외주화다. 사업체를 경영하는 과정에서 가질 수 있는 위험 요소를 멀티레이블이라는 자회사, 즉 외부로 돌리는 거다. 신자유주의 체제가 너무나도 내면화된 한국 사회에서 비슷한 형태의 산업 변화는 비단 음악계에서만 발견되지 않는다. 물론 앞에서도 논의한 바와 같이 현재의 상황에서 멀티레이블 체제를 쉽게 재단하거나 판단 내리기는 어렵다. 분명 조금 더 지켜봐야 할 문제다. 하지만 항상 다양성을 증진하는 긍정적 측면과 위험을 외부/외주화 하는 부정적 측면이 상존하는 구조가 멀티레이블 체제라는 사실은 항상 염두에 두고 지켜볼 필요가 있다. (조일동)

밴드의 시대, 돌아온 거 맞아?

데이식스 「FOUREVER」 (EP, 2024.03)_JYP 엔터테인먼트

데이식스 「Band Aid」 (EP, 2024.09)_JYP엔 터테인먼트

앞서 데이식스를 언급하기도 했지만, 케이컬처 트랜드에서 매년 지적했던 내용 중 하나가 한국 대중음악에 밴드 편성 음악이 성장하고 있다는 것이었다. 록이 아닌 밴드 편성 음악 혹은 밴드 포맷 아티스트라고 적는 까닭은 지난 몇 년 사이 부상하고 있는 새로운 흐름의 주인공들이 들려주는 음악이 전기기타, 전기베이스, 드럼, 키보드, 보컬로 구성된 밴드 편성의 결과물이긴 하지만, 일반적으로 밴드와 등치되어 이해되는 장르, 즉 스트레이트 하드록 혹은 헤비메탈 같은 장르가 아니기 때문이다. 2024년

은 케이컬처 트랜드가 계속해서 주목하며 가능성을 점치던 밴드 포맷 음악이 한국 대중음악 메인스트림에 당연한 일부로 성장한 모습을 볼 수 있었던 한 해였다. (조일동)

2024년 여러 지면에 '밴드 열풍' 혹은 '록 음악의 부활/유행' 같은 주제로 글을 많이 썼다. 그럴 때마다 주변 인디 밴드나 친구들로부터 비판을 받은 기억이 있다. "홍대 한번 와봐라. 지금 록 밴드 열풍이 어디 있냐." 이러면서. 인디 음악 현장에서는 정작 변한 게 없다는 거다. 그런데 록/밴드 열풍을 얘기하면서 인디와 케이팝 사이를 직선적으로 연결시켜서 볼 필요는 없다고 본다. 오히려 둘 사이를 일정 부분 분리해서 볼 필요가 있을 것 같다. 2024년 확인되는 밴드 음악의 성장이 모든 록씬의 성장을 말하고 있는 것은 아닐 수 있기 때문이다. 물론 록 음악이 성장할 수 있는 단초가 마련되었다고는 말할 수 있겠다. 록이라는 이디엄이 돌아온 것은 분명하기 때문에. 거부할 수 없는 트렌드가 되었음이 분명하다. 사실 케이컬처 트랜드에서 몇 년 전부터 밴드 열풍의 가능성에 대해 지속적으로 지적해온 바 있다. 코로나19 팬데믹 동안 급증했던 기타 판매량은 단적인 예다. 코로나19로 인한 사회적 격리가 주는 답답함을 조금 더 오가닉한 방법으로 해소하고 싶은 욕구가 있었고, 이것이 악기 연주에 대한 관심과 합주에 대한 갈증, 나아가 밴드 플레이에 대한 갈증, 종국에는 밴드 공연에 대한 갈증으로 증폭되면서 록과 밴드 스타일을 앞세운 공연 시장 성장으로까지 이어졌다. 물론 코로나19라는 아주 특이한 상황, 1970~80년대 음악이 레트로붐을 타고 돌아오는 현상 같은 것들이 모두 맞물린 결과라고 봐야 할 것이다. 2024년 메인스트림 인기 차트만 보더라도 결국 데이식스로 시작해서 로제 〈APT.〉로 마무리되는 느낌이지 않은가. 〈APT.〉도 사실 펑크록 혹은 인디록적인 음악에 가깝게 레트로한 편곡을 적극 활용했고, 로제도 본인의 내추럴한 모습을 록 혹은 밴드 스타일 음악으로 잘 표현해내고 있다. 밴드와 록의 부상은 분명 뚜렷이 잡히는 흐름임에 분명하다. 다만 이게 다양한 스타일과 형식이 공존하는 한국 록음악 씬 전체의 성장으로 해석해야 할 것인지에 대해서는 조심스럽다. 이야말로 시간이 말해줄 문제가 아닌가 하는 생각이 든다. (김영대)

록 스타일 혹은 밴드 편성 음악이 증가하고 있는 2024년 한국 대중음악 상황을 두고 전통적인 형태의 록 밴드 음악인지 여부를 따지는 것은 큰 문제가 되지 않을지도 모르겠다. 밴드 구성원이 곡을 만들고, 편곡하고, 녹음 과정까지 관여하는 전통적인 록 음반 제작과정과 현재 메인스트림에서 인기를 얻고 있는 록 스타일 음악이 같은 과정이나 형태로 만들어진 게 아닌 것은 분명하다. 하지만 이들이 대중에게 제공하고 있는 음악이 들려주고 있는 사운드 텍스처는 록, 하드록, 심지어 헤비메탈을 연상시키기 충분한 모양새다. 드라이브를 건 덜컹대는 톤의 전기기타, 몰아치는 드럼(샘플링)을 적극 반영한 몇몇 곡들이 케이팝 아티스트의 이름 아래 발표되고 있다. 그것이 샘플링을 적극 활용해서 만든 음악이건, 직접 연주하는 소리를 녹음한 것이건 청자의 입장에서 중요하지 않을 수도 있다. 노이즈 가득한 전기기타 소리가 쏟아지는 음악을 더 많은 대중이 쾌감으로 경험한다면, 이는 록음악의 저변을 확장시키는 결과로 이어질 수 있지 않을가 예측해볼 수도 있을 것이다.

　2024년 굉장히 흥미롭게 청취했던 사례가 엑스디너리 히어로즈의 ⟨iNSTEAD!⟩라는 곡이다. 지금까지 팝적인 성향을 강조한 팝–록에 가까운 싱글들을 발매해왔던 엑스디너리 히어로즈였으나 지난 9월에 발표한 싱글 ⟨iNSTEAD!⟩는 180도 달라진 음악을 담고 있다. 여기에는 인더스트리얼 메탈이라 봐도 손색없는 음악을 담고 있다. 기계음을 활용한 광폭한 사운드를 표현하는 이 장르 음악이 아무렇지 않게 흘러나온다. 엑스디너리 히어로즈 멤버의 보컬이 인더스트리얼 메탈 스타일 반주에 비해 다소 약하다는 생각이 드는 순간, 관록의 록커 윤도현의 보컬 피처링을 통해 훨씬 강력한 사운드로 보강시키고 있다. 뿐만 아니라 펜타포트 페스티벌 무대에서 QWER이 록 밴드 스타일 음악을 연주하기도 했다. (조일동)

데이식스 프로필 사진
출처: day6.jype.com

데이식스 투어 포스터
출처: x.com/day6official

엑스디너리 히어로즈 「iNSTEAD! (feat. YB 윤도현)」
(싱글, 2024)_JYP엔터테인먼트

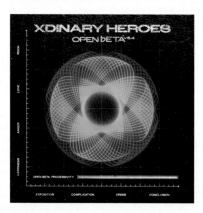

엑스디너리 히어로즈 「iNSTEAD! (feat. YB 윤도현)」(싱글, 2024)_JYP엔터테인먼트

이전의 싱글과 스타일이 크게 달라졌다. 기타 리프 위 아래로 두툼하게 쌓인 일렉트로니카의 향연이 익숙한 인더스트리얼 메탈의 뉘앙스를 상당히 묵직하게, 그리고 제대로 풀어내고 있다. 여기에 매끈하면서도 정확한 발성으로 존재감을 찔러넣는 보컬리스트도 전반부에 강렬하게 흐른다. 두 번째 버스가 시작될 무렵, 리프에 비해 메인 보컬의 장악력이 다소 부족한 게 아닌가 싶은 생각이 드는데, 윤도현의 그로울링이 묵직하게 치고 나오면서 밴드와 보컬 사이의 균형을 안정화 시키며 완성시킨다. 한 곡 안에 현대 헤비니스 사운드 구성 요소를 모두 몰아넣으려 한 듯한 욕심이 느껴지는데, 곡 후반부로 가면서 다소 지루한 느낌을 주기도 한다. 그러나 흥미로운 트랙이라는 사실 하나는 분명하다. (조일동, 〈음악취향Y〉, 2024.10.07.)

QWER 「Manito」(EP, 2024.04)_타마고 프로덕션

QWER 「Algorithm's Blossom」(EP, 2024.09)_타마고 프로덕션

QWER이 펜타포트 페스티벌에서 연주하는 현장에 있었다. 솔직히 얘기하자면 밴드 열풍에 대해 스스로 약간의 반성도 한다. 나 역시 거칠게 '밴드 붐이 왔다'라는 기사를 쓰긴 했다. 그러나 냉정하게 얘기하면 정말 밴드 열풍이 온 것 같지는 않다. 왜냐면 '진짜 밴드 열풍이 왔다'고 하면 낙수 효과가 있어야 하기 때문이다. 그런데 밴드 씬의 진원지가 되는 홍대 앞 인디 씬은 사실 엄밀히 말해서 씬이라고 할 만한 게 사라진 상황이라 할 수 있다. 진짜 밴드 열풍이 왔다면 인디 밴드가 공연할 수 있는 클럽이 다수 존재해야 하고, 클럽 무대 경험을 거치며 인정받은 밴드가 메인스트림으로 진출하는 음악 생태계가 구축돼야 하는데, 현실은 그렇지 않기 때문이다. 냉정하게 얘기하면 그러한 음악 생태계가 붕괴된 상황이 맞다. 그래서 '밴드 열풍'보다 '밴드 포맷 열풍'에 집중하고 싶다. 2024년 한국 대중음악을 돌아볼 때, 밴드 포맷에 대한 관심이 높아진 건 맞다. QWER 같은 경우는 밴드냐 아니냐 논란이 있긴 하지만, 밴드 포맷에 대

한 고민이 있는 팀이라는 사실은 분명하다. QWER을 제작한 회사에서도 업계에 대한 사전 조사를 충분히 한 것으로 알고 있다. 밴드 포맷을 허투루 만든 건 아니라는 거다. 엑스디너리 히어로즈 같은 팀뿐만 아니라 밴드 루시도 인기를 얻었다.

루시 「From」(EP, 2024.08.)_미스틱스토리

각종 페스티벌에서도 루시 섭외를 진행하고 있다는 소식이 들린다. 여기에 엔플라잉 같은 팀까지 가세하면서 밴드 포맷에 대한 관심이 높아진 게 맞다. 첨언을 하자면 케이팝 그룹인 라이즈는 악기 서사를 도입했다. 기타, 베이스에서 모티브를 따와서 밴드 포맷에 대한 관심을 시사했다.

아울러 요즘 중요한 화두가 된 게 아이돌들의 라이브인데, 콘서트에서 밴드를 쓰는 경우가 크게 증가했다. 앞에서도 언급했던 투애니원 같은 경우도 이 팀에 대해 환호를 하는 이유를 컴백 콘서트를 보고 깨달았다. 라이브 밴드와 함께 좋은 멜로디의 노래를, 아우라를 가지고 공연을 하는 모습이 록 밴드 공연처럼 느껴졌기 때문이다. 밴드 포맷에 대한 관심과 고민이 점차 늘어나는 걸 확인할 수 있었던 2024년은 여러모로 의미가 있다. (이재훈)

라이즈 「Rising」(EP, 2024.06.)_SM엔터테인먼트

몇 개 사례를 추가하자면 최근 밴드 뿐 아니라 다양한 장르의 솔로 아티스트들, 케이팝 아티스트들도 록 혹은 밴드 포맷에 기반을 둔 활동으로 주목을 받고 있다. 대표적으로는 싱어송라이터 우즈도 팝 스타일의 음악에서 록을 활용한 밴드 음악의 색깔을 더욱더 강하게 드러내고 있고, 싱어송라이터 이승윤은 신작에서 밴드의 정체성을 한층 더 강조했다. 아이돌인 스트레이키즈의 공연을 보면 스스로 밴드가 아닐 뿐이지 사실상 록 혹은 헤비메탈 공연에 못지않은 로킹하고 파워풀 무대연출과 록밴드 사운드를 기존 스트레이키즈 음악에 접목시키는 모습을 보여주고 있다. 뉴진스도 비슷한 시도를 담은 공연을 펼쳤었고, 이제 많은 아이돌들이 라이

브 무대에 밴드가 직접 연주하는 사운드를 더해 음원보다 훨씬 역동적인 모습을 강조한다. 케이팝 아이돌이 공연에서 록이나 밴드 음악과 함께하는 모습이 하나의 유행으로 뚜렷하게 자리 잡기 시작했다고 봐도 무방할 것이다. (김영대)

이승윤 「역성」 (정규앨범, 2024)_마름모

이승윤 「역성」(정규앨범, 2024)_마름모

날카롭게 찔러대면서도 부유하는 느낌의 전기기타 연주가 폭포의 중력을 거슬러 엎어버리겠다는 패기 넘치는 가사와 어우러지며 독특한 시너지를 만든다. 어떤 식으로건 화끈한 정서를 표현하는 심벌과 어쿠스틱 기타 연주, 코러스 사이를 파고드는 이승윤의 목소리, 심지어 스트링까지 여러 층위의 소리가 서로 다른 흐름을 만들며 서로 만나고 헤어지고 부딪힌다. 여러 레이어를 가로지르는 기타 솔로를 통해 마침내 이승윤의 음악은 록으로서의 폭발적 흐름을 완성한다. 아티스트가 가사로 만든 스토리텔링을 소리로 만들 청사진이 되는 송라이팅, 청사진을 구현하는 연주자들의 이해도와 연주력까지 야심이 가득하다. 야심만큼이나 꽉 찬 실력이 앨범으로 증명되었다. (조일동, 〈음악취향Y〉, 2024.07.15.)

클래식계에도 록커가 있다. 반 클라이번 국제 콩쿨에서 열 여덟 최연소 나이로 우승을 거머쥐며 세계적으로 이슈가 된 피아니스트 임윤찬이 그 주인공이다. 실제 그의 공연 리뷰 기사 제목뿐만 아니라 그의 공연을 경험한 사람들의 SNS 포스팅에는 '임윤찬의 공연은 마치 록페스티벌을 보는 것 같다.'는 평이 있을 정도다. 클래식(서양고전음악)과 대중음악의 대표적인 장르인 록은 굉장히 거리감이 있다고 생각할 수 있는데 왜 임윤찬에게 '록스타'와 같은 수식어가 붙는 걸까. 그의 파워풀한 퍼포먼스를 보면서 그렇게 해석할 수도 있겠지만 나는 여기서 일반적으로 사람들이 갖고 있는 록에 대한 외형적 요소 외에 근본적인 개념을 언급하고 싶다.

록은 1950년대 중반 미국 대중음악 로큰롤에서 시작된 음악적 장르를 의미한다. 클래식록, 하드록, 펑크록, 얼터너티브록 등 다양한 장르로 세분화 되었는데, 세부 장르를 떠나 록은 기본적으로 기존의 틀을 깬다는 차원에서 '흔들다'는 의미를 내포하고 있다. 파워풀한 연주 자체도 록을 떠올릴 수 있지만, 임윤찬 스스로 자신의 음악 정신은 사운드에 대한 집중이라 언급했던 사실을 떠올려 볼 필요가 있다. 클래식 음악가지만 음악을 대하는 태도는 록 정신(spirit)과 유사한 측면을 갖는다고 볼 수 있다는 얘기다. 아울러 기존 클래식 연주자에 대한 선입견을 없애려는 시도도 보인다. 일례로 임윤찬이 공개한 모 음악사이트의 플레이리스트에는 김광석의 〈서른 즈음에〉, 유재하의 〈가리워진 길〉, 〈지난날〉, 〈우울한 편지〉, 이문세의 〈빗속에서〉, 김현식의 〈그대 내 품에〉 등 소위 한국 대중음악사에서 고전의 반열에 들었다고 할 수 있는 곡들이 다수 포함돼 있다. 임윤찬은 클래식 음악을 전공하는 사람들은 클래식 곡만 들을 것이라는 선입견을 깨트리는, 록커와 같은 시도를 행하는 인물로 꼽아볼 수 있을 것이다.
(고윤화)

음악 안팎 행보에서 기존 관행을 깨는 임윤찬의 사례도 흥미롭다. 록 혹은 밴드 포맷의 귀환과 관련해서 얘기를 정리하자면, 록 스타일을 반영한 음악이 케이팝 안에서 증가했다는 점이다. 음원이나 음반에 록 스타일을 시도하지 않았던 아이돌의 경우도 단독 공연처럼 중요한 라이브 무대에서는 록 밴드 포맷의 하우스 밴드를 동반하고 공연하는 경우가 많다는 것도 짚어봤다. 사실 해외에서도 댄스음악이나 힙합 아티스트도 라이브 무대에는 백밴드를 동반하곤 한다. 음반 혹은 음원 형태의 음악과 달리, 실시간으로 관객과 상호작용을 하면서 에너지를 끌어올려야 하는 라이브 무대에서 장르를 떠나 밴드 형태의 음악가를 동반하는 경우가 다수라는 사실은 록이냐 아니냐 하는 장르 문제를 떠나서 주목해야 할 부분이다. 홍대 주변 클럽을 기반으로 활동하는 소수지만 꾸준히 명맥을 유지하는 인디 밴드를 우리가 계속 언급하지 않을 수 없는 이유도 여기에 있다. 다수의 인디 음악가들이 음원이나 음반 발표 이상으로 라이브를 통해 관객과 소통하고 에너지를 나누는 형태로 존재감을 드러내고 있기 때문이다. 장르 관점에서 꼭 록의 형태가 아니라 하더라도 사람이 직접 연주하고, 현장에서 즉흥적으로 반응을 표현할 수 있는 밴드 형태의 음악이 주목받고 있다는 건 단순히 트랜드 문제가 아닐 수도 있겠다는 생각도 든다. 어쩌면 한국 사회 안의 소통에 대한 갈증이 그만큼 커졌고, 소통의 소중함이 그만큼 중요하게 부각되고 있기 때문은 아닐까?

지금 얘기에서 조금 벗어난 것일 수도 있지만, 밴드에게 핵심은 라이브에 있다. 그렇다면 라이브를 할 수 있는 공연장은 밴드에게 반드시 필요한 조건이다. 그런데 한국에 전문적인 공연장 숫자는 매우 부족한 상황이다. 특히 이제 3만 명 이상 들어갈 수 있는 대형 공연장은 존재하지 않는다고 봐도 무방한 수준이다. 그렇다보니 수만 명의 관객을 모을 수 있는 대형가수의 경우, 상암동 월드컵 경기장이나 잠실 올림픽주경기장 같은 시설에 음향 장비를 들여놓고 공연을 열 수밖에 없는 상황이다. 그런데 이들 공간에서 공연을 했더니 잔디가 망가졌더라, 스포츠 경기를 못하게 되었더라 같은 이야기들가 여기저기서 터져 나온다. (조일동)

일단은 오해가 있을까 봐 미리 짚는다. 이 이야기는 지자체나 공공 기관에 대한 비판을 하기 위한 게 아니다. 공연 환경에 대해 논하는 거다. 일단 다들 너무 잘 알다시피 케이팝의 종주국임을 내세우지만, 케이팝 스타들이 해외에 나가서는 스타디움 투어를 도는 현실에 반해, 오히려 한국에서는 그렇게 할 수 없다. 제대로 된 '공연장 생태계'가 갖춰지지 않은 상황이기 때문이다. 많이 아쉬운 부분이다. 특히 서울 상암월드컵경기장 문제는 조금 더 고민이 필요해 보인다. 2019년 영국 런던 웸블리 스타디움에서 BTS가 공연했을 때 현장에 있었다. 그곳은 알다시피 유명 축구장이다. 2024년 일본에서 7만 석 규모의 닛산 스타디움에서 세븐틴, 트와이스가 공연했을 때도 현장에 직접 갔다 왔다. 이곳 역시 축구장이다. 웸블리 같은 경우는 테일러 스위프트, BTS가 공연을 하면 구장이 나서서 홍보를 한다. 유명 축구 경기장이기도 하지만 '이런 톱스타들도 공연할 수 있는 공간이 바로 웸블리 스타디움이라는 사실을 자랑하는 거다. 그럼 이곳은 잔디 관리를 어떻게 할까? 웸블리는 홈페이지에 잔디 관련 정보를 공유한다. 외부에서 항상 잔디를 키우고 있다. 공연이 끝나면 축구 경기 시작 전에 외부에서 키운 잔디를 옮겨와 새로 보수한다. 스타디움 안에서 잔디를 새로 키우는 데 걸리는 물리적인 시간을 줄이는 거다. 닛산 스타디움 같은 경우는 잔디 보호재를 많이 사용하는데, 이곳은 축구팬을 안심시키기 위해 홈페이지에 잔디 상황 공유를 한다. 대형 공연을 하고 나면 잔디 상태가 어떻게 지켜지고 있고 자라나는지를 살펴보는 '잔디 관찰 일지' 같은 걸 홈페이지에 공개한다. '우리가 공연도 유치하지만 이렇게 축구 경기를 위해 잔디관리도 잘하고 있어.'라는 신호를 내보내는 거다. 근데 국내에 과연 그런 노력이 있었는지 되짚어볼 필요가 있다. 물론 예산 문제도 있다. 하지만 이런 부분까지 섬세하게 고민해봐야 하지 않을까? 무조건적으로 공연을 한 케이팝만 비판하는 게 옳은가 싶다. 여러 가지 벤치마킹할 수 있는 사례가 많으니 같이 건강한 방향으로 고민을 해나가야 하지 않을까 한다. (이재훈)

한 가지만 덧붙이자면 몇만 명을 수용하는 전문 음악공연장의 필요에 대해서도 고민해볼 지점이 있음을 얘기하고 싶다. 해외에도 5만 명 이상 모객할 수 있는, 그러니까 소위 아레나급이라고 부르는 아티스트의 숫자는 그다지 많지 않다. 한국에서 이 정도의 규모의 관객을 모을 수 있는 아티스트는 다섯 손가락 안에 꼽을 수 있을 정도다. 그런데 이들을 위해서 새로운 공연장을 짓는다는 발상 자체가 오히려 이상하다고 본다. 내한 공연까지 치더라도 일 년에 몇 번 사용하지 않을 공연장을 짓는 것은 엄청 난 예산 낭비다. 테일러 스위프트부터 메탈리카, 브루스 스프링스틴에 이르는 해외 아레나급 아티스트들도 풋볼 경기장, 야구장, 축구장에서 공연을 한다. 몇 명 되지 않는 아레나급 슈퍼스타의 공연을 위해 수만 명 수용 가능 공연장을 세우는 일이야말로 사회적 낭비라 보는 거다. 대신 이재훈 기자 언급대로 스포츠 경기와 공연이 모두 상생할 수 있는 방안을 찾는 게 정상이다. 어쩌면 한국사회가 정말로 투자해야 되는 공연장은 5천 명, 1만 명 단위의 관객에게 설득력 있는 음향을 안정적으로 제공할 수 있는 공연장일지 모르겠다. 공연장 관련해서 무슨 얘기만 나오면 '수만 명 들어가는 공연장이 필요하다.'는 언론과 사회의 반응이 나오는데, 한국의 대중음악 시장 규모를 냉정하게 생각하고 우리에게 진짜로 필요한 공연장 인프라는 어떤 것일지 한 번 더 고민해 보는 시간이 이번 기회를 통해 생겨났으면 좋겠다. (조일동)

⟨APT.⟩ 열풍, 로제 우뚝 서다

이번 키워드는, 앞서 김영대 평론가가 2024년 한국 대중음악은 "데이식스로 시작해 로제로 끝났다."라는 내용을 언급했는데, 바로 그 로제의 ⟨APT.⟩ 열풍에 대해서다. 10월 18일에 이 노래가 처음 공개되던 날, 나는 베트남에 있었다. 학회장에서 스마트폰으로 브루노 마스와 콜라보로 로제가 싱글을 발표했구나 정도만 확인을 할 수 있었다. 그리고 같은 날 저녁을 먹으러 간 식당에서 대 여섯 번은 이 노래를 듣게 된 거다. 발표 당일 저녁에 한 자리에서 이렇게 여러 번을 듣게 될 만큼, 정말 빠른 속도로 큰 인기를 획득한 거다. 한국 대중음악의 역사에서 이렇게 빠른 속도로 인기를 얻었던 곡이 있을까 싶은 정도의 인기다. (조일동)

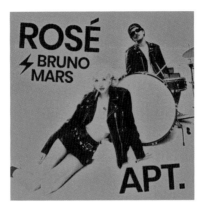

로제 「APT. (feat. Bruno Mars)」(싱글, 2024)_The Black Label

흥미롭게 봤던 지점이 몇 가지 있는데, 하나는 로제와 브루노마스의 콜라보가 재밌을 뿐 아니라 전혀 어색하거나 이상하게 느껴지지 않는다는 점이다. 다시 말해 이 둘의 만남이 특별하게 느껴지지 않는다. 한국 대중음악이 북미 시장에 본격적으로 진출한 역사가 불과 몇 년이 채 되지 않는다는 걸 생각해 보면 이는 굉장히 놀라운 사실이다. 북미 시장에서 한국 대중음악이 거둔 성과가 뚜렷하게 나타나기 시작한 건 최근의 일이다. 불과 몇 년 전만 하더라도 해외의 메이저급 아티스트와 케이팝 사이의 콜라보레이션 시도가 케이팝에 대한 인지도 부족 때문에 성사되지 못했던 경우가 왕왕 있었을 정도니까. 그런데 이제는 블랙핑크도 아니고 블랙핑크의 멤버 중 한 명인 로제가 솔로 가수 나서면서, 금세기 최고의 팝 스타 중 하나라 말할 수 있는 브루노 마스와 콜라보를 성사시켰다. 그런데 이런 시도나 사실 자체가 그다지 놀랍게 느껴지지 않는다. 이 얘기는 그만큼 케이팝이 전세계로부터 엄청난 인기와 인지도를 얻고 있음을 방증한다고 할 수 있다.

이 노래가 앞부분 대화 파트를 제외하면 모두 영어 가사로 만들어져 있음에도 한국 안팎에서 어떤 논란도 일지 않았다는 것도 흥미로운 지점 중 하나다. 몇 년 전 BTS가 〈다이너마이트〉를 불렀을 때만 해도 '영어 가사로 된 노래를 케이팝이라고 할 수 있느냐.' 같은 논쟁이 불거졌었다. 불과 4년 전 일이다. 이제 이런 팝 가수와의 콜라보레이션을 담은 노래가 나오고, 심지어 그 노래 가사가 모두 영어로 작성된 것, 나아가 빌보드 차트를 비롯한 세계 각국의 인기 차트 최상위권으로 데뷔하며 동시다발적인 주목을 받는 현상이 한국은 물론 세계 어디에서도 신기하다거나 놀라운 일로 받아들이지 않는다. 아니 매우 자연스러운 일로 받아들이고 있는 모양새다.

마지막으로 콜라보레이션의 성격 자체도 중요하다. 아시아권 가수가 본격적으로 북미 시장 진출을 노리고 프로덕션 작업을 시작한 것은 1990년대 일본의 마쓰다 세이코나 코코 리부터였다. 이때만 해도 뭔가 '진출'에 성공해야 한다는 강박이 있었다. 그런데 로제와 브루노 마스의 〈APT.〉에는 그런 '진출'을 위한 노력과 같은 특별한 뉘앙스가 없다. 브루노 마스가 로제의 작업실에 놀러 와서 게임 한판하고 같이 노래하며 놀다 간 느낌? 케이팝과 팝의 경계가 느껴지지 않으면서 어느 나라의 음악이

다른 어느 쪽으로 진출한다거나 벽을 넘는다는 개념 자체가 이제는 어색하다는 느낌조차 든다. 로제의 음악을 듣는 사람이나 브루노 마스의 음악을 듣는 사람 모두 이제 같은 공간과 시간대에 존재하는 소비자들이고 이들에게 있어 두 사람은 출신 지역과 국적 정도의 차이만 있을 뿐 동시대에 활동하고 있는 컨템포러리 팝 아티스트로 인식된다. 케이팝은 이제 북미와 세계 시장에서 그 정도의 위상을 갖게 되었다는 것이고, 바꾸어 말하면 케이팝의 소비자 역시 하위문화적인 마니아들을 넘어서 케이팝을 메인스트림 팝의 일부이자, 팝과 같은 시간대에서 소비하는 일반 대중으로 바뀌어 가고 있다고 봐야 하지 않을까 하는 생각이 든다. (김영대)

로제가 과거에 TV 프로그램에서 어쿠스틱 기타를 들고 존 메이어 〈Slow Dancing In A Burning Room〉을 커버한 적이 있었다. 유튜브에 공개된 후 1,800만 회가 넘는 조회수를 올리기도 했는데, 개인적으로 블루스에 기반한 존 메이어의 음악을 로제가 부르는데 아무런 위화감이 없었다는 점이 뇌리에 깊게 남아 있다. 그 기억이 지금 브루노 마스와 너무나 자연스러운 콜라보가 이뤄진 상황과 연결지어 생각해보게 한다. 정서적인 차원에서 한국 대중음악의 변화가 내부적으로 이미 이뤄진 것이라 본다. 조금 얘기를 돌려보면, 한국 대중음악 역사에서 김민기라는 존재가 가진 의미가 컸던 이유가 무엇이었을까? 1960년대 말부터 70년대 초반 사이, 한국에서 록, 포크, 사이키델릭에 이르기까지 해외에서 유입된 다양한 장르의 음악이 큰 인기를 끌었다. 당시 한국 음악팬과 뮤지션들은 '왜 우리는 저런 소리를 내지 못할까?', '왜 이런 정서를 표현하지 못할까?' 같은 고민에 빠졌었다. 당시 해외 음악 형식을 인용하면서도 다른 차원의 정서와 소리로 새로운 흐름을 이끌었던 음악인이 김민기였다. 논의 앞부분에서 언급했던 바로 그 김민기가 한국 대중음악 역사에서 중요한 위치를 차지하는 부분은 바로 한국 대중음악이 해외와 다른 독특한 스타일과 정서를 담아낼 수 있음을 선보였다는 점이다. 그런데 이제 한국 대중음악은 그런 차원을 넘어서 그냥 자연스럽게 우리가 하는 음악이 글로벌 표준이 되는 수준이 되었다.

한국 여성 솔로 아티스트 로제가 브루노 마스를 불러서 자신이 만든 노래를 함께 불러도 전혀 어색하지 않은 수준이 된 것이다. 물론 로제가 만든 곡에 브루노 마스가 참여하면서 훅이 있는 코러스 멜로디 작업을 함께 한 것으로 알려지고 있다. 하지만 이런 식의 참여나 공동 작업, 공동 수정 같은 일이 전혀 어색하지 않은 일이 될 정도로 한국 대중음악의 폭과 음악적 유연성, 수준이 이뤄졌다는 건 반드시 짚어야 할 중요한 지점이다. 사실 브루노마스가 로제와 콜라보 한 〈APT.〉 발표하기 전에 한 달 전에 레이디 가가와 블루스 스타일의 슬로우 록 〈Die with a Smile〉이라는 노래로 빌보드 핫100 차트 2위까지 진출한 바 있다. 폭넓은 장르를 고루 소화하는 브루노 마스가 들려주는 리듬을 타고 넘는 보컬 멜로디가 로제와 만나 빌보드 글로벌 순위 4주 연속 1위를 만들었다는 사실은 이제 한국 대중음악이 가진 기본값이 무엇인지 단적으로 보여준다고 하겠다. (조일동)

중요하게 살펴야 할 내용은 대략 다 짚었다고 생각한다. 추가적으로 살폈으면 싶은 부분만 짚어보겠다. 〈APT.〉가 물론 영어 가사로 된 노래이긴 하지만 곡 중에 등장하는 '아파트'라는 단어 자체가 콩글리시, 즉 지독히 한국적인 거라는 사실이다. 거기에 한국 술자리에서 자주 행하는 게임이 곡의 소재, 즉 모티브가 되어 만들어졌기 때문에, 최근 케이팝계 화두인 'K를 떼야 하느냐?'를 둘러싼 인식지형에 〈APT.〉라는 노래가 생각할 거리를 안겨줬다고 본다. 과연 케이팝이 무조건 K를 빼고 전 세계적인 팝 음악의 스타일이나 형식과 같은 기준에 맞춰가며 그쪽 음악 문화에 수렴해 가야 하느냐에 대해서 말이다. 〈APT.〉처럼 영어 가사임에도 지역성을 살리고, 무겁지 않게 한국 문화를 다루면서 자연스럽게 세계인에게 널리 퍼진 상황을 유심히 볼 필요가 있다. 'K를 떼야 한다.'는 고민도 충분히 이해가 가지만 그와 동시에 한국 문화를 너무 진지하지 않게, 놀이문화 혹은 밈처럼 만들어도 충분히 통할 수 있겠다는 가능성을 열어놔야 한다. 약 10년 전 〈강남스타일〉이 비슷한 고민을 처음 던진 케이스였고, 〈APT.〉는 그 같은 고민을 새삼 환기시켜준 셈이다. 케이팝에서 K를 어떤 방식으로 어떻게 내놓고 접을지 〈APT.〉의 성공이 다시 불러일으켰고, 방향성도 새롭게 제시하고 있다. (이재훈)

브루노 마스와 협업한 로제의 싱글 「APT.」가 장안의 화제임에 틀림없다. 뮤직비디오 공개 하루 만에 5천만 뷰 돌파, 5일 만에 1억 뷰를 넘었다. 발매하자마자 빌보드 핫 100 차트 8위로 진입했는데, 이는 케이팝 여성 솔로 아티스트로서는 최고 순위 기록이다. 도대체 이 곡이 이렇게 짧은 시간에 '핫'해질 수 있었던 이유는 무엇일까? 일단 노래 제목을 듣는 순간, 필자를 포함한 기성세대는 1980년대 윤수일의 히트곡 〈아파트〉를 떠올렸을 것이다. 아니나 다를까 벌써 윤수일의 구축 '아파트'와 로제의 신축 '아파트'를 합성한 곡이 등장했다. 그만큼 세대를 가르지 않고 사랑을 받고 있다는 의미다. 다시 질문을 하면, 로제의 아파트는 어떻게 지역과 세대를 넘나들며 인기를 끌게 되었을까?

필자는 이 현상을 지난 『K컬처 트렌드 2024』에서도 언급했던 '마이크로 옴니보어'적 현상으로 이해한다. 디지털 시대로 이행하면서 음악은 앨범 단위에서 트랙 단위로, 즉 여러 개의 곡이 하나의 앨범(작품)을 응집력 있게 구성하던 시절에서, 독립적인 한 개의 곡(음원) 단위로 바뀌었다. 그리고 곡의 인트로(노래가 시작되기 전에 나오는 전주)도 현저하게 줄어들거나 아예 없는(후렴구가 먼저 나오는 곡)곡들도 증가했다. 곡의 전체 길이도 점점 짧아지고 있다. 곡의 외형적 측면에서의 변화뿐 아니라, 음악(곡)을 구성하는 내적 측면에서도 변화가 있다. 과거에는 특정 장르를 대변하는 가수가 존재했다. 예를 들면, 발라드 가수, 트로트 가수와 같이 특정 장르를 대표하는 가수들 말이다. 그런데 점점 특정 장르를 대변하는 가수들은 사라지고 있다. 가수 임영웅 앞에 별 생각없이 '트로트가수'라는 타이틀을 붙였다가 곤혹을 치르는 일도 하나의 예가 될지 모른다. 비단 가수에게만 해당하는 일이 아니다. 케이팝 노래 한 곡 안에는 다양한 장르적 요소가 혼합되어 있다. 완전히 새로운 요소보다는 기존의 것들을 '재조합한' 형태로 만들어지는 곡들이 특히 차트에서 성공하는 경우가 많다. 필자는 이러한 곡 쓰기 방식이나 스타일을 '새로운 곡(new song)'으로 인정하자고 주장한다.

토니 베이즐 「Mickey」(싱글, 1982)_Chrysalis

　서론이 길었는데 로제의 '아파트'는 앞서 설명한 것처럼 곡안에 새로운 '음악적 요소'는 없다. '아파트'라고 하는 기존의 게임송(후렴구)을 차용했고, 전반적인 멜로디와 화성 진행도 1980년대 후반 히트한 토니 베이즐의 〈Mickey〉라는 곡을 인터폴레이션했다. 인터폴레이션은 기존 레코딩의 일부를 잘라와 그대로 사용하는 샘플링과 달리 기성곡에 담긴 멜로디, 화성 진행 일부를 가져와 다시 연주(노래)하는 형태를 말한다. 즉, 〈APT.〉를 구성하는 요소, 가수 R(로제)와 B(브루노마스) 그리고 M(〈Mickey〉의 화성 진행), A(게임 '아파트' 후렴구) 등은 모두 기존에 존재하던 요소들이다. 모두 각기 존재하던 요소들이 R'+ B' + M' + A' 라는 일부 요소로 합쳐 새로운 'MP(Most Popular)'곡이 탄생한 것이다. 이 MP라는 곡은 새로운 곡이지만, 그 구성요소는 기존에 존재하던 대중적으로 사랑을 받던 요소들의 새로운 버전들이고 그 요소들의 재조합이다. 이미 대중적으로 사랑을 받은 요소를 재조합했으니 인기를 얻을 확률이 높다고 볼 수 있다.

물론 어디까지나 확률적으로 그렇다는 것이다. 디지털화 이전보다 곡 작업 방식은 이전보다 훨씬 손쉬워졌고 〈APT.〉와 다르지 않은 방식으로 수많은 곡들이 제작되고 있다. 누구나 마음만 먹으면 곡을 만들고 유통시킬 수 있는 시대가 된 것이다. 그러다 보니 성공에 대한 불확실성이 역으로 더 커지게 되었다. 이를 극복하기 위한 방법으로 지금과 같은 형태의 재조합과 콜라보 곡이 증가한 것은 아닐까. 실제 차트에 진입한 곡들 중 인기 아티스트 사이의 콜라보 결과물이 다수 등장하고 있는 현상도 맥을 같이 한다고 볼 수 있다. 이러한 모습은 산업의 불안정성과 사회의 불확실성에 대한 대응, 극복 방식의 일환으로 해석될 수도 있을 것이다. (고윤화)

21세기의 대중음악 연구에서 전 세계적으로 벌어지고 있는 '매시업(mashup)'이라는 시도를 굉장히 중요하게 다룬다. 매시업은 장르를 뛰어넘은 혼합, 더군다나 디지털 샘플링과 일렉트로닉 음악이 보편화되면서 스타일과 형식, 장르를 뛰어넘어 마구 뒤섞은 결과물이 너무 자연스러워서 마치 원래부터 그런 음악이 있었던 것처럼 만들어내는 시도를 의미한다. 그런데 〈APT.〉는 고윤화 박사 지적대로 매시업을 연상시키는 시도를 음악학/음악인류학의 논의 수준에서가 아닌 대중 누구나 체감할 수 있는 사례로 만들어낸 것이 아닌가 싶다. (조일동)

'일코해제'를 외치기 시작한 팬덤

'일코' 즉 '일반인 혹은 일상 코스프레'라는 표현은 이제 한국 사회에서 아주 보편적인 용어가 된 것 같다. 음악 팬덤 구성원이 과거와 달리 더 이상 누구의 팬이 아닌 척 숨기는 행위—'일코'를 하지 않고 자신이 팬덤의 일원임을 떳떳하게 내보이는 현상을 이야기하는 '일코해제'라는 키워드를 2024년 한국 대중음악 문화를 이해하기 위한 키워드로 뽑은 이유는 단순하다. 눈에 보일만큼 '일코해제' 현상이 늘어났기 때문이다. 단적으로 얼마 전 대한민국에서 가장 유명한 가수 중 한 명인 장윤정이 자신의 이름을 건 단독 공연 모객에 실패했었던 사례가 있었다. 반대로 예능 프로그램 출연과 같은 활동이 전무한 상태에서 콘서트와 음반 활동만 지속하면서도 계속해서 성공적인 성과를 얻고 있는 이승윤의 사례도 있다. 대중적 유명세와 상업적 성공 사이의 연결 혹은 상관관계가 과거보다 현저하게 줄어들고 있는 현실을 한국 대중음악계가 맞이하는 중이다.

언급한 두 사람, 유명세로 보자면 이승윤은 당연히 장윤정을 따라갈 수 없다. 따라서 유명세를 필요로 하는 업무, 예를 들어 광고 모델 섭외 같은 영역에서 이승윤은 장윤정의 상대가 되지 못한다. 그런데 공연이라는 영역으로 들어갔을 때, 얘기가 달라진다. 공연마다 매진을 지속하는 이승윤과 모객에 실패한 장윤정, 둘 사이에 느껴지는 전혀 다른 온도 차이는 어디서 기인하는 것일까? 필자는 음악 실력이니 이런 부분을 잣대로 삼는 건 불가능하다고 본다. 두 사람이 추구하는 음악 장르도 완전히 다를 뿐 아니라, 각자의 영역에서 이미 실력으로 인정을 받은 아티스트들이기 때문이다. 차이는 오직 열성적인 팬덤을 소유하고 있는 아티스트와 그냥 유명한(named) 아티스트인가에 있다. 과거에는 팬덤을 지닌 아티스트와 네임드 아티스트 사이의 차이가 잘 느껴지지 않았다. 하지만 최근 둘 사이에 차이가 있음이 드러나기 시작했다.

대중음악 뿐 아니라 영화계에서도, 드라마에서도 마찬가지라는 생각인데, 팬덤을 가진 아티스트만이 할 수 있는 영역이 확실히 구분되기 시작했다. 팬덤은 이제 단순히 누구를 좋아한다는 수준을 훨씬 넘어, 주체적으로 움직이고 있다. 그리고 그 결과 유명하고 실력있는 아티스트가 가지는 영향력과 조금 다른 지점에 팬덤 아티스트의 영향력이 발휘되는 공간이 만들어지고 있다. 이 장에서는 이러한 변화에 대해 살펴본다. (조일동)

일코해제, 즉 일코를 그만둔다는 건 말 그대로 그동안 남들에게 보여주고 싶지 않았던 자신의 무언가를 드러내겠다는 것인데, 최근 한국의 트로트 팬덤과 연결 지으면 가장 자연스럽게 이해될 것 같다. 구체적으로, 과거 트로트는 일제 강점기에 전유된 문화로 이해되어 끊임없이 엔카(일본의 대중가요)와 비교되었으며 1980-90년대까지만 하더라도 트로트는 나이가 지긋하신 분들이 즐겨듣는 음악처럼 여겨지곤 했다. 하나의 예로, 음악사이트 벅스가 문을 열 당시 가요, 팝 등 장르별 페이지가 따로 존재했는데, 유독 트로트 페이지만 폰트(글자 크기)가 큰 편이었다. 그 이유는 트로트를 좋아하는 사람이 대체로 연령이 높았기 때문이었다.

하지만 2024년 현재의 트로트는 다르다. 과거 트로트와는 다른 새로운 신세대 트로트가 등장했으며 젊은 세대들에게도 사랑을 받고 있다. 아울러 한국의 전통문화와 음악에 대한 세계적인 관심이 커지면서 트로트도 한국의 전통 문화유산처럼 인식되기 시작했다. 덕분에 한국 밖에서 트로트의 문화적 위상이나 한국인들 사이의 평가도 달라지고 있다. 트로트 음악으로 방송에서 유명세를 얻은 임영웅 같은 스타도 이러한 변화에 한몫했다. 수많은 팬덤을 보유하고 있는 트로트 가수의 경우, 팬덤은 더 이상 일코를 하기보다 다른 팬덤 구성원과 함께 자신을 드러내고 연대하며 하나의 커뮤니티를 형성해 자신들만의 문화를 창조하고 있다. 더 이상 트로트 계열의 음악이나 대표되는 가수들을 좋아한다고 해서 숨길 이유가 없어진 것이다. (고윤화)

이번 주제에 대한 근본적인 이유를 먼저 거칠게 요약을 하자면, 아무래도 음악가들의 위상이 높아졌기 때문이 아닌가 한다. 그런 점이 자신들의 취향을 드러내도 예전처럼 멋쩍게 만들지 않는다. 덕분에 '팬덤의 주체성'이라는 얘기도 가능케 만들지 않았나 생각한다. 3세대 케이팝 아이돌 이전까지는 케이팝 팬덤과 아티스트 사이의 관계는 유사 연애에 가까웠다. 때문에 팬이 어떤 아티스트를 좋아한다고 무조건 떠벌리기 힘든 상황이었다. 아이돌 위상이 사회적으로 크지 않기도 했다. 그러다가 3세대 아이돌 대표인 BTS가 등장한다. 주지하다시피 BTS는 처음에 크게 주목받지 못했다. 멤버들과 팬덤 아미들이 같이 노력을 하면서, 팬들 사이에서 자주 나오는 용어인데 '이인삼각'이 되어 함께 경주한 결과 BTS는 현재와 같은 위치에 설 수 있었다. 멤버들과 팬이 함께 성장을 일궈냈기 때문에 팬덤 역시 좀 더 주체성을 갖고 아티스트를 지지할 수 있게 되었고, 아티스트의 성장과정에 자신들을 투영할 수 있게 되었다. 그래서 아이돌이 던지는 메시지는 내가 던지는 메시지랑 같다는 생각도 하게 된다.

4세대, 5세대로 넘어오면서는 데뷔 전부터 굳건한 팬덤이 생기기 시작한다. 그래서 처음부터 아이돌 활동이 내 활동과 똑같아진다. 팬덤이 더 적극적으로 자신을 드러낼 수 있는 이유다. 그렇기 때문에 최근 라이즈의 팬덤 '브리즈'나 뉴진스의 '버니즈' 경우처럼 팬덤이 아티스트 관련 각종 사태에 큰 목소리를 낼 수 있게 된다. 게다가 체계까지 갖춰서 목소리를 낸다. 직접 보도 자료를 만들어서 언론사에 보낸다든지, 로펌과 연결해서 법적 검토를 한다든지 그런 과정이 팬덤에게 자연스러운 행동이 되기 시작했다. (이재훈)

과거 좋아하는 그룹은 NCT 127인데 어디 가서 말하기가 쑥스러우니까 좋아하는 가수가 누구냐는 질문에 박효신하고 아이유의 이름을 댄 후에 NCT 127을 말한다는 농담이 있었다. 이 농담 같은 에피소드가 말해주는 건 결국 '덕질'에 대한 부끄러움이다. 원래 덕질은 누구한테 드러내는 게 아니라고들 얘기한다. 가장 가까운 사람이 모를수록 바른 덕질이라고. 아무래도 덕질의 상당 부분이 음지에서 벌어지는, 몰래 행해지는, 그래서 좀 이렇게 남에게 드러내기 어려운 문화라고 인식되었던 것도 있다. 내가 무언가를 좋아한다는 사실 자체는 나쁜 게 아닌데, 대상에 따라 좋아한다는 것 자체를 부끄럽게 생각하는 사고방식이 아이돌 문화가 탄생하던 1990년대부터 거의 30년 가까이 이어져 오는 셈이다.

최근 등장한 '일코해제'라는 현상의 추이를 봤을 때, 이건 케이팝 뿐 아니라 어떤 사회 전반적인 분위기와 관련이 있지 않을까 싶다. 물론 이러한 분위기 반전에 큰 역할을 한 건 BTS와 아미로 대표되는 팬덤의 긍정적인 면에 대해 사회적인 평가가 내려졌기 때문일 것이다. 그런 경험과 평가에 대해서 팬덤 스스로 자부심을 느끼곤 한다. 장르를 떠나 팬덤이 강한 가수가 차트나 공연 성적에서 실질적인 성과를 거두는 모습이 확인되면서 효능감 같은 것도 분명히 있다고 본다.

쉽게 말해 이제 팬덤, 팬질, 덕질은 감추기에는 너무 크고 뚜렷이 드러나는 흐름이 된 것이다. 팬이 단순히 소비자가 아니라 이 산업의 주인이 되어가는 현상이 점점 더 강화되고 있는 중이다. 또 미디어 환경의 변화와 그에 따른 새로운 트랜드도 이러한 변화에 중요한 역할을 하고 있다. 인스타그램이나 틱톡 등에서 벌어지는 각종 챌린지는 일코해제를 굉장히 긍정적으로 조장하는 환경이라고 생각된다. 심지어 요즘은 서로 경쟁하는 위치에 있는 아이돌들 간에도 서로에 대한 팬심을 숨기지 않는다. 심지어 전략적으로 서로에 대한 챌린지 품앗이를 해주는 마케팅도 활발히 벌어진다. 이러한 아이돌의 행동이 팬의 입장에서 팬심을 표현하는 일을 두고 더 관대하게 만든다.

요 몇 년 사이 가장 중요한 팬덤 문화로 떠오른 뮤지컬 팬덤도 마찬가지다. 소위 '뮤덕'도 예전에는 음지에서 다른 이들 모르게 뮤지컬을 관람하고 팬질을 하는 경우가 많았는데, 이제는 SNS 문화와 맞물려서 하나의 인증 문화로 확대되었고, 뮤지컬 혹은 뮤지컬 배우를 좋아하는 취향을 자랑스러운 덕질로 보여주는 사례가 많아지고 있다.

결국 이러한 변화에는 소비자들의 주체적인 의식이 자리하고 있다. 대중문화 산업이라는 게 결국 '내가 내 지갑 털어서 만들어진 것'인데 '내가 왜 늘 일코를 하고 있어야 하는가?'라는 새삼스러운 의문과 함께 덕후 스스로의 힘에 대한 자각이 일어나고 있다고 하겠다. 이 자각은 사실 한 사람의 힘으로만 되는 일은 아니고 여러 가지 미디어적인 환경이나 사회 변화와 맞물려서 팬들끼리, 서로의 팬심을 인정하고 공유하는 일종의 동료 의식으로 발전하고 있지 않나 평가한다. 케이팝도 그렇고 트로트도 마찬가지지만 내 팬심과 덕질의 일상을 어디 가서 쉽게 말하지 못하는 게 과거의 모습이었는데, 알고 보니 지금 이 나이에 이 그룹 팬질하려고 여기에 와 있는 사람이 나 말고도 이렇게 많이 있음을 확인하면서, 거기서 만들어지는 연대감과 효능감도 생겨났다고 볼 수 있다.

기획사들 역시 이러한 팬심을 극대화할 수 있는 장치에 골몰하고 있다. 대표적으로 트리플에스 같은 그룹이 있다. 팬들이 원하는 유닛을 팬들이 직접 뽑게 하고, 아예 탄생 과정부터 팬의 개입과 참여로 아이돌 그룹을 조직하고 운영하게 만든다는 전략이다. 이러한 생각 역시 팬덤의 존재와 역할을 보다 대외적으로 인정하게 해주는 제스처의 일환이다. 결국 일코해제라는 트렌드는 팬덤의 역할과 힘을 공식적으로 확인받고 그것을 자랑스럽게 여기는 사람들이 많아지면서 더 가속화되고 있는 것이라고도 말할 수 있다. (김영대)

2023년에 필자는 아티스트보다 나이가 많은 팬덤이 다수 등장하고 있는 한국 대중음악 상황이 함의하는 사회문화적 변화와 성격에 대해 논의한 바 있다. 일코해제를 외치는 팬덤 구성원이 늘어나고 있는 현실이 사회문화적으로 의미하는 바를 찾는 게 이번 키워드 선정의 이유일 것이다. 팬은 개인이다. 그러나 팬덤 내부에 들어가면 나와 같은 덕질을 하고 있다는 것만으로도 반갑고 즐겁고 힘이 나는 타인을 만나게 된다. 누군가의 음악을 좋아한다는 이유만으로 낯선 타인이 친밀한 존재로 바뀌는 경험을 하게 되는 것이다. 취향을 매개로 한 친밀성이 형성되고 그 친밀성을 통해 팬덤 안에서 연대와 연계가 형성된다. 팬덤 속에서 맺어진 연계와 연대가 공동체적 경험으로 전환되는 순간 '아티스트와 함께 성장한다.' 는 일종의 효능감으로 발현된다. 취향 – 팬덤 – 친밀성 – 연대 – 동반 성장은 일코해제를 선언한 팬덤의 주체성을 이해하는 중요한 연결고리들이다. 더군다나 2020년대 한국사회는 개인의 정체성 준거가 되어 줄 공동체적 관계를 너무나도 많이 잃어버렸다. 정체성이란 나는 누구이고, 어디에 속한 존재인지 확인하고 확인받는 과정에서 형성된다. 전통적으로 개인 정체성 준거가 되어준 집단은 혈연, 지역, 종교 등 미시적이고 구체적인 관계 속에서 만들어진 공동체였다.

그런데 지난 30여 년 동안 한국은 가족이 해체되고, 지역을 매개로 한 관계가 희박해졌으며, 직장이나 종교 생활을 공유하며 타인과 속깊은 관계를 맺기 어려워져 왔다. 우리 사회에서 정체성 준거 집단이 될 수 있다고 여겨왔던 많은 집단과 관계 대부분이 축소, 약화되거나 그 의미가 퇴색되었다. 하지만 인간은 사회적 동물이기 때문에 어딘가에 속해 있고 속해 있음을 확인받는, 즉 정체성을 형성하고 공동체를 통해 이 정체성을 정식으로 추인받는 일이 굉장히 중요하다.

그런데 팬덤이 현대 한국사회에서 잃어버렸거나 사라졌다고 여겨지는 정체성 준거집단의 역할을 해줄 수 있는 새로운 관계-공동체-집단 혹은 가능성을 지닌 관계로 떠오르고 있다. 심지어 나에게 정체성을 제공해 줄 뿐 아니라 내가 이 공동체의 일원임을 확인하고 확인받는 순간, 나는 개인이 아니라 공동체의 일원이 되어 나의 삶에 행복감과 위로를 건네준 아티스트와 함께 성장하는 존재가 되었다는 소속감을 전해준다. 임영웅, 박서진 같은 아티스트를 좋아하는 내가 팬덤의 일원으로 받아들여지는 순간, 개인이 아닌 팬덤이라는 취향 공동체의 일원이 되어 '우리 손자보다 더 친밀하게 여기는 아티스트와 함께 지금 같이 성장하는 중'이라는 커다란 소속감과 정체성을 얻게 된다는 얘기다.

팬덤 논의를 이렇게 해석하고 보면, 지난 대선 이후 한국에서 자주 회자 되는 팬덤 정치가 이성적 판단을 내리지 못하는 우민(愚民)의 어리석은 행태라고 단순하게 결론지어버릴 수 있을지 의문부호를 찍게 된다. 팬덤이라는 것을 두고 우리는 더 이상 특별히 독특한 성향을 가진 사람들이 모여서 하는 이상한 행위라면서 '이상'하고 '비이성적' 행동으로 보지 말아야 한다. 오히려 개인, 사회, 문화적 정체성이 끊임없이 위협받고 있는 현대 한국사회에서 팬덤은 개인이 자기 정체성을 형성하고, 고민함에 있어 중요한 하나의 준거를 만드는 사회적 행위라고 볼 수 있지 않을까 싶다. (조일동)

제이팝의 귀환 혹은 부상

2024년은 제이팝(J-POP) 혹은 일본 대중문화가 한국에서 다시금 주목받고 있는 현실에 대한 이야기다. 제이팝의 부상은 다양한 층위에서 흐름이 나타나고 있지만 최근 수면 위에 떠오른 계기 중 하나는 2024년 6월, 뉴진스 멤버 하니가 일본 도쿄돔 공연에서 1980년대 인기를 끌었던

일본 가수 마츠다 세이코의 〈푸른 산호초(青い珊瑚礁)〉를 부르면서다. 이 공연에는 약 9만 명이 넘는 관객이 참여했는데 현장에서 엄청난 호응을 얻었고, 온라인으로 공연 영상이 빠르게 퍼져나가면서 마츠다 세이코라는 가수와 그녀가 활동하던 시기의 대표곡, 영상 등이 한국에서까지 재조명됐다.

마츠다 세이코 「青い珊瑚礁」(싱글, 1980)_CBS Japan

사실 필자 주변 음악 산업 관계자들에 의하면, 최근 몇 년간 좀 더 부각된 측면이 있긴 하지만 제이팝에 대한 관심이나 인기는 항상 어느 정도 존재했다. 코로나19 이후 공연이 더욱 활성화되는 측면과 일부 맞물린다는 견해도 있다. 아울러 앞서 논의한 일코해제 측면에서 살펴볼 필요도 있다. 기존 제이팝을 좋아하는 소위 마니아성 팬덤이 과거부터 꾸준히 존재했지만 일본문화에 대한 한국사회의 거부감 등으로 인해 일코를 하고 있다가 뉴진스 하니의 리메이크 같은 최근의 흐름 속에서 일코해제를 선택하면서 제이팝에 대한 관심이 좀 더 부각된 측면도 있으리라 예상해 볼 수 있다. 무엇보다 필자는 제이팝의 부상을 케이팝과 대립구도로 볼 것이 아니라, 상생적 구도로 바라보는 것이 필요하다고 생각한다. 다시 말해, 제이팝 VS 케이팝이 아닌 '제이팝 in K' 혹은 '제이팝 with K'라고 볼 수 있겠다. (고윤화)

벌써 20년 전인 것 같은데, 필자의 학창 시절 X-재팬이나 안전지대 같은 일본 음악을 들으면 좀 특이한 취급을 받았었다. 그런데 2024년 들어서 특히 부각되기 시작한 제이팝 부상은 앞서 논의한 일코해제, 팬덤의 주체성 부각 등과 연결지어 얘기할 부분이 분명히 있다. QWER 같은 경우는 일본 애니메이션 〈최애의 아이〉를 오프라인으로 옮긴 부분이 있고, 노래나 활동 방식에서도 상당히 일본 대중문화로부터 모티브를 많이 얻어 결성한 팀이다. 이런 형태가 이전엔 서브컬처로만 여겨지다가 지금은 메인스트림 안으로 들어온 모양새다. 그래서 QWER이 펜타포트나 현대카드 다빈치 모텔 같은 곳에서 공연하게 되었다. 이런 팀이 양지에서 활동한 덕분에 남성 팬 또한 마음껏 팬심을 드러내는 상황까지 된 거다. 보편적인 이해를 위해 하나 예를 더 들면, 〈사건의 지평선〉의 윤하 같은 경우는 일본에서 먼저 데뷔를 했다. 그렇다고 윤하가 일본 문화의 영향만 받았다는 건 아니다. 다만 윤하의 음악 역시 초기엔 서브컬처 쪽으로 여겨졌는데, 그 경험을 바탕으로 일본의 여러 뮤지션이 한국에 소개되는 계기가 되기도 했다. 서두에도 말했다시피 근자에 아도, 스토마요, 아타라시이 각코 등 많은 팀이 내한공연을 치렀다. 11월에는 국내에서 첫 대규모 제이팝 페스티벌도 열렸다.

Wonderlivet 2024 (제이팝 페스티벌)
포스터

요아소비 「E-SIDE 3」(EP, 2024)
_Sony Japan

AKB48, 크리피 넛츠는 물론 아타라시이 각코도 또 내한 한다. 상반기
에는 단독 공연으로 왔었는데 페스티벌을 통해 또 온다는 건 그만큼 한국
내에 수요가 상당히 존재한다는 얘기다. 우버월드나 킹누 같은, 일본에선
닛산 스타디움 같은 대형 공연을 열 수 있는 팀들도 한국을 찾았는데, 한
국에선 작은 공연장 무대였음에도 기꺼이 공연을 진행했다. 또 눈여겨볼
지점은 2024년 말과 2025년 초에 요아소비, 후지이 가제, 요네즈 켄시
같은 제이팝 뮤지션이 고척돔, 인스파이어 아레나 등 대형 공연장에서 공
연한다는 거다. 이런 지점들을 보면 2024년이 분수령이 될 것 같은데 제
이팝이 확실히 국내에서 인기를 얻고 있다.

또 하나 눈여겨볼 지점은 앞서도 소개된 뉴진스 하니가 도쿄돔 팬미팅
에서 일본 원조 아이돌 마츠다 세이코의 〈푸른 산호초〉 커버다. 필자도 그

팬미팅 현장에 있었다. 하니가 〈푸른 산호초〉를 부르는 순간, 공연장이 진짜 난리가 났다. 하니는 외국 국적의 가수인데 그가 일본 노래를 불러서 다시 주목받는 현상은 케이팝이 지닌 다국적성의 상징으로 음악의 국적, 경계가 무너지고 있다는 걸 증명한 사례이기도 하다. 케이팝과 제이팝 사이의 협업도 많이 일어나고 있는데 스트레이키즈는 리사, 르세라핌은 아도와 협업했다. 최근엔 에이티즈가 일본 인기 그룹인 비퍼스트랑 뭉쳤다. 인디 쪽에서는 스카이하이라는 일본의 유명 프로듀서가 있는데 국내 래퍼 창모와 협업 싱글을 냈다. 이런 협업 형태가 계속 생기는 모습을 보면 2024년에 확실히 분기점이 되지 않았나 한다. 또 MBN에서 상영한 〈한일가왕전〉이라는 프로그램에서도 일본 가수와 한국 가수가 경연을 했다.

〈한일가왕전〉 포스터_MBN

거기서 좋은 성적을 거뒀던 우타고코로 리에가 최근 조동진의 〈제비꽃〉을 한국어로 리메이크해서 발매했다. 우타고코로 리에는 일본에서 오랜 기간 무명이었는데 한국 활동 덕분에 본국에서도 더 주목을 받게 됐다고 하더라. 이런 사례는 일본과 한국 문화의 대중음악 교류가 긴밀한 관계가 됐다는 상징적인 의미도 있을 것 같다. 최근에 아시안 팝 연대가 화두로 떠오르고 있다는 점도 같이 짚고 싶다. 2024년에 아시안 팝 페스티벌이 국내에서 처음 열렸는데 일본 가수들도 많이 왔다. 태국이나 동남아 시장의 팝이 부상을 하고 있는데 이런 부분도 연장선상에서 주의 깊게 볼 필요가 있다. (이재훈)

글로벌 지형에서 보면 결국은 지난 수십 년간 대중문화의 중심축이었던 미국의 절대적인 힘이 약해짐에 따라서 다양한 로컬 시장이 부상하고 있는 와중에 불어온 동아시아적인 현상이라 본다. 일본 문화의 부상도 이러한 흐름 속에 함께 이야기해야 되는가에 대한 고민이 많았었는데, 결국 포함시켜야 한다는 결론에 도달했다. 그 이유는 결국 이 두 가지가 상호연결 되어 있다고 보는 게 옳다고 판단되기 때문이다. 불과 몇 년 전만해도 '케이팝의 성공과 제이팝의 몰락'이라는 이분법적 구도의 내러티브가 자주 논의되었다. 2024년은 이런 이분법적 사고가 바뀌기 시작했다고 본다. 제이팝도 모멘텀을 확보하고 있고, 이 실마리가 제이팝의 전성기를 앗아간 케이팝의 종주국인 한국을 중심으로 찾고 있다는 것도 굉장히 특이한 현상이다. 두 나라의 팝 모더니티가 그 연결성을 찾기 시작했다는 사실은 매우 흥미롭다. 물론 그 주체는 케이팝이다. 2024년에 뉴진스가 일본 팬미팅에서 마츠다 세이코의 〈푸른 산호초〉를 다시 유행시켜 화제가 되었는데, 이 현상이 만들어진 이면에는 세이코라는 가수나 〈푸른 산호초)라는 곡이 지닌 상징성 이외에도 한국의 대중문화 속에 항상 자리하고 있었던, 하지만 우리가 알면서도 쉬쉬했었던 우리 안의 일본화된 서구성을 다시 새롭게 바라보게 된 것은 아닌가 싶다. 오히려 케이팝의 성장을 더 객관적으로 바라볼 수 있게 된 자신감도 섞여 있다고 본다. 미국적인 것은 아닌, 하지만 결코 일본적인 것만은 아닌, 이미 한국화된 아시안 모더니티라는 부분을 새롭게 바라보고 그 안에서 일본에 대한 영향도 조금 더 거시적인 관점에서 이해하고 받아들일 수 있게 된 게 아닌가 싶다. 그리고 아이러니하게도 케이팝 때문에 시장을 뺏긴 줄 알았던 일본 문화의 모멘텀이 오히려 케이컬처, 한류의 부상과 함께 새로운 전기를 얻게 됐다는 사실은 재밌을 뿐 아니라 추후 연구해 볼 필요가 있는 영역이라 생각한다. (김영대)

메인스트림 팝을 제외하고 이야기를 하자면, 일본의 영화(영상)음악가의 영향력을 빼놓을 수 없다. 『K컬처 트렌드 2024』에서 히사이시 조의 영화음악 콘서트 전국투어를 언급을 했었던 것처럼, 미야자키 하야오 감독과 영화음악가 히사이시 조 음악으로 대표되는 지브리 스튜디오 작품들은 한국에 수많은 고정 팬을 가지고 있다. 특히 히사이시 조는 클래식을 전공한 현대음악 작곡가이기도 하다. 그래서 그의 스코어는 실제 영화나 애니메이션의 배경음악으로도 좋지만 라이브 연주로 듣기에도 훌륭한 곡들이 많다. 2024년 9월에도 히사이시 조의 영화음악 콘서트가 예술의전당에서 열려 그의 변함없는 인기를 실감게 했다.

한편, 2024년에 새롭게 주목할 만한 인물은 제천국제영화제에서 음악상을 수상한 요시마타 료 음악감독이다. 히사이시 조 만큼 잘 알려진 이름은 아니지만 그의 곡들은 한 번도 들어보지 않은 사람은 없을 정도로 대중적으로 많이 쓰였다. 대표작으로는 〈냉정과 열정사이〉의 스코어 중 〈The Whole Nine Yard〉, 〈History〉, 〈Between Calm And Passion〉 같은 곡이 있는데 대체로 잔잔한 배경음악으로 쓰기 좋은 뉴에이지 스타일이 주를 이룬다. 그는 실제 1980-90년대 조용필이 일본에서 활동하던 당시 함께 했던 밴드 '괜찮아요' 멤버로도 참여해 오래전부터 한국과 인연을 맺고 있었다. 이후 게임음악과 영화음악 등에 참여하며 국내 인지도를 높여왔다. 2024년 제20회 제천국제음악영화제 '제천영화음악상'에 선정돼 국내에서 토크콘서트를 열고 언론과의 인터뷰를 통해 한일문화의 가교 역할을 하고 싶다는 포부를 밝혀 향후 국내에서의 활동이 기대된다. 앞서 언급한 '제이팝 in K'처럼, 영화음악 분야에 있어서도 한국과 일본은 더 이상 경쟁대상이 아니며 함께 상생, 협업해야 할 대상이다. (고윤화)

한국영화에 일본 영화음악가가 참여하는 일도 제이팝에 대한 대중의 관심을 일으키는데 일조했을 것이라는 분석은 매우 설득력이 있다고 본다. 사실 제이팝은 이재훈 기자 언급대로 아시안 팝의 일환이다. 그리고 이 아시안 팝의 핵심은 좀 전에 김영대 평론가가 언급한 근대의 결과물이다. 초기에 아시아가 경험했던 근대는 어떤 형태였나? 지금이야 인터넷으로 다 연결되어 있고 그래서 미국과 한국에서 동시적으로 같은 음악을 듣고 얘기를 나눌 수 있게 되었지만, 과거엔 아시아와 미국 사이에 대중문화 경험은 시차가 있었다. 미국과 시차 뿐 아니라 일본-홍콩-대만-한국-태국 사이에도 서로 미묘하게 독특한 시차가 존재했다. 시차가 있다는 얘기는 미국에서 송출하는 팝이 아시아로 수신되는 과정에서 각국 사이에 또 시차가 있어서 대중음악의 위계가 있었다는 의미다. 한국의 대중음악이 형성되던 초기에 일본은 미국 대중음악을 전달하는 통로이자, 나름의 필터링을 가동해 일본화 된 미국 스타일 팝까지 덧붙여 전하던 존재다. 그런데 과거 글로벌 대중문화 위계 외곽에 있던 한국이 오히려 트렌드 세터로 중심이 되는 흥미로운 상황을 우리가 지금 목도하고 있는 중이다. 메인스트림에 나타난 현상 못지않게 인디씬에서 일본이나 대만, 태국 아티스트와 콜라보로 음원을 만들거나 상호 방문을 통해 공연을 시도하고 있다. 조금씩 이런 흐름이 확장되고 있고, 아마 2025년 이후에는 이러한 아시아권과의 더 많은 교류, 더 많은 콜라보가 메인스트림과 인디 가리지 않고 나타날 수 있을 것이라 전망해본다. (조일동)

3.

2025년 한국 대중음악은
어디로 갈까?

K 없는 케이팝, 정말이야?

필자가 몇 년 전부터 밀어왔지만, 하지만 많은 이들이 현실성 없다고 말했던 'K 없는 케이팝의 현실화'가 바로 눈앞에 와 있다. SM, 하이브, JYP 등 케이팝 산업을 이끄는 회사들이 이 부분에 많은 역량과 자본을 투자하고 있다. 필자는 이것을 일종의 관성 같은 것이라 본다. 1990년대 말부터 2000년대 초반에 SM의 이수만이 꿈꿨던 게 케이팝의 세계화였는데, 이 케이팝의 세계화라는 시도에서 핵심 키워드가 결국 현지화였다. 그러니까 케이팝의 모든 레이블은 이미 탄생 시점부터 현지화라고 하는 어떤 궁극의 목표를 설정한 채 성립이 된 것이라고 할 수 있다. 지난 몇 년 사이 이러한 목표 의식은 이제 멈출 수 없는 상황으로까지 흘러갔다. 지금 당장 성과를 볼 수 있느냐고 반문할 수도 있다. 아직은 이러한 시도가 초기 단계에 있고, 〈APT.〉 사례에서 짚었던 것처럼 시장은 이런 변화에 대해 크게 낯설어하지 않는다. 아마도 변곡점이 곧 온다고 본다. 오히려 고민은 이렇게 케이팝의 성격이 자연스럽게 글로벌 팝의 일환으로 자리 잡게 될 때, 이를 두고 우리가 케이컬처로 다룰 수 있을까하는 점이다. 이를테면 SM이 론칭한 디어 엘리스 같은 그룹은 그냥 영국 팝 그룹인데 그렇게 보면 결국 케이팝이 만들어낸 산업이라는 것은 아이러니하게도 K컬처 트렌드 포럼이 다룰 수 없는 산업으로 발전하는 운명을 갖고 있는 게 아닌가 하는 점이다. 정리하자면 K 없는 케이팝은 이미 현실이 되었고 이것은 결코 멈출 수 없는 흐름이라는 것이다. 물론 그 과정에서 실패하는 경우도 분명히 있을 것이고 지금까지처럼 예상치 못한 성공도 있겠지만, 케이팝 시장이 세계 대중음악 시장 안에서 현재 가지고 있는 파이 안에서만 K를 떼어낸 케이팝의 성패를 예측하긴 정말 어렵다는 것이다. 이는 케이팝의 패러다임을 바꾸는 수준의 사고 전환이 반드시 수반되어야 하는 변화일 것이다. (김영대)

버추얼아이돌 진짜 뜰까?

또 하나 2025년 주목해야 할 지점은 버추얼 아이돌이다. 버추얼 아이돌 시장은 지금 일반적으로 막연히 생각하는 것보다 훨씬 빠르고 맹렬하게 움직이고 있다. 그 기술의 발전 속도 역시 어마어마하다. 오히려 지금의 고민은 기술은 구현이 되고 있는데 이걸 훌륭한 콘텐츠로 만들 능력 있는 크리에이터들이 있느냐가 관건이다. 2024년에 큰 성공을 거두었던 플레이브를 비롯해 2025년에는 버추얼 아이돌과 관련한 주목할만한 사례와 성과들이 나오지 않을까 예상한다. (김영대)

플레이브 「Asterum 134-1」(EP, 2024)_VLAST

필자 역시 버추얼 아이돌이 2025년 케이팝에서 화두가 될 것이라 예상한다. 플레이브 콘서트를 방문했었다. 공연을 보기 전까지 솔직히 조금 의문부호가 찍혀있었다. 왜냐하면 우리 세대는 아담을 한 번 겪었었기 때문이다. 젊은 세대 중에는 사이버 가수 아담을 모르는 이들도 있겠지만, 아담은 CF에도 출연할 정도로 초반에는 성공적이었다. 하지만 장수하지는 못했다. 그래서 버추얼 가수에 대한 걱정이 자연스레 생겼다. 근데 플레이브 콘서트를 보고 나 자신 또한 플레이브 팬덤 플리에 가입할 생각을 해 볼 정도로 생각이 변했다. 너무 재미있었던 것이다. 그동안 콘서트를 수백 번 봤다고 해도 과장이 아닌데, 그 모든 콘서트 중에서 무대 전환이 가장 빨랐다. 그러니까 지루할 틈이 없었다. 또한 SM이 2025년으로 창립 30주년이다. 회사 스스로도 중요한 분기점이라 여기고 있고, 각종 행사도 예정돼 있다. SM은 케이팝 문화를 개척한 회사니까 30주년이라는 의미가 더 크다고 볼 수 있다. (이재훈)

한국 인디 음악 30주년, 축하 혹은 걱정

2025년은 인디 30주년이기도 하다. 1995년 4월 클럽 드럭에서 커트 코베인 1주기 추모공연을 연 것을 한국 인디 음악 역사의 시발점으로 본다. 초반엔 어느 정도 메인스트림과 인디 사이에 균형을 이루고 있다고 생각했는데, 지금은 완전히 불균형 상태라 봐도 무방할 수준으로 두 씬 사이의 규모나 영향력에서 차이가 커졌다. 인디 음악 30주년을 맞아 어떤 전환점, 분수령을 만들 수 있냐가 중요하다고 본다. (이재훈)

BTS 전역, 새로운 바람 아니면…

한 가지 더 첨언하자면 BTS 멤버가 모두 전역하는 2025년 하반기에 완전체로 컴백하는 기획을 하이브가 만들어 내보기를 희망하고 있다. 만약 방탄소년단 바람대로 2025년 하반기에 컴백을 해서 어떤 결과를 낸다면, 소위 3세대 아이돌 그룹의 활동 성과가 영속성을 가진다고 볼 수 있을 것 같기에 이 부분도 흥미롭게 지켜볼 필요가 있다. 동시에 또 다른 3세대 아이돌의 대표 주자라 할 수 있는 세븐틴과 트와이스도 2025년이 데 뷔 10주년이다. 2024년 큰 주목을 받으며 새로운 대세로 떠오른 데이식 스 역시 2025년 10주년을 맞이한다. 2025년은 케이팝 시장에 여러 가지로 의미가 있는 해이기 때문에 새로운 분수령이 만들어질 수 있지 않을까 조심스럽게 예측한다. (이재훈)

한국인이 좋아하는 음악은 케이팝? 아니, 발라드!

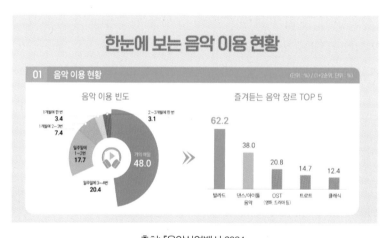

출처: 『음악산업백서 2024』

최근 발표된 『음악산업백서 2024』에 의하면 국내에서 가장 많이 즐겨 들은 음악장르는 '발라드'다. TOP 5 순위별로는 발라드(62.2%), 댄스/아이돌음악(38.0%), 영화, 드라마 OST(20.8%), 트로트(14.7%), 클래식(12.4%)이다. 우리가 흔히 메인스트림으로 케이팝, 즉 댄스/아이돌 음악을 주로 언급하는데, 아이돌 음악에도 발라드 스타일이 존재하기 때문에 발라드로 구분되는 케이팝을 포함시키더라도 2위인 댄스/아이돌음악과는 수치상으로 큰 차이를 보인다.

더욱 흥미로운 점은 2023년도 대비, 53.3%에서 62.2%로 발라드 비중이 더욱 증가했고 댄스/아이돌음악은 40.8%에서 38.0%로 일부 감소했다는 점이다. 3위 드라마 영화 OST는 21.9%에서 20.8%로, 트로트는 15.3%에서 14.7%로 소폭 감소했지만 비슷한 수치를 보이고 있으며, 2023년 5위였던 힙합(11.6%)은 뒤로 밀리고 2024년에 클래식이 11.6%에서 12.4%로 상승하며 5위에 진입했다. 발라드는 사실 우리나라에만 존재하는 독특한 장르다. 10년 전 『음악산업백서 2024』를 참고하면 분류 체계가 조금 다르긴 하지만 대중가요 안에 장르를 구분해 비교한 표를 통해 국내에서 즐겨듣는 장르는 여전히 발라드가 강세임을 알 수 있다.

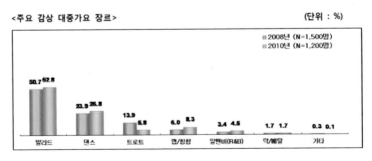

출처: 『음악산업백서 2024』

정리하면, 2025년도 전망에 앞서 우리는 대중음악의 메인스트림에 대한 정의를 다시 해 볼 필요가 있다. 산업적 흐름과 음악의 소비와 청취 측면에서의 메인스트림은 분명 구분할 필요가 있기 때문이다. 아울러 본 대중음악 세션의 흐름이 메인스트림 그리고 그 너머와 같은 형태로 이루어져있는데, 필자는 영화 드라마 OST와 클래식이 언제까지 변두리일까 생각해본다. 이미 지표에서 살펴봤듯이 TOP 5안에 진입한 메인스트림 중 하나라고 볼 수 있다. 〈G선상의 아리아〉와 베토벤의 〈엘리제를 위하여〉를 모르는 사람은 없다. 클래식의 주요 곡들이 이미 대중적(popular)이다. 만약 메인스트림과 그 너머의 것들로 음악 장르 구분을 한다면 오히려 세션 타이틀은 '대중음악'이 아니라 '한국음악' 혹은 '케이–뮤직'이 되어야 할 것이며 메인스트림에 이 장르를 모두 편입시킨다면 세션명이 그대로 '대중음악'이 되어야 하지 않을까. (고윤화)

AI 활용과 시스템화된 영화/음악교육 증가

추가적으로 앞서 언급한 멀티레이블과 관련한 이슈들이 다변화된 형태로 생길 수 있다고 예상할 수 있으며 무엇보다 인공지능 관련 이슈가 더욱 커질 것으로 전망된다. 인공지능 관련해서는 크게는 두 가지 측면으로 전망해 볼 수 있는데, 첫째는 인간이 만들어내는 음악을 유사하게 제작하는 측면이다. 이미 오래전부터 인공지능을 활용한 음악 연주 등은 익숙하지만 창의적인 작곡에는 어느 정도 한계점이 보였다. 그러나 최근 딥러닝이 가능한 AI는 사람보다 더 빠르게 배워나가고 있다. 한 예로 국내 인공지능 작곡가 이봄은 이미 작곡가로 활동을 하고 있으며 클래식 음악회에서도 AI가 작곡한 곡을 인간이 연주하는 사례도 늘어나고 있다. 또 다른 측면은 인간이 제작한 음악을 분석하고 모니터링하는 도구로 활용되는 측면이다. 음악을 생성하는 것뿐 아니라, 이제는 케이팝을 구성하는 음악 장르적 요소를 분석·연구하는 도구로도 활용된다. 국내 인공지능 음악을 개발하는 한 전문스타트업 대표는 이미 십여 년 전부터 엔터테인먼트사에서 제작하는 곡들이 실제 표절 등의 이슈가 없는지를 확인하는 모니터링 시스템을 구축해 적용하고 있다고 한다. 앞서 언급한 인공지능을 활용한 보컬 생성과 커버곡 제작 등의 이슈는 앞으로 이를 둘러싼 저작권과 저작인격권 분쟁도 증가할 가능성이 크며 이를 해결하기 위한 인공지능 개발도 증가할 것이다. 2025년에는 이에 대한 논의가 보다 활발히 이루어질 것으로 전망된다.

한편 2024년 제4회를 맞이한 '2030 청년영화제'도 주목해볼만하다. 영화를 전공하지 않은 2,30대 청년을 대상으로 하는 이 영화제는 영화감독의 꿈을 갖고 있지만 영화제작 경험이 없는 청년들을 지원하고자 시작됐다. 단순히 완성도 높은 작품을 선정해 상을 주는 것보다 성장 가능성 있는 작품을 선정해 소정의 제작지원비와 현직에서 활동 중인 감독들이 멘토링을 해주는 프로그램 기획이 주목할 만하다. 이를 통해 매년 해를 거듭할수록 젊은 영화감독들이 만든 작품의 완성도가 높아지면서 참가하는 작품수도 계속 늘어나고 있다. 향후에는 '영화음악분야'도 추가할 계획이라고 한다. 한국의 영화, 드라마, 애니메이션 등 영상 콘텐츠의 질적 도약과 함께 '바늘과 실'처럼 이어지는 젊은 영화 음악가의 성장도 함께 주목해볼만 하다. (고윤화)

제4회 2030청년영화제
4th 2030 Youth Film Festival

2024. 11. 27 WED - 11. 30 SAT
아리랑시네센터

지원
금융산업공익재단

주최 · 주관
청년문간사회적협동조합

후원
성북구청 | 성북문화재단 | 아리랑시네센터

youthmungan@hanmail.net
www.syff.co.kr

제4회
2030
청년영화제

   2024년 10월 22일 가왕 조용필이 20번째 앨범을 냈다. 그 앨범에 대한 음악적 평가는 차치하더라도, 라디오에서 정말 많이 흘러나오고 있다. 그런가 하면 2024년 초에 김수철도 새 앨범을 냈는데 대중적인 호응이 크진 않았지만, 평단은 음악적인 완성도에서 굉장히 놀랐던 경험이 있다. 그리고 2024년 정미조가 75세를 맞이해서 「75」라는 제목의 앨범을 발표했는데, 최근 정미조는 TV에도 등장할 정도로 활발하게 활동 중이다. 이런 흐름을 뭐라고 읽을 것인가? 앞서 팬덤에 대해 논의했지만, 그 어느 때보다 자신의 취향을 주장할 수 있는 기성세대가 팬덤을 형성하며 새로운 대중음악 구성원으로 새롭게 부상하고 있다. 2024년 기성세대 팬덤이 주로 주목한 장르는 트로트였고, 임영웅으로 대표되는 트로트의 재발견을 이끌었다. 하지만 2025년에는 트로트를 벗어난 다양한 어덜트 컨템퍼러리 장르까지 일코해제한 기성세대 팬덤이 주목하지 않을까 예상해본다. (조일동)

4.

2024년 한국 대중음악 MVP:
데이식스!

2023년 대중음악 MVP로 뉴진스와 민희진을 함께 꼽았다. 둘을 묶어서 이야기한 까닭은 뉴진스의 콘셉트부터 활약이 뉴진스라는 그룹의 역량으로만 볼 수 없다는 의미, 즉 크리에이터와 아티스트 사이의 케미가 만든 결과가 2023년을 대표하는 결과물을 만들었기 때문이라 판단했기 때문이었다.

2024년 MVP는 메인스트림에 불어온 록과 밴드 열풍이라는 중요한 트렌드를 짚을 때 가장 대표적인 위치에 있는 밴드 데이식스를 꼽았다. 아무리 케이팝을 얘기해도 한국의 대중이 가장 많이 듣고 있는 음악은 발라드다. 우리가 흔히 이야기하는 발라드라고 음악은 사실 여러 가지 음악 형식이 뒤섞인 결과다. 그 중 하나가 영어식으로 말하면 '슬로우록'으로 지칭되는, 한국에서 '록발라드'라 일컬어지는 형식이다. '소프트록' 혹은 슬로우록 형식은 한국에서 오랜 시간 많은 인기를 얻었던 발라드라는 음악을 구성하는 주요한 골자를 채우고 있다. 그런 차원에서 데이식스가 만들어왔던 음악은 한국인에게 매우 익숙한 발라드 형식인 슬로우록, 그것도 록발라드 가창자의 정석적인 포맷처럼 여겨지는 밴드 형태로 연주해온 팀이다. 심지어 데이식스는 홍대에서 열리는 '클럽 데이'에 라이브 클럽 무대에서 데뷔를 했다. JYP에서 제작한 팀이면서 특이하게도 방송이 아닌 홍대 클럽부터 시작해서 지속적인 라이브 활동으로 인지도를 쌓아왔다. 이점은 데이식스의 위치를 다른 밴드 포맷 케이팝 그룹과 다르게 만든다. 팬덤 사이에서 가장 노래를 잘하는 팬덤이라고 알려진 '마이데이'가 데이식스 팬덤의 이름이기도 하다. 2024년 한국 대중음악을 대표하는 키워드가 '일코를 벗어던진 팬덤의 주체화'인데, 데이식스야말로 마이데이로 대표되는 팬덤에 의해서, 방송과 같은 매체의 힘을 크게 빌리지 않고 차근차근 성장하면서 지금과 같은 성공에 이르렀다. 멀티레이블 논의에서도 살폈지만, 현재 다수의 케이팝 그룹은 엄청난 자본을 투자해 초기 성공을 만들고, 그 성공이 팀을 지속시킬 수 있을지 여부를 판단하게 만든다. 이 같은 프로덕션 경향들 속에서 라이브와 음악성으로 성장한 팀이 존재하고 있다는 것만으로 데이식스는 대중음악이 가지고 있는 기본을 다시 생각해보게 만든다. 좋은 음악을 꾸준히 만들고, 쉼없이 공연 활동을 이어가는 것이 대중음악인을 존재하게 만드는 기본이라는 당연한 진리를 재확인하게 해줬다는 차원에서도 데이식스는 2024년에 MVP로 손색이 없다고 본다. (조일동)

설명이 필요 없다고 본다. 2024년 가장 많은 히트곡을 냈고, 역주행 신화를 썼으며, 소위 '군백기' 동안에 오히려 히트를 지속해서 이어가는 등여러 가지 기록을 많이 세웠기 때문이다. 데이식스라는 밴드를 생각할 때흥미롭다고 생각하는 점은 굉장히 시간이 많이 걸리는 방식을 택했다는것이다. 빠르게 인기를 얻고 빠르게 부상할 수 있는 방법 대신 이 팀은 정공법을 택했다. 좋은 음악, 좋은 공연을 통해 팬들과 가깝게 만나고 여기서 얻어진 신뢰를 바탕으로 팬덤을 유지시키는 전략 아닌 전략이 가장 진심을 끌어낸다는 너무나 단순한 결론. 그러니까 결국 좋은 음악은 통한다라는 것을 확인시켜준 사례가 되었다. 2024년에는 여러 가지 부정적인뉴스나 이슈도 많았지만, 그런 와중에 가장 돋보이는 아티스트로 그것도밴드 열풍 혹은 록음악 열풍을 이끈 장본인으로서 데이식스를 MVP로 뽑는 것에 이의를 달 수 없었다. (김영대)

적극 동의하지 않을 수 없다. 하나만 더 추가하자면 2024년에 프로야구열풍이 엄청나게 불었다. 그리고 데이식스의 노래가 야구장에서 정말 자주, 많이 울렸다. 쉽게 얘기해서 2024년 한국 사회 어디를 가나 곳곳에서데이식스 음악이 많이 흘러나왔다는 거다. 그 정황만으로도 데이식스는2024년 MVP로서의 의미를 가진다고 할 수 있지 않을까 싶다. (이재훈)

역주행중인 데이식스를 2024년 MVP로 선정하자는 의견에 조금 망설여졌다. 필자의 좁은 소견으로 '밴드는 좀 밴드다워야(?) 한다'는 생각이컸기 때문이다. 얼핏 봐도 밴드를 표방한 아이돌 같아 보이는 뭔가 강한 선입견이 작용했다. 그런데 10여 년이 지나 역주행 중이라고 하니 궁금증이 생겨 이들의 데뷔 때부터의 음악을 좀 찬찬히 들어봤다. 음악에만 집중해봤다. 그리고 왜 그들이 지금 이 시점에서 역주행을 하는지 해답을 찾았는데, 사실 그리 오랜 시간이 걸리지 않았다. 내가 찾은 해답은 바로 '가사'에 있었다. 역주행중인 대표곡 〈예뻤어〉(2017)와 〈한 페이지가 될 수 있게〉(2019) 외에도 2024년에 발표한 〈Happy〉의 가사를 한번 살펴보자. 제목이 퍼렐 윌리암스의 히트곡 〈Happy〉와 같지만 전혀 신나는 노래가 아니다. '그런 날이 정말 있을까요?', '주저앉고 있어요, 눈물 날 것 같아요.', '그냥 쉽게 쉽게 살고 싶은데 내 하루하루는 왜 이리 놀라울 정도로 어려운 건데?'까지. '행복'이라는 제목보다는 '절망'이 더 어울릴 것 같은 가사다. 물론 이 절망에 가까운 가사는 행복을 전제로 한다. 여기서 더욱 주목할 점은 가사가 너무나도 솔직하고 직설적인 화법이 사용되고 있다는 점이다. 거창한 은유법이나 어려운 시적 표현도 없다. 딱히 기승전결도 느껴지지 않는다. 아주 솔직하고 담담하게 일기를 써 내려가듯 자연스러운 감정이 고스란히 가사에 스며들어 있다. 그렇지만 밴드 음악의 특성상 사운드는 강렬하고 다소 흥겹기까지 하다. 아이러니하지만 그래서 더욱 가사의 전달이 배가 되는 느낌이다. 데이식스는 록을 추구하지만 그들의 곡에 담긴 메시지는 발라드 곡 이상의 서정성을 담고 있다. 무엇보다 요즘 젊은 세대의 꾸밈없는 표현법을 사용해 공감의 폭을 넓혀준다. 앞서 살폈던 바와 같이 코로나19와 경제적 위기, 무한경쟁 사회의 쓴맛을 보며, 밴드 음악의 감성에 목말라있던 청년 세대에게 마침 잘 준비된 신세대 록밴드가 데이식스였다. (고윤화)

II. 영화

정민아

김형석

나원정

1.

데이터로 알아보는
2024년 한국영화 시장

여러 K컬처 분야 중 영화 분야는 팬데믹 이후 제대로 회복이 되지 않고 있다. 책이 출간된 2022년, 2023년에도 같은 이야기를 반복했는데, 대중음악, 드라마&예능, 웹툰과 비교할 때 한국 영화산업은 후퇴하고 쇠퇴하는 시기를 지나 빙하기에 접어들었다고 체감할 만큼 어렵다. 히트작이 부재하고, 신규 영화제작 소식이 들리지 않으며, 영화관에는 몇십 명의 관객만 자리하고 있는 등, 한눈에 보아도 마치 1970년대, 1980년대 한국영화의 암흑기와 같은 인상이다. 그렇지만 이 장은 절망하기보다는 희망을 찾기 위한 이야기를 나눌 것이다. 120년을 만들어온 영화 역사는 영화라는 매체가 질곡과 어려움을 헤치고 다양한 모습으로 변신하며 대중문화의 핵심 자리를 굳건히 해왔음을 보여주고 있기 때문이다.

1950년대 할리우드 악몽을 지나 찬란하게 꽃피웠던 1960-1970년대의 뉴할리우드 시대, 독재정권 시대의 암흑기를 지나 엄청난 양적 성장과 질적인 르네상스를 맞이했던 2000-2010년대의 한국영화를 기억하며, 반드시 영화는 살아나고 영화관도 새로운 방식의 탈출구를 찾을 것이라는 기대감을 놓지 않을 것이다.

2024년에 국내 상업영화(제작비 30억 원 이상) 신규 투자 편수가 20편에 채 미치지 못했다. 이는 최근 5년간 실질 개봉작 수가 가장 적었던 2021년(17편)과 비슷한 수준이다. 2022~2023년 상대적으로 회복세를 보였으나 2024년 다시 주춤하는 모양새를 보였다. 코로나 이전의 관객수와 매출보다 대폭 감소하고, 상영 편수도 2/3 수준으로 떨어졌다고 판단된다(매해 2월에 영화진흥위원회에서 한국 영화산업 결산 통계를 제출하므로 정확한 통계는 2025년 상반기에 알 수 있다.)

2024년에 제출된 영진위의 한국 영화산업 결산 자료에 따르면, 2019년 상업영화 개봉이 45편, 팬데믹이 시작된 2020년에 29편, 2021년 17편, 2022년 26편, 팬데믹이 해제된 2023년 35편이다. 2023년의 숫자는 팬데믹 이전에 완성이 끝났다가 팬데믹을 만나며 개봉 시기를 잡지 못했던 창고영화들이 개봉한 착시효과다. 2020년에서 2024년까지도 기존에 만들어두었던 창고영화가 개봉하고, 팬데믹 기간에는 영화제작 편수가 급감한 터라 2024년 이후 상업영화 개봉 편수는 늘어나기가 어려운 실정이다.

코로나 이전인 2019년에 영화관 개봉 영화 총 편수는 한국영화, 외국영화를 망라하여 3,098편이었지만 팬데믹 시기에 많은 영화가 극장 개봉을 포기하고 OTT로 직행하였고, 제작 편수 또한 줄어서 영화 인력이 시리즈로 이동한 후 다시 영화제작으로 복귀하지 못하고 있다. 2024년 12월 초 현재 영화관 개봉 영화 편수는 2,238편으로 코로나 이전의 2/3 수준이다.

2019년 관객수는 2억 2천6백만 명이었고, 2023년 관객수는 1억 2천5백만 명이었으나 2024년 12월 9일 자 집계는 1억 1천3백만 명으로 2024년 총 집계해도 이전 관객수를 넘어서기는 어려워 보인다. 2019년 1인당 영화관 관람 횟수가 4.4회로 전 세계 1위였던 것에서 2023년에는 2.4회로 전 세계 8위를 기록했으며, 2024년에는 이 순위가 더 떨어질 것으로 예측된다. 한국영화 개봉 편수는 2019년 300여 편에서 2024년 200편 선에 머물렀다.

1인당 관람 횟수가 세계 8위면 다른 많은 나라들보다 팬데믹 해제 이후 원상복귀가 안되고 있음을 짐작할 수 있다. 한국영화 시장이 다른 나라들보다 산업 복귀가 되지 못했다는 의미이다. 한국은 유행에 세계 최고로 민감하게 반응하고, 그리하여 OTT 등의 대안 플랫폼을 더 빨리 받아들여 더 빨리 성장시켰다. 영화관에서 OTT로의 이동, 영화관의 대변신은 2024년 K컬처의 중요한 특징이라고 생각한다. 글로벌 대중문화 유행을 이끌어가는 K컬처가 영화관의 변신이라는 점에서 새로운 기준을 마련하게 될 것이라고 조심스럽게 전망해본다. 영화는 어쩌면 이미 올드 미디어, 올드 플랫폼이 되어가고 있는 현실이지만 역사가 알려주듯이 "영화는 죽지 않는다"라는 희망을 버릴 필요는 없다. 미국, 중국, 인도, 프랑스 등 자체 영화시장이 큰 나라들이 코로나 이전으로 돌아가고 있는 상황에 비해 한국은 영화산업이 침체 국면을 벗어나지 못하고 있어 정말로 회복불능의 절망적인 상황인지 구체적인 수치를 더 알아보도록 하자. (정민아)

영화의 시대는 저무는가?

2024년 관객 1백만 명 이상 동원한 한국영화 순위

순번	영화명	개봉일	전국	전국
			관객수	스크린 수
1	파묘	2024-02-22	11,913,725	2,355
2	범죄도시4	2024-04-24	11,501,621	2,980
3	베테랑2	2024-09-13	7,514,261	2,691
4	파일럿	2024-07-31	4,716,060	1,956
5	탈주	2024-07-03	2,546,988	1,234
6	핸섬가이즈	2024-06-26	1,774,278	965
7	하이재킹	2024-06-21	1,773,728	1,155
8	시민덕희	2024-01-24	1,714,796	1,272
9	외계+인 2부	2024-01-10	1,430,121	1,390
10	서울의 봄	2023-11-22	1,273,301	2,328
11	그녀가 죽었다	2024-05-15	1,236,662	1,008
12	사랑의 하츄핑	2024-08-07	1,216,093	1,159
13	노량: 죽음의 바다	2023-12-20	1,135,265	2,196

조회일: 2024.12.09. 출처: 영화진흥위원회 영화관입장권통합전산망(www.kobis.or.kr)

2019년 관객 1백만 명 이상 동원한 한국영화 순위

순번	영화명	개봉일	전국	전국
			관객수	스크린수
1	극한직업	2019-01-23	16,264,944	1,978
2	기생충	2019-05-30	10,085,275	1,948
3	엑시트	2019-07-31	9,426,011	1,660
4	백두산	2019-12-19	6,290,502	1,971
5	봉오동 전투	2019-08-07	4,779,501	1,476
6	나쁜 녀석들: 더 무비	2019-09-11	4,573,902	1,511
7	82년생 김지영	2019-10-23	3,678,156	1,486
8	돈	2019-03-20	3,389,035	1,431
9	악인전	2019-05-15	3,364,079	1,307
10	가장 보통의 연애	2019-10-02	2,917,213	1,073
11	말모이	2019-01-09	2,812,444	1,203
12	시동	2019-12-18	2,525,986	1,515
13	증인	2019-02-13	2,516,128	1,047
14	블랙머니	2019-11-13	2,464,978	1,117
15	사바하	2019-02-20	2,397,792	1,174
16	타짜: 원 아이드 잭	2019-09-11	2,227,671	1,429
17	신의 한 수: 귀수편	2019-11-07	2,146,764	1,246
18	내안의 그놈	2019-01-09	1,901,684	1,041
19	빵반	2019-01-30	1,826,714	1,285

20	변신	2019-08-21	1,804,112	975
21	걸캅스	2019-05-09	1,625,037	973
22	사자	2019-07-31	1,609,737	1,405
23	나의 특별한 형제	2019-05-01	1,441,813	936
24	유열의 음악앨범	2019-08-28	1,245,532	1,078
25	생일	2019-04-03	1,186,283	862
26	힘을 내요, 미스터 리	2019-09-11	1,176,076	990
27	퍼펙트맨	2019-10-02	1,144,894	894
28	장사리 : 잊혀진 영웅들	2019-09-25	1,140,876	1,090
29	롱 리브 더 킹: 목포 영웅	2019-06-19	1,092,738	965

2024년 관객 2만 명 이상 동원한 한국 독립영화 순위

순번	영화명	개봉일	전국 관객수	전국 스크린수
1	건국전쟁	2024-02-01	1,172,141	224
2	소풍	2024-02-07	359,088	729
3	길위에 김대중	2024-01-10	115,162	414
4	한국이 싫어서	2024-08-28	61,604	588
5	6시간 후 너는 죽는다	2024-10-16	45,561	252
6	장손	2024-09-11	28,738	60
7	기적의 시작	2024-02-22	23,917	137
8	땅에 쓰는 시	2024-04-17	23,546	50

| 9 | 그녀에게 | 2024-09-11 | 23,238 | 148 |
| 10 | 오후 네시 | 2024-10-23 | 21,899 | 249 |

2019년 관객 2만 명 이상 동원한 한국 독립영화 순위

순번	영화명	개봉일	전국	전국
			관객수	스크린수
1	항거:유관순 이야기	2019-02-27	1,157,707	1,094
2	안녕, 티라노: 영원히, 함께	2019-08-14	199,240	512
3	벌새	2019-08-29	143,944	145
4	윤희에게	2019-11-14	117,019	317
5	교회오빠	2019-05-16	110,358	200
6	아내를 죽였다	2019-12-11	91,782	556
7	김복동	2019-08-08	87,029	366
8	어쩌다, 결혼	2019-02-27	76,746	529
9	로망	2019-04-03	72,761	405
10	1919 유관순	2019-03-14	61,938	269
11	우리집	2019-08-22	56,087	147
12	칠곡 가시나들	2019-02-27	41,448	138
13	메기	2019-09-26	38,108	155
14	다시, 봄	2019-04-17	29,048	360
15	대통령의 7시간	2019-11-14	28,380	84

16	판소리 복서	2019-10-09	25,739	345
17	이타미 준의 바다	2019-08-15	23,302	57
18	노무현과 바보들	2019-04-18	23,133	366

한국 상업영화 기록을 수치화환 위 표를 비교해보면, 1백만 명 이상 관객을 모은 한국영화가 2019년 29편에서 2024년에는 13편으로 뚝 떨어졌다. 2023년에는 여름 시즌에 〈밀수〉와 〈콘크리트 유토피아〉가 개봉을 하면서, 여름 성수기 영화관을 찾는 관객이 꽤 있었는데, 2024년에는 〈파일럿〉 외에는 여름 시즌 성공작을 찾기가 힘들었다. 흥행을 받쳐주어야 할 텐트폴 영화들이 무너지는 걸 보면서 이제 "영화관의 시대는 갔나?"라는 생각이 들 수 있지만, 영화관도 다른 출구를 적극적으로 찾아가고 있다.

하나의 위안을 삼자면 천만 관객 영화가 2024년에는 3편이 나왔다는 점이다. 표의 수치에는 집계되지 않았으나 2023년 11월에 개봉한 〈서울의 봄〉이 2024년 4월까지 누적 관객 1천 3백 명으로 집계되어 역대 한국영화 흥행 순위 9위에 올랐다.

상업영화의 대안이 되어야 할 한국 독립영화 기록 역시 열악해서 2만명 이상 관객을 모은 영화가 2019년 18편에서 2024년 10편으로 떨어졌다. 2024년 독립영화의 수치를 떠받치는 것은 정치인 다큐멘터리인데, 이러한 양상은 2016년 이후 지속해서 나타나고 있다. 대통령 탄핵, 문화예술인 블랙리스트, 언론 탄압, 좌우 갈등 등의 사회적 사건을 겪으면서 정치를 다루는 다큐멘터리는 일정한 팬층을 확보하고 있음을 확인하게 된다. 이 점은 후에 각론에서 다시 분석할 것이다. (정민아)

혼돈의 카오스 속 한국영화 살아 있네!

절멸의 언덕임에도 올라가겠다는 희망을 보인 2024년 한국영화 시장에서 찾을 수 있는 몇 가지 특징을 일별해보면 다음과 같다.

첫째, 한국영화 점유율의 회복이다. 상위권 한국영화의 선전으로 한국영화 점유율이 58.1%라는 점은 고무적이다. 한국영화 암흑기인 1970-80년대에 한국영화 점유율은 20% 선이었다는 점에서 지금 위기는 이전과는 다르게 보인다. 팬데믹 동안 관객수를 할리우드의 마블 시리즈나 〈오펜하이머〉, 〈아바타2〉 같은 대작, 〈더 퍼스트 슬램덩크〉 같은 재패니메이션 화제작이 떠받치고 있었다면, 2024년에 외화의 영향력이 코로나 기간보다 대폭 떨어졌다는 점에서 의의를 찾을 수 있다. 팬데믹 이전에 천만 영화에 꼭 따라다니던 스크린 독과점 문제가 영화관의 고사 상황에서 이제는 담론화되지 않고, 천만 영화를 관객 모두가 염원한다. 2024년에 나온 세 편의 천만 영화가 힘겹게 영화산업을 유지하고 떠받친다는 점에서 대작 천만 영화의 선전은 영화산업에서 매우 중요한 요소로 인식되었다.

둘째, 한국영화의 프랜차이즈화이다. 천만 영화인 〈서울의 봄〉은 한국 현대사 실화를 기초로 한 천만 영화로 〈변호인〉, 〈택시운전사〉에 이은 신군부 만행을 다룬 소재를 관객이 선호한다는 점을 보여주었다. 또 다른 천만 영화인 〈파묘〉는 오컬트 장르 최초라는 의미, 〈범죄도시4〉의 경우 프랜차이즈 영화 최초로 3편 연속 천만 관객 달성이라는 기록을 세웠다.

2024년 세 편의 천만 영화의 공통점을 찾기는 쉽지 않지만, 이 영화들이 프랜차이즈 성격으로 묶인다는 점에서 특이점이 있다. 〈범죄도시4〉는 명백한 프랜차이즈 영화이며, 〈파묘〉는 오컬트 장인 장재현의 프랜차이즈(〈검은 사제들〉, 〈사바하〉), 〈서울의 봄〉은 전두환 신군부 프랜차이즈라고 범박하게 성격화 할 수 있을 것이다. 〈베테랑2〉, 〈노량: 죽음의 바다〉, 〈외계+인 2부〉 또한 프랜차이즈 영화 정체성을 가지고 있으므로 할리우드 마블 시리즈의 인기가 사그라진 자리에 한국 프랜차이즈 영화가 본격적으로 그 자리를 대체하고 있다고 평가할 수 있다.

셋째, 장르적 다양성이다. 오컬트 〈파묘〉, 코믹호러 〈핸섬 가이즈〉, 배우 퍼포먼스 코미디 〈파일럿〉, 사운드와 속도감에 중점을 둔 테크놀로지 효과의 영화 〈탈주〉, 아동용 애니메이션 〈사랑의 하츄핑〉, 위 표에는 근소한 수 차이로 포함되지 않았지만 성소수자 로맨스 〈대도시의 사랑법〉과 〈딸에 대하여〉, 가수 콘서트 실황 영화 〈임영웅: 아임 히어로 더 스타디움〉 등 장르적 다양함 및 이것도 영화인지 질문하게 하는 극장 상영용 콘텐츠가 존재감을 과시했다. 관객수 면에서 아쉽지만, 이전과 달라진 다채로움으로 획일화된 영화 시장에 더 많은 선택 가능성을 열어주었다는 점에서 2024년 한국 영화시장의 의미를 찾게 된다.

2023년에 출간된 『K컬처 트렌드 2024』에서 2024년 한국영화 전망으로 프랜차이즈 영화의 정착, 스타보다는 서사, 흥행 키워드가 보이지 않는 카오스 등을 들은 바 있다. 이 예측대로 2024년 한국영화는 정말로 프랜차이즈 영화가 정착해가고, 스타나 시즌성 보다는 서사와 재미 혹은 의미를 찾아 영화를 선택하고, 다양한 장르와 체험의 재미로 영화를 즐기되 어떤 단일한 키워드가 없다는 점을 알 수 있다. (정민아)

관행이 파괴된 한국영화 시장,
어떻게 극장에 오게 할 것인가

시성비와 체험 중심으로 변해버린 영화 소비 트렌드

2024년은 시장 관행 파괴가 본격화한 한 해였다. 팬데믹 이전의 흥행 공식이 모두 깨졌다는 사실을 지난 4년(2020~2023)간 뼈저리게 통감한 영화사들은 비로소 현실적인 전략 구상에 나섰다. 관객에게 영화는 이제 두 가지로 나뉜다. 극장에서 볼 영화와 OTT로 봐도 충분한 영화. 극장 개봉작 간의 경쟁에서 벗어나 타 플랫폼 콘텐츠도 경쟁 대상이란 현실 인식도 확고해졌다. OTT 화제작 라인업을 개봉 시기 선정에 고려하게 됐다.

데뷔 28년 차 곽경택 감독은 12월 연말 시장에 신작 〈소방관〉을 개봉하며 "내 영화가 극장까지 오는 '귀차니즘'을 어떻게 해소해줄 수 있을까. 그런 게 화두가 됐다. 극장에서 볼 가치가 없다고 판단되면 끝나는 것이다. 만드는 입장에선 공포"라고 토로했다.

2024년은 엔데믹 이후 최초 상반기 2편의 천만영화(〈파묘〉와 〈범죄도시4〉)가 탄생했다. 상대적인 외화 부진 탓에 연간 극장 총 관객수는 2023년의 1억 2,513만 명보다 소폭 늘어난 1억 3,000만~4,000만 명대가 될 것으로 업계는 내다본다. "팬데믹 이후 (영화 시장이 이전의) 60% 정도만 회복된 지금 상황이 곧 뉴노멀"(김세형 롯데컬처웍스 투자제작팀장, '한국영화 활력충전 토크콘서트' 2024년 11월)이란 시각이 커졌다.

그런 가운데 한국영화 수치에선 희망적인 시그널도 보인다. 2024년 한국영화 총매출 및 관객수가 전년 대비 큰 폭으로 증가했다. 영화진흥위원회 「2024년 10월 한국 영화산업 결산」에 따르면 1~10월 한국영화 누적 매출액은 5,946억 원으로 지난해보다 40.7% 증가했다. 같은 기간 누적 관객수(6,134만 명)는 전년 대비 43.5% 껑충 뛰었다. 팬데믹 이전과 비교해도 2024년 한국영화 회복세(팬데믹 이전 2017~2019년 동기간 평균 매출액의 78.2%, 관객수는 66.3% 수준 회복)는 외화를 포함한 전체 시장 회복세보다 높았다.

영화관통합전산망 기준 11월 26일까지 한국영화 총매출 대비 상위 5위권 매출 점유율은 2023년의 57.1%보다 상승한 59.3%로, 2019년 41%에서 코로나19 시기를 거치며 흥행 양극화는 심화하는 추세다. 그 가운데 장르 쏠림이 완화한 건 긍정적 변화다. 한동안 범죄·스릴러, 프랜차이즈 속편에 밀려 주춤했던 오컬트·코미디·로맨스 등 다채로운 중급 예산 규모 장르 영화가 시장의 '허리'를 받쳤다.

흥행 감독, 스타 파워도 무색해진 장기 불황 속에 모두가 '어떻게 관객을 극장에 오게 할 것인가?'란 본질적인 질문에 머리를 맞대고 실질적인 변화를 모색했다. 2024년 흥행 영화의 소비 트렌드는 "답이 없는" 팬데믹 극장가의 실마리라 할만하다.

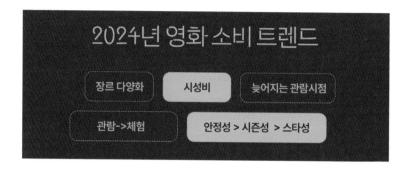

우선 성수기와 비성수기 경계가 옅어졌다. 2023년도 이월작 〈서울의 봄〉과 〈파묘〉도 각각 비수기인 11월(2023), 2월 개봉해 이례적 천만을 달성했다. 투자·배급사 사이에선 "여름 성수기 시장을 완전히 간과할 순 없지만, '시즌성 영화'보단 콘텐츠 자체의 중요성이 커졌다."라는 새로운 공감대가 생겨났다.

여름 성수기 흥행작도 전에 없이 가벼워졌다. 텐트폴 각축장이란 시즌 공식에서 탈피한 중급 코미디 〈파일럿〉과 〈핸섬가이즈〉가 중박 흥행을 터뜨렸다. 2022년 여름 〈외계+인 1부〉, 2023년 〈더 문〉에 이어 올여름 〈탈출: 프로젝트 사일런스〉까지, 순제작비 200억~300억 원 안팎의 텐트폴 영화가 흥행 참패한 게 일종의 학습효과로 작용했다.

또한 OTT 콘텐츠를 몇 배속 시청하고, 유튜브 요약본, 숏폼 콘텐츠에 익숙한 '시성비' 소비 트렌드는 극장가에도 화두로 떠올랐다. 제29회 부산영화제 현장에서 열린 'CJ 무비포럼'에 따르면, 올해 손익분기점(BEP)을 넘긴 작품 대다수가 상영시간 100분 안팎이었다.

여름 영화도 〈탈주〉가 94분, 〈핸섬가이즈〉 101분, 〈하이재킹〉은 100분이었다. 예년과 비교하면 2023년 여름 〈콘크리트 유토피아〉가 130분, 〈비공식작전〉 132분, 2022년엔 〈마녀 파트2〉가 137분, 〈헤어질 결심〉이 138분, 〈외계+인 1부〉가 142분에 달했던 것보다 대폭 줄었다.

산업 불황으로 대작 기획이 줄고 단시간에 장르적 재미로 승부하는 코미디·스릴러 등의 제작이 늘어난 경향도 있지만, 길면 지루하다는 대중적 인식의 영향도 있다. 이런 인식을 역이용한 시도도 나타났다. 현대자동차와 배우 손석구가 손잡고 만든 13분짜리 SF 〈밤낚시〉는 단돈 1,000원에 극장에서 보는 '스낵무비'를 표방하며, 단편영화로는 이례적으로 CGV 단독 개봉해 한 달 만에 관객 4만 6,400명을 동원했다. 〈밤낚시〉 관객 5명 중 1명은 동시기 다른 개봉 영화를 함께 봤다고 CGV는 집계했다. 이런 호응을 계기로 CGV 아트하우스는 11월 김종관 감독의 〈폴라로이드 작동법〉(2004)을 시작으로, 한국 명작 단편영화를 관람료 1,000원에 매달 볼 수 있는 정기 상영회 '숏츠하우스'를 마련하기도 했다.

영화진흥위원회의 「OTT 산업 활성화가 영화산업에 미치는 영향과 정책적 함의」(2024년 9월 발행) 연구 자료는 "과거와 달리 2030세대는 뭐든 집에서 하는 게 편한 '홈코노미'로 변화했다."라고 강조한다. 10대와 극장은 더 멀어졌다. 극장의 어둠 속에 2시간 동안 통제당하는 걸 '불편한 행동'으로 인식한다는 것이다. 팬데믹 시기 개봉이 연기됐던 〈소방관〉, 〈1 승〉 등 '창고영화'들이 개봉이 임박해 속도감을 높인 재편집을 감행한 까닭이다.

이처럼 관객의 극장 관람이 신중해진 만큼 관람 시점도 늦어졌다. 특정 감독이나 배우, 대규모 자본의 화제작이란 이유로 개봉 첫 주 극장을 찾는 관객이 줄고, 입소문이나 다른 요건으로 검증받은 콘텐츠란 안정성이 중요해졌다.

CJ무비포럼에 공개된 CGV 자료(관객 200만 이상 영화의 CGV 회원 예매 기준)에 따르면, 개봉작의 평균 극장 관람 시점은 2019년 개봉 후 10.6일에서 2023년 15.5일로 증가 추세를 보였다. 또 관객 100~500만 명이 든 영화들의 경우 2017~2019년엔 3주 차부터 총 관객수 대비 주차별 관객 비중이 급락했다면 2022~2024년엔 5주 차 이후까지 꾸준히 관객이 찾았다.

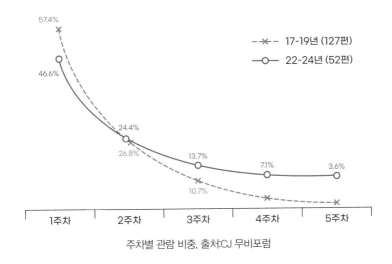

100~500만 영화

57.4%

46.6%

- -x- - 17-19년 (127편)
- -o- 22-24년 (52편)

24.4%

26.8%

13.7%

10.7%

7.1%

3.6%

| 1주차 | 2주차 | 3주차 | 4주차 | 5주차 |

주차별 관람 비중, 출처:CJ 무비포럼

　스타의 부재로 초반부 폭발력이 부족한 중급 영화에게는 오히려 기회가 됐다. 인내심을 갖고 상영 규모를 작게라도 유지하면 역주행의 가능성이 커졌다.

　영화를 단순 관람하는 것에서 나아가 영화 속 세계관을 감각적으로 체험하고 공유하길 원하는 MZ세대 성향은 조금이라도 특별한 관람 경험을 제공하는 마케팅 전략에 불을 붙였다. 성수기 개봉작이 쏠리는 출혈 경쟁을 재고하고, 콘텐츠 본연의 강점을 최대한 살리는 배급 및 마케팅 전략이 힘을 발휘했다.

　이러한 관객의 '체험감'은 개봉 단계에서 영화 외부적 노력뿐 아니라 영화의 내재적 요소에 대한 제작자와 연출자의 고민에도 포함된다. 여전히 극장 매출이 영화 수익의 과반수를 차지하는 상황에서 체험감은 관객이 '극장에서 볼만한 영화'와 'OTT로 봐도 충분한 영화'를 판단하는 중요한 가늠자 중 하나가 됐다. (나원정)

뉴노멀 천만 트렌드: 역사, 장르, 프랜차이즈

2024년 달라진 천만 영화 경향에도 이러한 소비 트렌드가 도드라진다. 개봉 시기를 2·3편 때의 5월에서 4월로 한 달 앞당긴 〈범죄도시4〉(누적 관객 1,150만 명)가 '마동석 흥행 프랜차이즈'의 세 번째 천만 바통을 이변 없이 이어받았다면, 해를 넘겨 관객 1,312만의 장기 흥행을 달성한 〈서울의 봄〉, 오컬트 최초 천만 영화 〈파묘〉(1,191만 명)는 팬데믹 이후 속편 영화만 흥행하던 극장가에 새바람을 일으켰다.

두 영화의 공통점은 첫째, 소재·장르적 요인으로 선택한 비수기 개봉(〈서울의 봄〉은 12·12, 〈파묘〉는 삼일절)이 예상치 못한 천만 흥행을 낳았고, 둘째 역사 비화가 관람 열기를 키웠으며, 셋째 체험감을 극대화한 연출을 의도했다는 것이다.

〈서울의 봄〉은 상업영화 최초로 1979년 12·12 군사 반란을 그렸다. 모두가 알지만, 속속들이 몰랐던 단 하룻밤 동안의 사건을 담았다. 극 중 이름을 바꿨어도 눈치챌 법한 전직 대통령이 실존모델이란 부담감이 컸다. 주연배우 황정민이 이례적으로 언론 인터뷰에 나서지 않을 만큼 조심스러웠다. 연출을 맡은 김성수 감독은 전작 〈아수라〉(2016)가 정치권에서 화제가 됐지만, 평가가 엇갈리며 손익분기점에 못 미쳤던 터다.

〈서울의 봄〉은 당초 정치 소재에 관심 있는 중장년층 위주 관객을 예상했지만, 공개 후 반응은 달랐다. 공분한 20·30세대 관객들의 심박수 챌린지, 현대사 다시 보기 운동이 벌어졌다. "연기를 잘해서 열받는다."라는 원성이 쏟아진 황정민이 고초를 겪었던 전작 영화 〈인질〉(2021), 드라마 〈수리남〉(2022) 등 전작 장면을 모아 〈서울의 봄〉에 대한 분노를 대리 해소하는 밈(meme)도 유행했다. 그가 당시로선 역대 최다 217회의 무대인사를 통해 욕받이를 자처하며 관객에 사과하는 게 홍보 전략으로 통했을 정도다(이 기록은 이어 황정민이 주연한 추석 영화 〈베테랑2〉가 312회 이상 무대인사를 진행하며 경신했다).

"짜증이 나는 것에 돈 낼 사람이 있을까 생각했는데, 오히려 그 짜증이 나는 것 때문에 권하는 영화가 됐다."라는 김성수 감독 말대로다. 〈변호인〉(2013), 〈택시운전사〉(2017), 〈남산의 부장들〉(2020), 〈헌트〉(2022) 등 현대사 소재 한국영화를 시기별로 정리한 도표가 온라인에서 공유됐다. 근현대사가 하나의 세계관이 됐다. 유운성 영화평론가는 "역사를 일종의 세계관으로 삼는 K무비의 한 경향이 생겼다."라며 "마블 유니버스 영화를 보고 자라온 젊은 세대에게 익숙하게 받아들여진다."라고 진단했다("서울의 봄' 관객 500만 돌파 임박…2030이 몰려왔다」, 〈중앙일보〉, 2023년 12월 4일 자).

1979.12.12 대한민국의 운명이 바뀐 그날, 그들

〈서울의 봄〉 포스터_출처: 플러스엠 엔터테인먼트

기존 현대사 소재 영화가 시대 격류에 휘말린 소시민의 아픔을 공감했다면 〈서울의 봄〉은 〈헌트〉, 〈남산의 부장들〉에 이어 내부자들의 캐릭터 대결 구도에 초점 맞춰 시대적 부조리를 부각한 것이 차별점. 캐릭터와 장르가 명확하단 점에선 범죄 액션 〈범죄도시〉 시리즈나 애니메이션 〈더 퍼스트 슬램덩크〉 등과도 비견한다(김형호 영화시장 분석가). 황정민 · 정우성 등 주연을 비롯해 연기 구멍 없는 출연진 덕에 각 인물의 비사에도 관심이 쏠렸다.

이런 공감대가 가능했던 배경엔, 서울 한복판에 탱크가 등장했던 일촉즉발의 군사 대치 상황을 실시간 중계하듯 되살린 탄탄한 연출, 몰입감 높은 편집이 있다. 이는 김성수 감독이 〈아수라〉에 이어 의도한 연출 스타일과 관련 있다. 현대영화의 경향을 "진짜 같은 날 것의 느낌"에서 찾은 그는 "맹수가 으르렁대듯 역동적인 움직임만으로 관계와 감정, 적대감을 표현했던" 〈아수라〉의 스타일을 〈서울의 봄〉에도 적용했다.

〈파묘〉역시 장재현 감독이 "극장에서만 볼 수 있는 화끈하고 체험적인 영화"를 제작 단계부터 목표로 삼았다. 장 감독의 경우, 팬데믹으로 관객이 급감한 영화시장을 자체 분석한 걸 계기로 정통 공포영화에서 전문가들의 미션 해결 이야기로 방향을 틀었다. 일본 귀신 '오니'가 육신이 있는 정확한 실체로 등장해 주인공들과 대결한다는 점에서 귀신이 나오는 기존 한국 공포영화와 달리, 뱀파이어, 미이라, 강시 영화 같은 괴수물에 더 가깝게 접근했다.

공포는 애니메이션과 함께 팬데믹 보릿고개에 살아남은 장르다. 투자금이 마르고 시장이 급변한 가운데 공포영화는 신인 창작자와 중소규모 제작사의 새로운 생존법으로 떠올랐다. 2023년에도 〈옥수역 귀신〉과 〈잠〉등 BEP(손익분기점)에 도달한 저예산 공포영화가 잇따랐다. 이에 대해 〈잠〉의 제작자 김태완 루이스픽쳐스 대표는 "관객은 결국 롤러코스터, 귀신의 집 같은 짜릿한 체험 하러 극장을 찾는다."라며 공포를 액션 · 어드벤처 못지않은 '체험형 장르'라 설명했다("괴담 · 신체절단 · 몽유병…여름 공포 공식 깬 9월 '소름주의보'」, 〈중앙일보〉, 2023년 8월 28일자).

여느 공포영화와 달리 부모 세대 풍수사, 장의사와 자식 세대 무당의 세대 화합을 그린 해피엔딩도 〈파묘〉를 주변에 권할 수 있는 영화로 만들었다는 평가다.

그런데도 〈파묘〉의 천만은 사건이다. 장 감독이 "마니아만 보는 장르 영화를 만들었는데 실수로 대중영화가 됐다."라고 한 것은 과장이 아니다("'실수로 대중영화 됐다'…16일 만에 '파묘'에 벌어진 일」, 〈중앙일보〉, 2024년 3월 10일자). 2월 개봉작에서 천만이 탄생한 것도 〈태극기 휘날

리며〉(2004)에 이어 단 두 번째다. 그런데 〈파묘〉의 이변이 가능했던 것은 바로 이 타깃 관객층과 개봉 시기가 콘텐츠 자체의 잠재력과 시너지를 낸 결과다.

〈파묘〉 특별포스터_출처: 쇼박스

투자 · 배급사 쇼박스는 오컬트 장르를 선호하는 10 · 20대가 극장을 많이 찾는 겨울방학 말미로 〈파묘〉 개봉을 정했다. 일제가 한민족 정기를 끊으려 했다는 '쇠말뚝설'이 영화 내용과 맞물려 극 중 독립열사 이름, 삼일절 · 광복절에서 딴 차량 번호판 등 일제강점기 역사 비화가 관객의 호기심을 증폭했다. 삼일절 당일과 이튿날 스크린 수를 키운 전략도 먹혔다. 동시기 화제성이 높았던 이승만 전 대통령 소재 다큐멘터리 〈건국전쟁〉 측이 경쟁작 〈파묘〉를 '좌파영화'로 공공연히 낙인을 찍은 것이 오히려 노이즈 마케팅 역할을 했다. 오컬트 공포 장르, 일제강점기 소재 '삼일절 영화'의 타깃 관객층이 충실히 극장을 찾은 개봉 초기 열기가 천만 흥행의 불씨가 됐다.

오컬트 자체가 대중과 가까워진 시장 상황도 한몫했다. 연상호 감독이 각본을 쓴 드라마 〈방법〉(2020), 티빙 오리지널 〈괴이〉(2022), 김은희 작가, 김태리 주연 SBS 〈악귀〉(2023) 등의 인기가 발판이 됐다.

"공포 콘셉트 방탈출 카페에 다녀온 느낌"이란 관객의 체험감은 공감대를 중시한 〈파묘〉의 마케팅으로 증폭했다. 김신엽 DS연구소 소장은 "세계관의 해석이 누군가의 관람 동기이자 관객을 참여자로 전환했다."라고 분석했다(「이야기를 이야기하는 스토리두잉」, 〈한국영화 웹진〉, 2024년 5월호). 한반도 모양의 하늘을 그려낸 팬아트 작품을 특별포스터로 선정한 2차 창작의 존중은 SNS 확산에도 힘을 실었다. 축경 타투 스티커, 액운 퇴치용 소금 배포, '싱어롱' 상영처럼 경문을 따라 하는 '굿-얼롱' 상영회, 패러디 놀이 등 체험이 이야깃거리 돼 〈파묘〉라는 트렌드를 형성했다.

데뷔 35년 만에 처음 오컬트 장르에 도전한 '국민 배우' 최민식도 '할꾸(할아버지+꾸미기)' 유행어를 양산하며 젊은 관객과 소통했다. 이미 역대 흥행 1위 〈명량〉(2004)의 이순신 장군 이미지, 신구 세대를 관통하는 인지도를 보유한 배우지만 〈파묘〉 무대인사에서 보여준 친화력은 각별했다. 팬들이 준 캐릭터 인형 모자, 머리띠 등을 착용하고 소탈한 유머 감각을 발휘하며 권위를 내려놓은 대중 친화적 마케팅의 위력을 재확인했다. 조금이라도 특별한 극장 관람 경험을 제공하려는 팬데믹 영화 이후 생존법에 〈파묘〉는 하나의 이정표가 됐다.

역대 최초로 동일 프랜차이즈에서 3번째 천만 흥행을 기록한 〈범죄도시4〉는 '아는 맛이 무섭다.'라는 흥행 공식을 공고히 했다. 빌런이 약화하고 수사 패턴이 반복된다는 비판을, 핵주먹을 장착한 한국식 자경단원 '마동석 브랜드'가 또다시 돌파했다.

〈범죄도시4〉 포스터_출처: 플러스엠 엔터테인먼트

〈신과 함께〉, 〈공공의 적〉, 〈여고괴담〉, 〈조선명탐정〉, 〈국가대표〉 등 그간 시리즈 영화가 감독 · 프로듀서 중심이었다면 스스로를 브랜드화 한 시리즈를 제작 · 주연하는 액션 스타가 한국에도 탄생했다. 할리우드 의 〈러셀웨폰〉, 〈다이하드〉 같은 액션 프랜차이즈를 꿈꿔온 마동석은 기 획 · 제작 겸 각본에도 참여했다. 이미지 제약의 두려움을 딛고 배우가 스스로를 상품화한 드문 사례다(「한국의 드웨인 존슨…범죄도시4 천만 코앞, 제작자 마동석의 힘」, 〈중앙일보〉, 2024년 5월 12일자).

〈범죄도시〉 시리즈는 글로벌로 확장한다. 제작이 확정된 총 8편 중 4편 까지 과거 범죄 실화를 다뤘다면, 5~8편은 보다 현대적 사건, 해외 로케 이션을 선보일 예정이다. 작품별 해외 리메이크도 진행 중이다. 2편과 3

편은 할리우드에서, 4편은 2024년 베를린국제영화제 초청 이후 독일에서 리메이크 제안을 받았다. 〈존 윅〉 시리즈의 채드 스타헬스키 감독 등 할리우드 액션 전문가와의 협업도 향후 마동석이란 장르의 변주와 확장을 예감케 한다. (나원정)

심화한 스크린 독과점, 그럼에도 불구하고…

흥행 영화 스크린수&상영점유율

	서울의 봄 (2023)	파묘	범죄도시4	베테랑2	인사이드 아웃2
최다 스크린수	2463	2367	2980	2691	2619
최고 상영점유율	61.1%	56.0%	82%	71%	67.6%
누적 관객수(단위: 만 명)	1312	1191	1150	752	879

출처: 영화진흥위원회 영화관입장권통합전산망

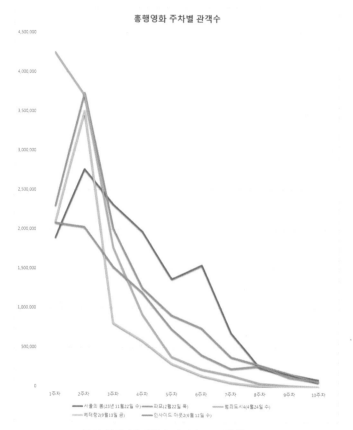

흥행영화 주차별 관객수

출처: 영화진흥위원회 영화관입장권통합전산망

스크린 독과점 병폐는 심화했다. 〈범죄도시4〉는 개봉 첫 주말인 4월 27 일 전국 3,000여 개 스크린 중 최다 2,980개를 장악하며 최고 상영점유 율이 무려 82%에 달했다. 〈범죄도시〉 2·3편 때 최고 상영점유율을 10% 가까이 경신했다. 〈서울의 봄〉은 최다 스크린 2,463개, 최고 상영점유율 61.1%, 〈파묘〉는 2,367개, 56%였던 것과 비교해도 기록적인 수치다.

이런 독과점 경향은 프랜차이즈 속편 영화일수록 두드러졌다. 2024년 추석 극장가의 유일한 상업영화였던 〈베테랑2〉(2,691개, 71%), 외화 흥행 1위 〈인사이드 아웃2〉(2,619개, 67.6%) 등은 개봉 1~2주 차 물량 공세로 관객을 집중시키는 단기 폭발형 흥행 전략에 충실했다. 다만, 이런 독과점 방식이 반드시 더 높은 스코어로 이어지진 않았다. 〈서울의 봄〉과 〈파묘〉가 상대적으로 더 적은 스크린 수로 출발해 관객 추이에 따라 상영 규모를 조절하며 개봉 9주 차까지 16만(〈서울의 봄〉), 17만(〈파묘〉) 이상 주간 관객수를 장기 동원한 것에 반해 〈범죄도시4〉와 〈베테랑2〉는 주차별 관객수가 급락하며 최종 관객수가 〈서울의 봄〉과 〈파묘〉에 다소 못 미쳤다. (나원정)

하이콘셉트 중예산 적중 vs. 중견 감독 웰메이드 좌절

2024년은 하이콘셉트 중예산 영화가 관객과 통한 반면, 중견 감독의 웰메이드 영화들은 전년도에 이어 기대에 못 미치는 성적을 내면서 손실을 겪었다.

11월까지 한국영화 흥행 10위권에서 BEP에 미달한 영화는 〈하이재킹〉, 〈외계+인 2부〉 정도다. 〈하이재킹〉의 BEP가 230만 명, 〈외계+인 2부〉는 언론 보도된 BEP 중 최저 수치가 약 700만 명 선이다. 이런 식으로 실제 영화가 벌어들인 누적 관객수에서 BEP를 뺀 관객 손익 수치를 살펴보면, 대작이 몰렸던 2023년도 한국영화 흥행 10위권보다 손실폭이 줄어든 걸 알 수 있다.

2023년도는 10위권에서 BEP를 못 미친 영화가 〈노량: 죽음의 바다〉(누적 관객수−BEP=−270만), 〈천박사 퇴마연구소〉(−49만), 〈영웅〉(−172만), 〈교섭〉(−178만) 등 4편이나 됐다. 10위권에 들지 못한 작품 중에도 김용화 감독의 SF 〈더 문〉(−549만)이 제작비 280억 원이 투입됐지만, 관객 51만 명에 그쳤고, 김지운 감독의 〈거미집〉(−169만)은 칸영화제 초청, 천만 배우 송강호 등 화려한 캐스팅에도 BEP 200만 명에 턱없이 못 미치는 31만 관객이란 충격적 성적표를 받아들었다. 이병헌 감독의 〈드림〉, 김성훈 감독의 〈비공식작전〉, 강제규 감독의 〈1947 보스톤〉 등 흥행 감독 신작도 BEP에 크게 미달했다.

2024년은 여름 성수기 시장이 대작 부재로 전체 매출 파이가 급감했다는 지적이 있었다. 몸집을 줄이면서 흥행 폭발성은 줄었지만, 손해폭도 감소했다는 점에선 뉴노멀 생존전략을 위한 체질개선 과정으로도 해석된다. 2023년까지 성수기 시장이 대작들의 출혈 경쟁 속에 흥행 참패작의 손실 타격이 컸던 것에서 달라졌다.

[사진4] 〈파일럿〉_롯데엔터테인먼트, 〈핸섬가이즈〉_NEW, 〈탈주〉_플러스엠 엔터테인먼트

특히 여름 시장은 가벼운 웃음 코드, 빠른 호흡이 관객 몰이를 했다. 배우 조정석의 여장 코미디로 눈길을 끈 〈파일럿〉이 누적 관객 471만 명(BEP 220만), 오컬트 공포를 가미한 B급 코미디 〈핸섬가이즈〉가 누적 177만 명(BEP 110만)을 기록하며 나란히 BEP를 여유있게 넘어섰다. MZ 감독의 달라진 북한 묘사가 화제였던 〈탈주〉는 거침없는 질주 액션과 94분의 짧은 상영시간을 내세운 시성비 콘셉트로 최종 256만 관객을 동원하며 BEP(200만)를 넘어섰다.

세 작품 중 〈탈주〉의 순제작비가 80억 원으로 가장 많고 〈핸섬가이즈〉는 49억 원의 중저예산 규모다. 감독 세대교체도 엿보인다. 〈핸섬가이즈〉의 남동협 감독은 이번이 입봉작이고, 〈파일럿〉이 두 번째 연출작인 김한결 감독, 〈전국노래자랑〉(2013)으로 장편 연출 데뷔해 〈탈주〉가 4번째 영화인 이종필 감독은 모두 1980년대생. 이 감독은 〈탈주〉의 콘셉트를 "시간 순삭(순간삭제)"으로 밝히며 덴마크 PC 게임 〈인사이드〉에 영감 받았다고 언급하기도 했다.

젊고 가벼워진 여름 라인업은 롯데엔터테인먼트(〈파일럿〉), NEW(〈핸섬가이즈〉), 플러스엠 엔터테인먼트(〈탈주〉) 등 주요 투자·배급사가 성수기 시장을 바라보는 시선이 달라졌음을 방증한다. "중급 예산 영화는 스타 감독·배우의 수백억 원대 대작보다 기대감이 낮아 화제성을 만들기에 부담 없다."(멀티플렉스 관계자)라는 이점도 변화의 배경이다.

투자 보수성이 커진 시장에서 상대적으로 리스크가 낮은 중예산 영화의 선전은 팬데믹 이후 '업계에 발붙이려면 OTT 드라마 제작에 투입되는 게 유일한 답'이란 얘기가 공공연할 만큼 신작 기회를 박탈당한 신진 감독들의 등용 창구를 넓힌다는 점에서도 환영할 만하다.

중예산 선전 vs 기대작 참패

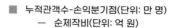

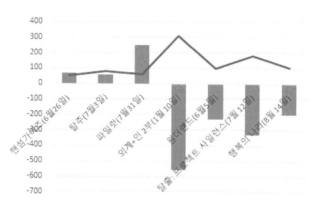

출처: 각 영화사, 영화관입장권통합전산망

그에 반해, 7월 개봉한 순제작비 180억 원 대작 〈탈출: 프로젝트 사일런스〉는 주연배우 이선균 사망이란 악재 속에 미흡한 완성도를 비판받으며, BEP 400만에 한참 모자란 68만 관객에 멈춰 섰다. SF 〈원더랜드〉(BEP 290만)는 김태용 감독의 〈만추〉(2011) 이후 13년 만의 상업영화 복귀작이란 기대감, 탕웨이 · 공유 · 배수지 · 최우식 · 박보검 등 화려한 멀티 캐스팅에도 누적 관객 62만 명에 그쳤다. 천만 감독 추창민이 〈서울의 봄〉과 동시대상을 그린 〈행복의 나라〉(BEP 270만)도 71만 관객이란 초라한 성적표를 받아들었다. 허진호 감독의 〈보통의 가족〉도 누적 관객 64만으로, BEP 150만 명과 간극이 컸다.

흥행 실패 요인은 각기 다르지만, 이런 결과가 가뜩이나 자금줄이 마른 투자·배급사에 주는 메시지는 뚜렷하다. 익명을 요구한 한 투배사 관계자는 "투배사도 제작사와 관계 이슈 때문에 시나리오가 부실해도 투자에 들어가는 경우가 많다. 감독이 좋으니, 배우 패키지가 화려하니까 어떻게든 될 거라고 믿는 건데, 그렇게 해서 영화가 잘 나오는 사례가 드물다."라면서 "이런 식의 투자가 더는 힘들 것"이라 내다봤다.

한국영화가 이런 것도 한다는 식의 기술적 성과, 스타 감독의 새로운 탐구가 티켓파워를 지니던 시대도 저물었다. 천만 감독의 프랜차이즈 영화란 조건을 갖추고도 실패한 〈외계+인〉, 역대 흥행 1위인 1편 〈명량〉(2004)보다 제작비는 2배 가까이 상승했지만 관객수는 갈수록 떨어진 김한민 감독의 이순신 시리즈 등이 그 예다. 표준계약서 등으로 인건비가 상승하고 제작 단가 상승으로 액션 장면, 해외 로케이션이 포함되면 순제작비 100억 원이 금세 넘는 탓에 손익분기점 자체가 높아진 것도 무시할 수 없는 요인이다. (나원정)

영화관의 변신,
확장된 팬덤 시장

사라진 1억 명의 관객

대중음악, 드라마, 예능, 웹툰 등 타 엔터테인먼트 분야는 팬데믹 기간 (2020~2021년)에 오히려 호황을 누렸거나, 불황을 겪었더라도 2022년 이후엔 팬데믹 이전으로 회복되었다. 공연이나 스포츠 등은 최근 들어 괄목할 만한 상승세를 보이는 분야다. 하지만 영화는 여전히 팬데믹을 겪고 있다. 2010년대 들어 극장 매출은 꾸준한 상승세를 보이고 있었고, 2019년엔 1조 9,140억 원에 달했다. 하지만 코로나19로 거리두기가 시작된 2020년에 5,104억 원으로 2019년의 26.7%로 줄어든다. 영화 산업이 1/4토막 난 것이다. 이후 꾸준한 회복기를 거치긴 했지만, 거리두기가 해제

된 2022년엔 1조 1,602억 원으로 팬데믹 직전인 2019년의 60.6%, 2023년엔 1조 2,614억 원으로 65.9%다. 2024년은 작년보다 2% 전후로 매출액이 줄어들 것으로 전망되는데, 그렇다면 포스트 팬데믹 시대에 한국 극장 산업의 회복은 아직 2/3 정도에 머무는 셈이다.

관객수로 환산하면 영화 산업의 현실이 더욱 실감 나게 다가온다. 팬데믹 이전인 2019년, 관객수는 2억 2,668만 명이었다. 하지만 팬데믹 이후인 2023년 관객수는 1억 2,514만 명이었으며 2024년 올해도 작년과 비슷할 듯하다. 코로나를 겪으면서 어림잡아 1억 명의 관객이 사라진 것이며, 지금의 관객수는 20년 전인 2004년 1억 3,517만 명보다 적은 수준으로 추락했다. 팬데믹 이전보다 매출액은 2/3 정도 줄었지만, 관객수는 반토막(55.2%)이 난 셈이다.

사라진 1억 명의 관객. 그들을 다시 극장으로 불러오기는 쉽지 않아 보인다. 팬데믹으로 인해 이른바 '루틴'이 바뀌었기 때문이다. '극장에 간다'라는 것은 단순히 영화를 보러 가는 의미를 넘어선다. 영화라는 상품을 소비하는 다양한 방식 중 '극장'에 가는 건 플랫폼의 선택이며, 관람의 루틴이기도 하다. 한국은 연간 1인당 극장 관람 횟수에서 2019년에 4.37회로 세계 1위의 수준이었다. 하지만 팬데믹 이후 2022년에 2.19회로 절반이 되었고, 2023년엔 2.44회였다. 그렇다면 한국 관객들이 영화를 덜 보게 된 걸까? 아니다. OTT라는 플랫폼이 나머지 절반을 가져갔다. 새로운 루틴이 생긴 것이다. 한국 영화산업은 극장 매출에 80% 정도를 의지하는 구조이다. 이런 상황에서 극장 플랫폼의 위기는 곧 영화산업 전체의 위기로 직결될 수밖에 없고, 2024년 현재 한국영화를 살린다는 것은 곧 '극장을 찾는 관객'을 회복한다는 의미다.

'극장 관객의 회복'이 중요한 건 장기 침체의 위험 때문이다. 전례가 있다. 한국영화의 황금기로 불리는 1960년대, 그리고 그 절정이었던 1969년, 극장을 찾았던 관객수는 1억 7,304만 명이었다. 요즘처럼 통합 전산망이 없던 시절이었으니, 실제 관객수는 2억 명 전후 아니었을까 싶다. 하지만 1974년, 관객은 1억 명 이하로 떨어져 9,738만 명을 기록한다. 5년 만에 거의 절반(56.3%)이 된 것이다. TV 수상기가 빠르게 보급되면서 관객을 빼앗긴 결과다. 이 상황은 지금과 흡사하다. 플랫폼의 변화로 인한 극장 산업의 위기. 50년 전, 이 상황에서 한국영화계는 이렇다 할 대응을 하지 못했고 그 결과 1970~1980년대에 극심한 침체기를 겪었다.

다행히 1990년대에 기업과 금융 자본이 충무로로 유입되면서 산업의 토대가 바뀌었고 정책적 지원도 이어졌다. 그 결과 2002년에 다시 1억 명 이상으로 올라섰고, 2012년에 1억 9,489만 명의 관객을 동원하며 1969년의 기록을 무려 43년 만에 갱신했다. 영화산업이 플랫폼 경쟁에서 주도권을 놓친다는 건 곧 침체기로 접어든다는 것을 의미한다. 장기화할 때 과거처럼 회복까지 긴 세월이 필요하며, 어쩌면 회복 불가능이 될 수도 있다.

그런 의미에서 2024년은 '극장을 채우는 방식'에서 변화의 조짐이 보였던 한 해다. 산업적 생존을 위해 다양한 자구책이 마련되었으며, 그 키워드는 요약하면 '팬덤'이다. 대중음악이나 TV 콘텐츠처럼 영화도 팬덤에 기반한 산업이며 그 중요성은 점점 커지고 있지만, 2024년 한국 극장가에선 유독 '팬덤'과 관련된 흐름이 감지되었다. (김형석)

영화관에서 즐기는 공연 실황, 티켓팅 전쟁의 틈새를 공략하다

영화 산업이 리스크가 큰 건, 어떤 관객이 올지 알 수 없기 때문이다. 물론 모든 영화는 타깃 관객층을 정하고 제작 과정에서 오차를 줄이려 하지만, 아직도 흥행은 미지의 영역 안에 있다. 하지만 팬덤을 바탕으로 한 영화들은 반대다. 이 영화들은 이미 올 관객들이 정해진 상황에서 개봉되며, 그만큼 상업적으로 안전하다. 그런 점에서 대중음악 분야의 팬덤을 바탕으로 제작되는 공연 다큐멘터리는 최근 두각을 나타낸 중요한 트렌드 중 하나다.

〈임영웅: 아임 히어로 더 스타디움〉 홍보 이미지_출처: CJ ENM

사실 이 장르는 최근 해외 영화 시장에서 'K무비'의 가장 중요한 콘텐츠였다. BTS 전체 혹은 멤버 개인이 등장하는 다큐멘터리는 국내보다 국외에서 더 큰 인기를 끌었고, 이것은 당연히 강력한 글로벌 팬덤을 기반으로 한다. 반면 한국 시장의 최강자는 임영웅이다. 2023년 〈아임 히어로 더 파이널〉로 25만 명의 관객을 동원하며 60억 원 이상의 매출을 기록했던 임영웅은 2024년 〈임영웅: 아임 히어로 더 스타디움〉으로 100억 원 이상의 매출을 기록했다. 기념비적인 수치라 할 수 있는데, 중요한 건 임영웅 혼자만의 성과가 아니라는 점이다. 트로트(영탁, 남진), 보이그룹(지오디, 세븐틴, 투모로우바이투게더, 하이라이트) 혹은 멤버(슈가, 정국, 태용, 백현, 이준호, RM), 걸그룹(아이브, 블랙핑크, 에스파), 힙합(에픽하이), 록(이승윤, 실리카겔) 그리고 김준수 같은 아티스트까지 다양한 장르에 포진된 팬덤을 기반으로 한 공연 다큐멘터리들이 약 25편 정도 개봉되었다. 여기에 〈엘리자벳: 더 뮤지컬 라이브〉나 〈영웅: 라이브 인 시네마〉 같은 뮤지컬 실황 작품까지 합하면, 공연 다큐멘터리 분야의 스펙트럼은 더욱 넓어진다.

2024년 한국 공연 다큐멘터리 흥행 톱 10(매출액 기준)

순위	제목	매출액	관객수
1	임영웅: 아임 히어로 더 스타디움	101억 1,714만 원	357,858명
2	세븐틴 투어 '팔로우' 어게인 투 시네마	17억 8,589만 원	71,448명
3	2023 영탁 단독 콘서트: 탁쇼2	10억 5,061만 원	42,033명
4	정국: 아이 엠 스틸	10억 4,856만 원	41,965명
5	슈가: 어거스트 디 투어 '디-데이' 더 무비	9억 5,648만 원	33,604명
6	지오디 마스터피스 더 무비	9억 3,634만 원	41,021명

7	아이브 더 퍼스트 월드투어 인 시네마	7억 2,051만 원	32,118명
8	김준수 콘서트 무비 챕터 원: 레크리에이션	7억 1,532만 원	31,358명
9	하이퍼포커스: 투모로우바이투게더 브이알 콘서트	6억 2,552만 원	20,178명
10	하이라이트: 라이즈 고 온, 어게인 인 시네마	5억 5,775만 원	22,312명

조회일: 2024. 11. 30. 출처: 영화진흥위원회 영화관입장권통합전산망

중요한 건 팬덤 기반의 공연 다큐멘터리가 지닌 흥행력이다. 이 작품들은 일반 극영화보다 훨씬 높은 관람료를 받는데, 〈임영웅: 아임 히어로 더 스타디움〉 같은 경우 티켓 가격이 3만 5천 원 정도이기에 35만 8천 명의 관객으로 100억 원 이상의 매출을 올릴 수 있었다. (한국 독립영화 〈소풍〉의 경우 36만 3천 명으로 관객수는 〈임영웅: 아임 히어로 더 스타디움〉보다 높았으나, 매출액은 32억 원으로 〈임영웅: 아임 히어로 더 스타디움〉의 1/3도 되지 않는다) 이런 수익 구조가 가능한 것은 당연히 강한 팬덤 덕분이다. 한정된 공간에서 한정된 객석으로 이뤄지는 실제 공연보다, 비록 현장성은 떨어지지만 공연 티켓 비용보다 (일반 극장 비용보다는 매우 비싸지만) 훨씬 적은 금액으로, 그것도 팬 커뮤니티가 함께 공연을 즐길 수 있다는 것도 공연 다큐멘터리가 주는 메리트다. 실제로 〈임영웅: 아임 히어로 더 스타디움〉이 상영되는 영화관은 콘서트 장을 연상시키는 단체 응원과 환호로 가득 차곤 했고, 이런 모습은 다른 공연 다큐멘터리 상영관에서도 발견할 수 있다. 그리고 공연 티켓 예매가 쉽지 않다는 것

도 공연 다큐멘터리가 상영되는 영화관으로 관객을 끌어들인다.

팬데믹 이후 급성장한 공연 다큐멘터리 시장은 2023년 약 151억 원의 매출을 올렸고, 2024년 11월 현재 약 210억 원으로 성장했다(매출액은 추정치). 2024년 12월 매출까지 합해 결산하면, 40% 이상의 성장률을 보일 것으로 전망된다. 전체적으로 국내 대중음악 스타의 팬덤이 중심이지만, 해외 뮤지션을 포함하고 여기에 뮤지컬, 오페라, 클래식 콘서트, 무용 같은 무대 공연까지 더한다면, 2024년 공연 다큐멘터리 시장은 거의 250억 원 정도에 달할 듯하며, 이것은 전체 매출의 2% 정도로 결코 무시할 만한 수준이 아니다.

현재 이 시장은 이미 메이저가 장악하고 있는데 가장 적극적인 곳은 씨제이(CJ) 계열이다. 〈임영웅: 아임 히어로 더 스타디움〉의 경우 CJENM에서 제작하고, 배급은 CGV ICECON과 CJ 4D 플렉스가 함께 했다. CGV ICECON은 콘서트, 뮤지컬, 오페라, 스포츠, 게임 중계 등 영화 외 다양한 콘텐츠를 선보이는 CGV 내의 사업팀으로 2020년에 만들어졌으며, 2024년 임영웅을 비롯해 슈가, 정국, 하이라이트, 블랙핑크 등의 공연 다큐멘터리를 선보였다. CJ 4D 플렉스는 4DX와 스크린X 화면을 구현하는데, 공연 다큐멘터리는 이 테크놀로지와 가장 잘 어울리는 콘텐츠다. 〈임영웅: 아임 히어로 더 스타디움〉은 관객의 30%가 스크린X 방식으로 관람했다고 한다. 이외에도 롯데컬처웍스나 메가박스 등도 뮤지션의 공연 다큐멘터리나 뮤지컬 공연 다큐멘터리를 배급하고 있다. (김형석)

영화관으로 간 드라마, 팬덤과 만나는 사적 공간

여기서 흥미로운 지점은, '영화관'에 대한 대중의 고정관념이 조금씩 무너지고 있다는 것이다. 전통적으로 극장은, 약간의 엄숙주의와 함께 '장편 극영화'를 관람해야 하는 '공적' 공간이었다. 하지만 팬덤이 지배하는 공간은, 같은 취향을 지닌 커뮤니티가 지배하는, 자유롭게 감정을 표현할 수 있는 '사적' 공간이 된다. 그 결과 영화 이외의 콘텐츠가 자유롭게 영화관과 결합하는 현상이 생겨났다.

드라마 〈선재 업고 튀어〉(tvN)는 마지막 회를 영화관에서 상영하는 이벤트를 열었는데, 5분 만에 1,000석 예매가 완료되는 인기를 끌었다. 이러한 특별 상영은 최근 정착되기 시작한 현상으로 2022년엔 〈이상한 변호사 우영우〉(ENA)의 마지막 회 공개 시점에 맞춰 상영회를 열었고 〈무빙〉(2023, 디즈니플러스)은 마지막 회차 공개일에 피날레 시사회를 열어 출연 배우와 드라마의 팬들이 함께하는 자리를 마련했다. 팬덤을 기반으로 TV 시리즈가 극장에서 상영되는 현상은, 팬 서비스를 넘어 드라마 공개 전 사전 마케팅으로 기획되기도 한다. 2023년엔 웨이브 오리지널인 〈박하경 여행기〉(2023)가 8부작 중 1~4부를 묶은 합본 영상을 극장에서 공개했고, 티빙 오리지널 작품인 〈운수 오진 날〉(tvN, 2023)은 6부작 공개 전에 1~2화를 먼저 극장에서 상영하는 이벤트를 열었다. 부산국제영화제는 이미 2021년부터 '온스크린' 섹션을 만들어 OTT 시리즈와 영화관의 만남을 활성화한 바 있다.

웹툰이나 웹소설을 중심으로 한 BL 콘텐츠는 매우 탄탄한 팬덤을 가지고 있는데, 드라마로 제작될 경우 종종 극장에서 상영된다. BL 웹툰과 웹소설의 드라마화의 영화관 상영 역시 포스트 펜데믹 시대 극장가의 특징 중 하나이다. 그 본격적 시작은 〈시맨틱 에러: 더 무비〉(김수정, 2022)이다. 저수리 작가의 웹소설을 각색한 왓챠 오리지널 시리즈인 〈시맨틱 에러〉는 8부작 드라마인데, 이것을 극장판으로 편집한 〈시맨틱 에러: 더 무비〉는 전국 57개 스크린의 소규모 개봉이었음에도 6만 2천 명이라는 알찬 흥행을 거두었다.

이후 BL 장르 시리즈의 극장판 개봉이 이어졌는데, 2023년엔 티빙 오리지널인 〈비의도적 연애담 스페셜〉(장의순, 2023)과 〈밥만 잘 사주는 이상한 이사님 극장판〉(장의순, 2023)이 극장에 걸렸다. 2024년에는 〈조폭인 내가 고등학생이 되었습니다〉(이성택)가 개봉했고, BL 장르는 아니지만 30분 내외의 10부작 드라마 〈이별유예, 일주일〉(김규현)이 147분짜리 극장판으로 축약되어 드라마 공개에 앞서 영화관에서 상영됐다.

〈이별유예, 일주일〉 포스터_출처: SBS Medianet

이러한 TV와 OTT의 시리즈 혹은 극장판의 영화관 상영은, 극장 입장에서 안정된 수익의 작은 창구이고, 제작자 입장에선 마케팅의 좋은 도구이며, 관객 입장에선 무대 인사 등을 통해 배우를 직접 만날 수 있는, 일거양득의 플랫폼 활용이라 할 수 있으며 앞으로도 계속 확산할 것이다. (김형석)

어린이 관객을 무시하지 마! 국산 애니메이션 프랜차이즈 원년

2024년 한국영화 흥행 판도를 분석할 때 반드시 언급해야 할 영화가 있다. 바로 〈사랑의 하츄핑〉(김수훈)이다. 11월 30일 현재 123만 5,600명의 관객을 동원하며 110억 8,500만 원의 매출을 기록한 〈사랑의 하츄핑〉은 2024년 한국영화 흥행 12위에 올라 있다. 2020년부터 방영되며 아이들의 큰 사랑을 받은 〈캐치! 티니핑 시리즈〉는 2024년까지 5기가 이어지고 있는 TV 애니메이션 프랜차이즈이며 게임과 뮤지컬로도 제작되었다. 2023년엔 뮤지컬 공연 다큐멘터리 〈알쏭달쏭 캐치! 티니핑 – 신비한 상자를 열어라!〉(홍승희, 신승환)가 개봉되어 1만 명 관객을 동원하기도 했다. 2024년부터 시작된 극장판 프랜차이즈의 포문을 연 〈사랑의 하츄핑〉은 극장가를 온통 핑크로 물들이며 놀라운 흥행력을 발휘했는데, 이러한 성공을 토대로 이후 〈캐치! 티니핑 시리즈〉 극장판 프랜차이즈도 계속 이어질 전망이다.

〈사랑의 하츄핑〉 포스터_출처: 쇼박스

극장판 애니메이션 프랜차이즈는 고정 관객층에 의해 유지되는 대표적인 팬덤 시장이다. 코믹스나 TV 애니메이션 프랜차이즈를 토대로 하기도 하지만 디즈니-픽사의 〈인사이드 아웃〉 시리즈나 〈모아나〉 시리즈처럼 극장판 자체의 프랜차이즈가 큰 인기를 끄는 일도 있다. 이 분야의 강자는 전통적으로 미국과 일본인데, 미국은 극장판 프랜차이즈가, 일본은 TV나 코믹스의 프랜차이즈를 토대로 한 시리즈가 인기를 끌었다. 미국 애니메이션 프랜차이즈는 매년 매출액의 편차가 있지만, 일본 애니메이션은 〈명탐정 코난〉, 〈짱구는 못말려〉, 〈극장판 하이큐!!〉, 〈귀멸의 칼날〉, 〈포켓몬스터〉, 〈극장판 도라에몽〉 등 수많은 프랜차이즈가 쉼 없이 시리즈를 내놓기 때문에 한국 시장에서 1년에 300억~400억 원 정도의 매출을 꾸준히 기록하고 있다.

한편 한국의 애니메이션은 TV 프랜차이즈 기반이라는 점에선 일본과 유사하나, 국내 시장에서 이렇다 할 비중을 차지하지 못하고 있었는데

2024년 〈사랑의 하츄핑〉을 중심으로 〈브레드이발소〉, 〈유미의 세포들〉, 〈뽀로로 극장판〉, 〈헬로카봇〉, 〈신비아파트〉, 〈핑크퐁〉, 〈베베핀〉 등의 시리즈가 관객을 모으며 크게 성장했다.

2024년 한국 애니메이션 흥행 톱10(매출액 기준)

순위	제목	매출액	관객수
1	사랑의 하츄핑	110억 8,483만 원	1,235,600명
2	브레드이발소: 빵스타의 탄생	22억 8,189만 원	265,049명
3	브레드이발소: 셀럽 인 베이커리타운	17억 3,079만 원	202,361명
4	유미의 세포들 더 무비	6억 1,270만 원	76,596명
5	뽀로로 극장판 슈퍼스타 대모험	9억 5,648만 원	66,871명
6	신비아파트 특별편: 붉은 눈의 사신	3억 6,151만 원	30,329명
7	헬로카봇 올스타 스페셜	3억 5,091만 원	42,965명
8	도티와 영원의 탑	2억 4,085만 원	26,174명
9	DMZ 동물 특공대	1억 6,355만 원	22,070명
10	쥬라기캅스 극장판: 전설의 고대생물을 찾아라	6,970만 원	8,073명

조회일: 2024.11.30. 출처: 영화진흥위원회 영화관입장권통합전산망

* 〈뽀로로 극장판 슈퍼스타 대모험〉은 2023년 12월 13일 개봉작으로 누적 매출액은 35억 3,679만 원, 누적 관객수는 388,061명. 〈도티와 영원의 탑〉은 2023년 12월 27일 개봉작으로 누적 매출액은 6억 2,901만 원, 누적 관객수는 67,870명. 통계에는 2024년의 매출액과 관객수만 반영했음.

2023년과 비교해 보면 2024년 성장세는 더욱 눈에 띈다. 2023년 한국 프랜차이즈 애니메이션은 약 71억 6,000만 원의 매출액과 약 80만 명의

관객을 모았다. 2024년 매출액은 약 174억 원으로 전년 대비 143%, 관객 수는 약 196만 명으로 145% 증가했다(매출액과 관객수는 모두 추정치). 2024년의 상승세가 〈사랑의 하츄핑〉이라는 단 한 편의 영화로 인한 이상 현상일 수도 있겠지만, 이후 계속 새로운 프랜차이즈가 가세한다면 꾸준히 100억 원대 이상의 매출액을 기록하며 일본 프랜차이즈 애니메이션 팬덤과 견줄 수 있을 것이다. (김형석)

추억의 N차 관람, 재개봉 영화 시장의 형성

재개봉 영화도 무시할 수 없는 팬덤 마켓이다. 팬데믹을 겪으며 '틀 영화'가 없다는 이유로 소환된 시장이라고도 볼 수 있는데, 이미 본 영화의 익숙한 쾌감을 다시 느끼기 위해 관객은 극장을 찾았고 2023년 〈타이타닉〉(제임스 캐머런, 1997)이 재개봉을 통해 약 45만 4,000명의 관객을 동원하면서 '재개봉 시장'의 존재가 좀 더 확실히 각인되었다. 2023년엔 약 110편 정도의 영화가 재개봉한 걸로 추산되는데, 2024년에는 약 150편 정도로 편수가 30% 이상 늘었다.

재개봉 이유는 다양하다. 1주년부터 30주년까지 개봉 연도와 관련된 경우부터 시작해(〈비긴 어게인〉), 리마스터링 같은 기술적 이유도 있고(〈쇼생크탈출〉), 어떤 감독이나 배우가 이슈가 될 때 관련된 영화(〈소년 시절의 너〉)를 다시 개봉하기도 한다. 아이맥스나 돌비 사운드처럼 새로운 포맷으로 인해 다시 극장에 걸리기도 하고(〈코코〉), 일본 애니메이션이나 대만 청춘 같은 스테디셀러는 꾸준히 재개봉되며(〈너의 이름은.〉, 〈상견니〉), 프랜차이즈의 신작이 나왔을 때 전작들이 소환되기도 한다(〈매드맥스: 분노의 도로〉). 감독 기획전((예) 김성수, 왕가위)을 통해, 과거에 개봉했던 영화가 한자리에 모여 관객을 만나기도 한다.

2024년 재개봉 영화 흥행 톱10(매출액 기준)

순위	제목(개봉 연도)	매출액	관객수
1	남은 인생 10년(2023)	42억 5,241만 원	425,196명
2	비긴 어게인(2014)	21억 2,513만 원	231,720명
3	소년시절의 너(2020)	20억 2,763만 원	212,176명
4	노트북(2004)	17억 1,697만 원	175,812명
5	날씨의 아이(2019)	9억 6,499만 원	103,074명
6	더 퍼스트 슬램덩크(2023)	9억 5,643만 원	92,257명
7	너의 이름은.(2017)	4억 6,807만 원	38,181명
8	쇼생크 탈출(1995)	4억 2,400만 원	46,196명
9	비포 선라이즈(1996)	3억 624만 원	31,154명
10	오늘 밤, 세계에서 이 사랑이 사라진다 해도(2022)	2억 7,571만 원	33,435명

조회일: 2024.11.30. 출처: 영화진흥위원회 영화관입장권통합전산망

재개봉 영화의 흥행 분포에서 특이한 건, 한두 편의 흥행이 전체 매출액을 이끌기보다는, 여러 영화가 흥행을 나눠 가진다는 점이다. 2024년 재개봉 영화의 총 매출액은 약 160억 원 정도로 추산되는데, 흥행을 이끄는 20억 원 이상의 매출 영화가 약 84억 원을 차지하며 절반 정도를 차지

한다. 대신 1억~4억 원의 중소규모 흥행작이 20편 정도 있고, 그 아래 흥행 기록도 매우 고르게 분포되어 있다.

앞에서 언급했던 공연 다큐멘터리나 애니메이션 프랜차이즈가 영화 외적인 요인으로 인한 팬덤이라면, N차 관람이나 재개봉 영화 소비는 영화 자체에 대한 팬덤의 결과다. 신작을 만나는 설렘보다는 구작이 주는 익숙한 즐거움을 선택하는 이 시장의 관객은 여러 결로 나뉠 수 있다.

젊은 관객은 해당 영화를 재개봉해 처음 접하고, 중년 관객들은 추억을 되새기기 위해 극장을 찾을 것이다. 혹은 최근 서서히 일어나고 있는 예술영화에 대한 적극적 수용 분위기와 맞물릴 수도 있다. 산업적인 측면에서도 이미 지명도를 지닌 작품이기에 마케팅에서 비용적인 이점을 얻을 수 있고, 시의적절한 개봉일 경우 의외의 흥행을 거둘 수 있다. 이와 같은 많은 장점은 이 시장의 확장을 예견케 한다. (김형석)

유튜브와 브이로그가 영화관으로

팬덤은 다양한 방식으로 존재하며 그 플랫폼 역시 다양하다. 2024년 깜짝 흥행작으로 평가할 만한 다큐멘터리 〈안녕, 할부지〉(심형준, 토마스 고)는 유튜브 콘텐츠로 인기를 끈 판다 푸바오와 사육사의 이야기로 약 26만 4,000명의 관객과 만났고 24억 원이 넘는 매출액을 기록했다. 애니메이션 〈도티와 영원의 탑〉(박인환 외, 2023) 같은 경우도 유튜브 크리에이터 도티에서 시작된 프랜차이즈다.

〈안녕, 할부지〉 포스터_출처: 바른손이앤에이

한편 2024년 영화관에서 벌어진 가장 인상적인 이벤트 중 하나는 프로
야구 코리안 시리즈를 스크린X 방식으로 극장에서 관람한 것이다. 과거
월드컵 기간에 극장에서 경기를 관람하며 집단 응원을 한 사례는 있지만,
좌우 벽면을 아우르는 하나의 콘텐츠로서 스포츠 경기가 영화관에 자리
잡은 건 혁신적인 일이며, 관객의 좋은 반응을 얻었다. 이것은 극장이 생
존을 위해 유연성을 다양하게 발휘하고 있는 현재를 잘 보여주고 있는 사
례일 것이다.

어쩌면 이제 영화관은 타 매체와 최대한 접점을 만들며 생존해야 한다.
2024년 1,000만 명 관객을 넘어서며 호황을 기록한 프로야구 경기장, 영화
시장의 규모를 넘어선 공연 시장 그리고 온라인 콘텐츠(유튜브, 웹툰, 웹소
설) 등 영화 이외의 분야를 영화관으로 끌어들여야 할 상황이다. (김형석)

재미있게도 야구 경기장과 영화관은 오랜 라이벌 관계다. 영화관의 관객이 폭발적으로 성장한 2000년대에 야구장은 팬을 잃어 마케팅에 고심하고 있었다. 그런데 코로나 이후 2020년대에 야구장, 배구장, 축구장은 팬들로 꽉 들어차서 서로의 팬심을 확인하며 하나의 일상적 놀이문화 공간으로 탈바꿈한 것과 대조적으로 영화관은 침체해 버렸다. 스크린X에서 야구 경기를 상영하는 것은 영화가 야구를 적에서 친구로 손잡고 침체를 이겨내겠다는 선언처럼 들린다.

미국 속담에 "이기지 못할 거면 친구가 되어라"라는 것이 있다. 할리우드가 1950년대에 위기를 겪은 주요 요인이 TV의 가정 상용화이다. 처음에 영화제작사는 TV와 협력하지 않았고, 인력 교류도 없었다. 그러던 것이 점차 TV의 우위로 굳어지니다보니 스튜디오는 TV에 영화를 공급하고 TV용 영화를 제작하거나, TV 연출가와 배우를 스튜디오로 스카우트했다. 대표적인 영화가 〈12인의 성난 사람들〉, 〈마티〉같은 명작이고, 대표적인 영화인이 클린트 이스트우드, 스티브 맥퀸 같은 이들이다. 결국 영화는 TV와의 성공적인 콜라보레이션으로 1960년대에 뉴아메리칸 시대를 개척해나갔다.

영화관은 위기를 탈출하기 위해 커다란 스크린과 돌비 사운드, 쾌적한 소파 등의 큰 이점을 활용하여 다양한 크로스오버를 시도해야 할 것이다. 2023년 Mnet 프로그램 〈스트릿 우먼 파이터2〉 파이널 회차를 영화관에서 상영한 것과 같은 사례가 늘어날 것이다. 이와 같은 공연성 TV 프로그램, 팬덤이 확고한 드라마, 스포츠 경기, 미술관 순례, 발레 공연 등을 극장에서 경험하는 이점은 분명하다. 거대한 화면과 웅장한 사운드가 주는 압도적 힘은 팬의 열정을 더 불타오르게 하고, 팬덤 커뮤니티를 단단하게 하며, 영화관은 불황을 타개할 좋은 이벤트일 것이다. (정민아)

정치의 계절, 진영 팬덤이 응원하는 정치 영화

마지막으로 2024년 특기할 만한 사항은 정치 팬덤을 기반으로 한 다큐멘터리가 쏟아져 나왔다는 점이다. 그 정점은 22대 총선이었다. 이승만과 건국 1세대에 관한 내용을 담은 〈건국전쟁〉(김덕영)은 보수 지지층의 지지와 단체 관람을 통해 약 117만 4,000명의 관객을 모았고, 109억 원이 넘는 매출액을 기록했다. 이외에도 이승만 전기 다큐멘터리인 〈기적의 시작〉(권순도), 박정희와 영부인 육영수의 이야기인 〈그리고 목련이 필 때면〉(윤희성), 뮤지컬 실황 다큐멘터리 〈박정희: 경제대국을 꿈꾼 남자〉(손현우) 등이 보수 정치 팬덤 관객과 만났다. 한편 진보 정치 팬덤 다큐멘터리로는 김대중 탄생 100주년을 맞아 〈길위에 김대중〉(민환기)이 제작되어 약 11만 5,000명의 관객을 동원했고, 그 속편인 〈다시 김대중—함께 합시다〉(김진홍)가 이어졌다.

영화관은 팬덤을 관객으로 개발하며 더 다양해졌다. 강력한 '볼 관객들'이 기다리고 있는 이 시장이 현재 한국 영화관 산업에서 차지하고 있는 비율은 약 6~7% 정도. 결코 무시할 수 없는 비중이며, 그 중심을 이루고 있는 공연 다큐멘터리와 프랜차이즈 애니메이션, 그리고 재개봉 영화 시장은 앞으로 점점 더 규모가 커지리라 예상된다. (김형석)

4.

인스타그래머블한
21세기 씨네필 문화

1990년대 씨네필 문화와 닮은 듯 다르게

앞서 영화관이 위기를 벗어나기 위한 한 방편으로 재개봉을 활용하고 있음을 살펴보았다. 2024년에는 영상자료원의 기획전, 서울아트시네마와 영화의전당을 위시한 각 지역 예술영화전용관의 특별전에 젊은 관객이 들어차고, 이들은 인스타에 남들과 다른 자신만의 독특한 취향을 전시한다. 1960년대 일본감독 마스무라 야스조 특별전, 네덜란드의 폴 버호벤 기획전, 프랑스 누벨바그를 대표하는 장뤼크 고다르 기획전, 에릭 로메르 기획전, 이탈리아 예술영화의 상징 페데리코 펠리니 기획전 등은 표를 구하지 못할 정도로 인기를 끌고, 기획전 리바이벌을 팬들이 요청할 정도다. 그러나 지금의 씨네필 문화는 30년 전과 닮은 듯 다른 점이 있다.

1990년대 안드레이 타르코프스키나 크쥐스토프 키에슬로프스키 같은 동유럽 예술영화들이 물밀듯이 들어오고, 코아아트홀, 동숭아트센터 같은 예술영화를 전문적으로 틀어주는 소극장이 개관하였으며 〈씨네21〉 같은 영화전문지가 창간하고, 문화학교서울, 영화공간1895 같은 영화감상 동아리가 활성화되어 있던 분위기에서 1990년대는 일명 예술영화의 시대, 씨네필의 시대였다. 이와 같은 열기가 모이고 젊은 씨네필의 행동력이 모여 부산국제영화제를 아시아 최고의 젊고 활력있는 영화제로 커나가게 했고, 수많은 영화제가 지역에 생기면서 예술영화와 독립영화 붐을 이끌며 비평 담론이 형성되었다. 1990년대는 개인이 모여든 영화 동아리에서는 비디오테크를 통해 교과서에서만 봤던 영화를 찾아내어 알음알음 돌려보며 영화를 치열하게 공부하는 영화공부의 시기였다. 이때는 씨네필로서의 관객 운동이 부상하고 관객의 주도권이 중요해졌다.

2024년 8월 타르코프스키의 〈희생〉(1986)의 재개봉은 1990년대 씨네필 문화의 노스탤지어를 간직한 이들에게 상징적인 일일 것이다. 충직한 영화 팬은 늙어가고, 씨네필도 고인물에서 늙어간다. 영화산업의 퇴조처럼 씨네필 문화도 퇴조하고 있는 것인가? 그러나 2024년 씨네필 문화는 보다 젊어졌다.

2020년대 씨네필 문화는 CGV 아트하우스, 롯데시네마 아르떼, 메가박스 필름소사이어티 등 영화 대기업이 예술영화 프로그래밍을 통해 씨네필 문화를 주도하는 듯한 양상에서 보듯이 공간을 중심으로 씨네필이 모인다. 서울아트시네마 씨네필, 영상자료원 씨네필, 씨네큐브 씨네필, 영화의전당 씨네필 등은 해당 예술영화관의 프로그래밍에 호응하며 자신의 영화적 지식을 축적해간다. 또한 이동진, 정성일 등 이름 있는 셀럽 평론가의 영화 선택에 자신의 취향을 맞추어 가는 경향도 있다.

고전영화, 예술영화 취향을 가진 젊은 씨네필은 이러한 자신의 활동을 SNS에 공유하고 디지털 아카이빙하며, 복고 트렌드로서 향유하기 위해 영화 속 의상과 소품을 따라 한다. 모두가 보는 영화와 영화관은 인스타에 올리기엔 재미가 없다. 미술관, 박물관, 공연문화에 대한 Z세대의 열광과 예술영화에 대한 열광은 닮은 데가 있다. 내가 하는 모든 것은 인스타그래머블 할 것. 그래서 굿즈를 모아 인스타에 박제하고, 특별한 영화 프로그래밍을 즐기며 포스터 앞에서 사진을 찍고, 오래된 영화 속 캐릭터를 모방하는 현상이 생겨난다. 가령 여름 시기에 에릭 로메르 영화 속 패션이 잠깐 유행한 점도 재밌는 현상이었다. 지역 영화제에는 영화를 보러 가기보다는 영화와 관련된 행사를 체험하고 이를 SNS에 탑재하는 것이 더 중요한 영화 활동이 되었다. (정민아)

재개봉 영화 리스트를 보면 〈동경 이야기〉(오즈 야스지로, 1953) 같은 고전부터 개봉한지 몇 년밖에 지나지 않은 작품, 타르코프스키 감독 작품 같은 예술영화까지 그 범주가 매우 넓다. 즉, 재개봉작의 특징을 하나로 규정하기는 어렵다는 뜻이다. 다만 재개봉작은 씨네필이 믿고 선택할 수 있을 만큼 작품성이 검증되었다는 공통점은 있다. 재개봉 붐과 관련하여 특이점 중 하나는 주 소비층이 20~30대 MZ세대라는 점이다.

MZ세대들은 왜 재개봉 영화를 보는 걸까? 이들은 SNS를 통해 활발히 소통하면서 자기의 문화 체험을 인증하고 전시하는 특성이 있다. 「노트북」의 경우 개봉 4주 차인 10월 마지막 주말 누적 관객수 16만을 돌파했으며, 좌석 판매율도 2위를 기록했다. SNS에 올린 관람평을 보면 "감동적인 사랑 이야기", "극장에서 봐야 할 영화" 같은 내용이 주를 이루고 있고 이런 입소문이 관람 욕구를 부추긴다. 또한 평범한 개봉작이 아닌 '다른' 영화를 본다는 차별화로 만족감을 얻기도 한다. 재개봉이 관객을 영화관으로 불러들이는 주요한 요소 중 하나임이 분명해 보인다. 2024년 9, 10월에 재개봉된 영화 리스트를 보면 〈소년시절의 너〉, 〈중경삼림〉, 〈원스〉, 〈비긴어게인〉, 〈비포 선셋〉 등 열 편 이상이 된다.

재개봉 영화 붐 현상의 원인은 씨네필 문화와 산업적 측면 두 가지로 나눠 생각해 볼 수 있다. 우선, 산업적인 측면에서 배급사나 극장의 수익 창출과 관련된다. 마땅한 상업영화 신작이 없는 시기 검증된 재개봉작은 안정된 수익을 보장해 주는 좋은 아이템이고, 자금난을 겪는 수입사가 신작을 들여올 여력이 없는 경우 판권이 살아 있는 영화를 재개봉하여 활로를 찾기도 한다. 처음 개봉했을 때보다 재개봉 때 오히려 관객이 늘어난 일도 있고, 재재개봉한 작품도 있다. 가령, 〈소년시절의 너〉(증국상, 2019)는 2020년, 2021년에 이어 2024년에 세 번째 상영인데 처음 개봉 당시 관객수 4만에서 2024년에는 2만을 달성했다. 2023년에 개봉한 〈남은 인생 10년〉(후지이 미치히토, 2022)도 개봉 당시 관객수는 13만 명이었으나 2024년에 재개봉해서 56만 명을 동원했다. 사정이 이렇다 보니 배급사와 극장은 흥행이 검증된 재개봉작 상영을 선호하게 되고, 이미 수작이라는 입소문이 나서 신작 홍보만큼 공을 들이지 않아도 된다는 장점이 있다. 그러나 여기서 문제가 되는 건, 그렇지 않아도 상영관을 잡기 어려운 최신 독립예술영화가 상업영화만이 아니라 재개봉 영화와도 경쟁해야 한다는 것이다. 이는 다양한 영화를 감상하고 싶은 잠재적 관객의 기회를 뺏는 일이기도 하다. (이현경, 영화평론가)

경제 위기와 독립예술영화, 영화제의 지속가능성

실물 경제가 어려울 때, 문화예술에 대한 공공지원 정책이 바뀔 때, 지원 혜택을 받는 수혜자를 넓고 다양하게 선정하기보다는 구체적인 성과를 만들자는 담론이 형성될 때, 이럴 때마다 독립영화 지원 예산, 영화제 지원 예산을 정부가 만지작거린다. 윤석열 정부는 한국 영화산업 지원의 주요 재원으로 사용되던 영화발전기금 사업비를 729억에서 464억 원으로 축소했다. 코로나 이후에도 회복하지 못한 영화산업 현실에서 영화관 입장권 부과금 수입 감소와 정부의 긴축재정 기조가 맞물린 조치로 보이지만, 안 그래도 고사 직전에 놓인 한국 영화산업으로서는 이왕 이렇게 된 거 빨리 발을 빼겠다는 것처럼 보인다.

영진위는 독립예술영화 제작지원 예산을 40.3% 감소하여 반토막 났고, 지원 혜택을 받는 작품은 기존 136편에서 75편으로 줄어들어 독립영화인들이 항의하고 있다. 영화제 지원금은 전년 대비 52%로 감소하며 역시 반토막이 났고, 이로 인해 지원을 받는 영화제 수는 기존 40여 개에서 10개로 급감하며 몇몇 지역 영화제가 문을 닫았다. 국산 애니메이션 시장 형성이 코 앞인데 영진위는 독립 애니메이션 제작지원 예산을 전액 삭감했다. 독립영화인들의 잔치인 서울독립영화제의 경우 2025년 예산을 전액 삭감하게 되어 독립영화인들의 큰 반발을 샀다.

독립영화와 상업영화가 따로 분리되는 것이 아니다. 봉준호, 박찬욱 같은 거장도 작은 독립영화에서부터 출발하여 상업영화 씬으로 옮겨 가면서 칸과 오스카를 수상하는 세계적 명사가 되었고, 오늘날 넷플릭스에서 보여주는 K시리즈의 역량 중 많은 부분을 독립영화인들이 담당하고 있다. 정부 교체 때마다 영진위의 정책이 바뀌며 독립영화 지원정책이 출렁거리는 현실에서 공공자금에 기대는 독립영화와 영화제의 지속가능성에 대해 고민할 때가 되었다.

경제 위기 상황에서 후원자를 모으기 어려운 독립영화와 영화제가 사라진다면 다시금 K시네마 역량을 끌어올려 세계적으로 중요한 내셔널 시네마의 위치를 확고히 하려는 암시적 합의가 실현되기 힘들 것이다. "지원은 하되 간섭하지 않는다"라는 1998년 출범한 김대중 정부의 문화예술지원 정책 기조가 유지되었기에 지금과 같은 K컬처 시대를 맞이할 수 있었다. 그 길은 멀고 길다. 일명 '팔길이 원칙'이 20년 지속되어서야 칸과 오스카와 같은 오래된 역사를 가진 권위있는 곳에서 성과를 낼 수 있었다.

코로나 이후 영화제에 젊은 관객이 대거 찾아가 체험의 이벤트를 즐기며 지역 관광산업과 연계하여 좋은 결실을 봐왔고(무주산골영화제, 정동진독립영화제), 지원을 받은 마이너한 소재와 주제의 독립영화는 많은 국제영화제에서 성과를 내었다(〈장손〉, 〈아침마다 갈매기는〉). 젊은 관객은 독립영화와 영화제를 즐길 준비가 되어 있지만, 2025년에 독립영화와 영화제는 존립 자체를 고민하며 어려워질 것으로 전망된다. (정민아)

부산영화제가 OTT 영화를 개막작으로 했다굽쇼?

부산영화제는 팬데믹 이후 급부상한 OTT 플랫폼의 위상을 고려하여 2021년부터 '온 스크린' 섹션을 신설했다. 이는 영화제의 일부 섹션으로 OTT에서 방영되는 화제의 드라마 시리즈를 영화제에서 미리 선보이는 행사를 골자로 영화 매체의 확장된 흐름과 가치를 포괄하려는 노력이었다. 칸영화제가 OTT 오리지널 영화를 배제하지만, 베니스영화제는 OTT 영화를 수용한 결과 베니스영화제가 다채로운 경쟁작 초청으로 영화제의 위상이 올라가고 있는 점을 생각하면, 치열한 경쟁에 놓인 부산영화제의 고심이 보인다. 그러나 부산영화제가 영화와 드라마의 경계가 허물어지자 다양한 콘텐츠를 한자리에 선보이려는 노력을 넘어 2024년 넷플릭스 오리지널 영화 〈전,란〉을 개막작으로 선정했다는 점은 논란을 불러일으켰다. 영화 시대가 진정으로 막바지에 섰다는 신호인지 염려스럽다.

2024년에 K시네마의 대표 행사인 부산영화제가 OTT 작품을 개막작으로 선정하여 스포트라이트를 받게 했다는 것은 영화산업의 전통적 관점과 새로운 흐름 사이에서 일대 변화를 보여준 사건이다. 이 사건에는 여러 가지 함의가 있다.

첫째, OTT 플랫폼이 전통적인 영화관 개봉 이상으로 중요한 콘텐츠 공급원으로 자리를 잡았음을 의미한다.

둘째, 글로벌 OTT 기업은 전통적 영화제작사가 감당하기 어려운 제작비를 투자하여 대규모 블록버스터를 제작함으로써 고품질을 기대하는 관객의 눈높이에 호응하고, 새로운 시장을 창출하는 역할을 이미 주도하고 있음을 의미한다.

셋째, 극장 상영작 중심의 영화제가 영화 생태계 변화를 수용하였음을 의미한다.

넷째, 넷플릭스의 글로벌 유통망을 통해 영화를 부산국제영화제 개막작으로 마케팅함으로써 OTT를 통해 영화제의 국제적 위상을 강화하고자 하는 헤게모니 변화를 의미한다.

다섯째, 극장에서 온라인으로 순차적으로 이어지던 영화배급이 OTT의 직접 배급으로 전환되는 뉴미디어 시대의 흐름을 반영한다.

여섯째, 영화제가 극장 중심 산업을 대변하는 역할에서 벗어나 영화 콘텐츠의 다양한 유통과 플랫폼의 진화를 적극적으로 끌어안고 새로운 환경을 이끌어 가려는 의지를 보여준다.

〈전, 란〉_출처: 넷플릭스

위와 같은 많은 의미에도 불구하고 씁쓸해질 수밖에 없다. 보통 영화제는 대규모 블록버스터 영화에 자리를 허용하지 않아 왔다. 영화제만큼은 독립영화와 예술영화, 작가영화에게 주연의 자리를 내주었던바, 이의 암묵적 원칙이 허물어지고 있다는 불안감이 있다. 독립영화의 자리는 〈전, 란〉 이벤트와 함께 더더욱 위협받게 될 것이며, 전통적 극장용 영화가 존재하길 바라는 영화 팬이 다수 존재하지만 뉴미디어의 변화를 인정하고 이에 따라가려는 것으로 보인다. 최고의 아트 프로덕션과 CG의 유려함, 사운드의 화려함으로 무장한 이 영화가 극장에서 상영하면 많은 관객을 모았을 텐데도 〈전, 란〉은 애초에 극장 상영을 염두에 두지 않았고, 온라인망을 통해 190개국에 동시 공개되는 선택을 했다.

영화관의 시대가 가고 OTT 플랫폼의 시대가 온 것이 현실이다. 그러나 영화관은 변신하고 있고, 다양하게 체험의 공간으로서 젊은 층과 함께 호흡하고 있다. 70mm 초대형 스크린으로 정평이 났던 일명 '벤허 극장' 대한극장이 66년의 역사를 끝으로 9월 30일에 폐관한 사건과 부산영화제의

OTT 영화 개막작 상영 사건이 겹쳐진 2024년에 영화관의 문화유산으로서의 가치에 대한 담론이 사회적으로 널리 확산하여야 할 때임을 절감한다. (정민아)

넷플릭스 오리지널 〈전란〉이 2024년 제29회 부산국제영화제 개막작으로 선정된 것 자체가 영화의 정체성이 변화하고 있음을 상징적으로 보여준다. 박찬욱 감독이 각본과 제작을 맡았고, 김상만 감독 연출에 차승원, 강동원, 박정민 등 출연진도 화려해서 공개 전부터 화제를 모았으나 기대만큼의 성적을 거두진 못했다. 공개 시기가 하필 엄청난 히트작 〈흑백요리사〉와 겹쳤다는 점을 부진의 이유로 들기도 하지만, 그보다는 작품 내적인 요인이 더 컸다고 생각한다.

우선은 임진왜란이라는 소재에 관객이 피로감을 느낄 수 있다. 김한민 감독의 '이순신 삼부작' 〈명량〉(2014), 〈한산: 용의 출현〉(2022), 〈노량: 죽음의 바다〉(2023)가 10년 동안 개봉되다 보니 임진왜란이라는 소재가 참신하게 느껴질 수 없었다. 물론 '이순신 삼부작'은 이순신을 주인공으로 해전을 펼치는 것이 주된 내용이고, 〈전, 란〉은 선조라는 비열한 임금과 대동계로 단결하는 민중의 대립이라는 새로운 시선으로 시대를 포착한다는 차이가 있다. 여태 나온 사극 중에서 선조를 가장 입체적으로 그린 작품이라는 생각이 든다. 액션에 무척 공을 들여서 모니터로 보기에는 아까운 스펙터클이다.

〈전, 란〉은 전/쟁/란이라는 소제목이 붙은 3막 구조의 영화다. 이런 구조는 다채로운 내용을 전개하는 데 용이한 장점이 있지만, 자칫 산만해질 수도 있다는 단점도 있다. 왕, 대신들, 양반 의병 대장, 양민, 노비 등 많은 등장인물 사이에 이해관계와 계급 갈등이 얽히고설키다 보니 일관된 극의 흐름이 유지되기 힘들었다. 특히 몸종 찬영(강동원)과 도련님인 종려(박정민)의 갈등이 애매한 상태로 봉합되어 버렸다. 처음부터 암시되었던 동성애 코드가 확실하게 녹아든 것도 아니라 전체 서사에서 물과 기름처럼 겉돌았다. (이현경, 영화평론가)

5.

글로벌 시장에서
K무비의 얼굴들

글로벌 광풍의 새로운 주역 〈파묘〉

〈파묘〉의 해외 흥행 및 평가와 관련하여, 이 영화는 한국 개봉에 앞서 2024년 2월 22일 베를린국제영화제 포럼 부문에 초청되어 프리미어로 공개되어 호평을 받았다. 로튼토마토 사이트에서는 신선도 91%를 보여주었다. 칸영화제와 달리 독립영화 비중이 높은 베를린영화제의 포럼 부문은 비경쟁 부문으로 1997년에 〈돼지가 우물에 빠진 날〉(홍상수)이 한국영화로서는 처음 초청된 이래로, 2003년 〈복수는 나의 것〉(박찬욱), 2005년 〈여자, 정혜〉(김윤기), 2011년 〈만추〉(김태용), 2018년 〈살아남은 아이〉(신동석), 2022년 〈낮에는 덥고 밤에는 춥고〉(박송열), 2023년

〈우리와 상관없이〉(유형준) 등 작가예술 독립영화를 초청해왔다. 그러나 2024년에 이례적으로 대중상업영화인 〈파묘〉를 초청한 점에 대해 생각해보자면, 〈파묘〉를 작가영화로 바라보거나, 영화제의 기조가 아트버스터에 관심을 기울이는 변화가 나타난 것으로 이해할 수 있다. 여기에는 K무비를 바라보는 국제적인 시각의 변화인지에 대한 분석이 필요하다.

국내 천만 영화로의 고지 달성과 함께 〈파묘〉가 놀라웠던 점은 글로벌 흥행에서도 큰 성과를 보여준 K무비의 새로운 바람이라는 점이다. 2월 몽골, 인도네시아, 대만에서 시작하여 10월 일본까지 아시아 거의 모든 나라에서 개봉하고, 호주, 뉴질랜드, 영국, 아일랜드, 북미에서도 개봉했다. 133개국에서 개봉되며 베트남, 인도네시아, 캄보디아, 라오스 등에서 역대 한국영화 흥행 1위를 기록했다. 일본에서는 개봉 한 달도 되지 않아 수익 1억 엔을 돌파했다.

애초에 한국의 전통 무속에 대해 해외 관객이 이해하기 어려울 것이라는 예상으로 해외 성적에 대한 큰 기대가 없었고, 무속을 금지하는 중국으로의 수출이 무산되었으며 항일이라는 소재상 일본에서 개봉이 늦어지는 상황에서 동남아 시장에서의 예상치 못했던 흥행 성공으로 〈파묘〉는 K무비를 대표하는 새로운 콘텐츠로 올라섰다.

〈파묘〉의 서사적 완성도나 주제의식에 대한 논란은 차치하고 한국 영화산업의 위기를 돌파하는 데 중요한 역할을 한 영화라는 점에는 모두 동의할 것이다. 그간 해외에서 K시네마의 얼굴 역할을 한 작품들은 〈올드보이〉, 〈부산행〉, 그리고 〈기생충〉이었다. 그런데 〈파묘〉가 가장 친근한 K시네마의 얼굴이 되었고, 이전 한국영화가 가진 글로벌 흥행 기록을 갈아치우고 있다는 점에 주목해 볼 필요가 있다. 〈파묘〉는 〈기생충〉 이후 최고의 한국영화 수출품이다.

〈파묘〉하면 떠오른 요소는 신세대 젊은 여성 무당 캐릭터이다. 그간 무속을 다룬 콘텐츠가 많고, 한국영화에서 어떤 특정 시기에 무당이 주요 인물로 등장하곤 했다. 2010년대 이후 무당 캐릭터는 장르영화에서 적극적으로 그려지고 있다. 여기에는 글로벌 콘텐츠로 소비되는 한국영화와 드라마가 로컬리즘적 요소로서 무당 퍼포먼스를 적극적으로 더 자주 활용한다는 점이 있다. '이것이 K콘텐츠다' 할 때, 무속과 무당은 한국의 전통성과 로컬리즘을 표출할 수 있는 중요한 시각적 소재가 된다.

〈파묘〉는 가장 K스러운 소재들을 가지고 승부를 본다. 한국 식민지 역사, 항일의식, 무속, 조상 등 한국문화를 가장 잘 이해할 한국인에게 호소하는 영화인데, 오히려 국내에서보다 외국에서 호평을 받는 양상이다. 앞서 〈올드보이〉, 〈부산행〉, 〈기생충〉, 〈오징어 게임〉으로 이어지는 남성 중심의 도시 스릴러와 달리 〈파묘〉는 풍수지리라는 자연성에 기대며 여성 주도의 서사로 진행되는 면에서 이전 K시네마 얼굴들과 다른 모양새를 지닌다.

한국 개봉 당시부터 한국 관객과 함께 실시간으로 아시아 관객의 반응이 소셜미디어를 통해 확산되었다. 영화에는 한국 특유의 은유적 표현과 생소한 문화가 가득함에도 불구하고 아시아 각국에서 영화가 선전한 이유는 한국과 동시적으로 개봉하면서 매체 기사와 영화 유튜버의 레퍼런스 및 리뷰가 영화의 이해를 높였다는 점이 특별하다. 아시아 젊은 팬들의 SNS에는 한국에서처럼 극 중 인물들의 이름과 실존 항일투사들의 이름, 자동차 번호판 번호와 광복절 날짜의 관계 등 숨겨진 이야기를 번역하여 퍼트리면서 영화의 인기가 재생산되었다. 얼굴에 한자를 써넣고 주술을 거는 장면에 대해 중국 관객이 부정적인 의미라고 비난했으나 한국 관객보다 먼저 나서서 대만 관객이 영화적인 유례를 찾아 주었다. 대만 인터넷에 실린 영화 리뷰를 보면, 중국 관객이 일종의 굴욕 행위라며 조롱했던 '얼굴에 한자 쓰기' 장면에서 1960년대 일본 대작 영화를 거론하며 영화사의 맥을 넓히며 〈파묘〉를 보는 새로운 시각을 제공하는 팬들이 나타났다.

〈파묘〉 스틸_출처: ㈜쇼박스

또한 식민지를 공통으로 경험한 아시아 국가들에서 식민지인들의 깊은 원한이 공감 요인으로 작용했다. 여기에 익숙한 한류 스타들의 존재가 흥행 요소로 작용했는데, 〈도깨비〉로 익숙한 김고은, 〈스위트홈〉으로 익숙한 이도현, 〈명량〉의 최민식, 〈공조〉의 유해진까지 이미 K콘텐츠로 익숙한 얼굴의 배우들이 대거 출연하여 영화에 친숙하게 빠져들게 하는 요인이 되었다.

〈파묘〉가 최신 K시네마의 얼굴이 된 데에는 첫째, 동양권에서 공감할 수 있는 풍수, 장례문화, 샤머니즘 소재, 둘째, 한류 스타들의 출연과 연기 앙상블, 셋째, 탈식민지 주제 및 현재에 전승되는 과거의 문제에 대한 역사의식, 넷째, 동서양 호러의 유산을 계승하여 한국적 호러영화로 승화한 세련된 만듦새, 다섯째, SNS를 통해 소통하며 영화의 의미를 해석하는 팬 문화, 여섯째, 한류에 대한 긍정적 인식 등을 들 수 있다. (정민아)

효자 수출 품목이 된 아이돌 콘서트 영화

팬데믹 이후부터 꾸준히 국내 영화관 수익 창출을 책임진 K팝 아이돌 콘서트 영화가 글로벌 수출로 든든한 효자 역할을 해내고 있다. 아이돌 라이브 영화가 순수하게 북미 시장에서 커다란 수출 비중을 차지하고 있는 현상은 국내에서는 많이 회자 되지 않는다. 그만큼 K팝 스타의 해외 진출과 음악 차트 상위권 기록, 음악상 수상 등이 이제는 뉴스가 되지 않을 정도로 일상적 일이 되었다. 아이돌 콘서트 영화는 뮤직비디오의 영화관 버전으로 이해되어서 영화라 불려도 될지 모를 이 콘텐츠가 하는 역할을 간과하기 쉽다. BTS의 경우 멤버 한 명마다 각기 다른 라이브 영화를 제작한다. 이 콘텐츠들은 당당히 영화라는 이름으로 수출의 출구를 여는 임무를 수행하고 있다. CGV ICECON 배급작인 BTS 멤버 정국의 다큐멘터리 영화 〈정국: 아이 엠 스틸〉은 박스오피스 모조에 따르면 1,076만 달러 매출을 기록했다.

〈정국: 아이 엠 스틸〉 포스터_출처: CGV ICECON

　　그동안 BTS, 블랙핑크, 임영웅, 세븐틴의 공연 실화 영화를 만들어 온 CJ CGV의 자회사 CJ 4D 플렉스는 〈알엠: 라이트 피플, 롱 플레이스〉를 시작으로 글로벌 배급 사업에 새롭게 진출했다. 이 영화는 K팝 아이돌의 콘서트 영화 최초로 제29회 부산국제영화제에 공식 초청되었으며, 미국, 캐나다, 영국, 아일랜드, 호주, 뉴질랜드, 프랑스, 독일을 포함한 90여 개 국가에서 개봉한다. 의외로 최고의 수출 상품이 된 아이돌 콘서트 영화를 보자면, 드라마, 웹툰, 유튜브가 영화와 융합하는 현상처럼 K팝이 영화화되어 영화관으로 향하는 현상은 앞으로도 확대될 것으로 여겨진다. (정민아)

6

한국 영화산업의 병폐와
제도에 대한 남은 이야기들

떨어지는 객단가, 천만 관객수에 집착하는 문화

질문. 현재 한국영화의 흥행 척도는 관객수이며, 목표 스코어를 만들기 위해 편법을 쓰기도 한다. 똑같은 천만 관객 영화라도 매출에서 차이가 난다. 억지로 천만을 만들어 홍보하는 예도 많다. 상징적인 숫자를 만들기 위해 공짜 티켓을 끌어서 관을 유지하고 신작이 들어오지 못하게 막는다. 그러면서 객단가가 떨어지고, 그럴 능력이 없는 배급사는 시도조차 하지 못한다. 이렇게 객단가를 떨어뜨리는 병폐가 한국영화를 병들게 한다는 논의가 있다.

매출액이 아닌 관객수로 흥행을 체크하는 점에 대해 생각해보면, 할리우드처럼 우리도 매출액 기준으로 흥행을 체크하는 게 맞다. 흥행 구조에서 잘못된 관행에 대해 말하자면, 1960년대부터 '표 돌리기' 같은 극장의 좋지 않은 관행이 있었다. 이후 차차 개선되고 이젠 전산망으로 관리되지만, 그런데도 마케팅 효과를 위해 관객수를 부풀리는 식의 일은 지금도 있는 것 같다. 포기하기 힘든 부분이겠지만, 법률적 방식이든 내부적 정화를 하든 반드시 해결되어야 한다. 이와 아울러 소비자가 직접 지급한 금액과 통합전산망에 보고된 금액과의 차이, 수익의 공정한 배분, 객단가의 현실화 등의 문제도 해결되어야 한다. 현재 전체 관객수와 전체 매출액을 살펴보면 객단가가 1만 원이 조금 안 된다. 이것은 현재 티켓 가격과 차이가 있다. 우린 분명 1만 원 이상의 돈을 주고 티켓을 사는데, 통계상으로는 1만 원이 안 되는 거다. 분명히 중간에 안 맞는 부분이 있다. (김형석)

　기자로서 이에 대해 취재한 결과를 보면 관객수와 매출액 중 무엇을 기준으로 삼을 것인가에 대한 의견이 다양하다. 투명하게 정말 이 영화가 매출액 기준으로 얼마나 많은 흥행을 했는지 가늠해야 한다는 의견이 있다. 최근 신작은 특별관에서 상영하는데, 티켓 가격이 3만 5천 원까지 한다. 그 영화의 경우 할인도 없으며, 객단가도 높게 유지되고 있다. 특별관은 객단가가 이미 높고 일반관은 객단가가 낮아서 상업영화와 독립영화의 가격 차이는 크게 벌어져 있다.

　일반관에서 주로 상영하는 독립영화는 매출액보다는 많은 관객이 이 영화를 선택했다는 점에서 마케팅 효과를 본다. 그래서 영화의 가치가 단지 내가 얼마를 주고 이 영화를 봤느냐가 아니라 얼마나 많은 사람이 봤느가도 의미 있는 선출이라고 생각하는 견해가 있다. (나원정)

한국영화 제작 편수가 대폭 줄어들고 있다. 제작자 입장에서 솔직하게 말하자면 이 상황이 그리 나쁘지 않게 여겨진다. 팬데믹 이전에는 제작 편수가 많고, 매주 한국영화가 대거 극장에 걸리므로, 마케팅 계획을 세우고 비용을 들여 영화를 개봉하고 지속하는게 너무나 힘들었다. 그러나 지금 상황에서는 영화관에 오래 걸리도록 한다는 이점이 있다. 영화만 좋으면 한 달을 넘어 두 달까지 영화관에서 상영을 계속할 수 있다. 한국 영화 제작 편수가 줄어드는 큰 이유는 투자하지 않기 때문이다. 가장 큰 문제는 OTT 플랫폼의 성장인데, OTT에서 기회를 찾는 영화인들도 많다. 그러나 영화관에서 상영한 영화가 패스트트랙으로 OTT로 바로 가는 현상으로 인해 웬만한 영화는 관습적으로 OTT를 통해 관람하는 문화가 생겼다. 그 이유로 한국영화의 영화관 매출이 줄 수밖에 없는 것이다. 한때 영화관 티켓 가격에 대한 논쟁이 있었다. 가격을 내려야 한다는 논리와 경제구조 상 어려운 일이라는 논리가 배치되었는데, 둘 다 옳은 입장으로 본다.

〈남산의 부장들〉을 개봉할 당시 2주 차에 팬데믹이 시작되었다. 그 당시 객단가가 4,100원 수준에 티켓 값이 1만 2천 원이었다. 지금은 티켓 값이 올라 1만 5천 원인데도 불구하고 실제 단가는 1만 1천 원 정도다. 영화관이 무분별한 할인을 많이 해서 객단가의 효율이 떨어진다. 투자자 입장에서 개런티와 인건비 때문에 제작비는 올라가고, 투자금 환급 시기도 길어지면서 자금을 투자해서 다시 회수할 확률이 낮아졌다. 이러한 문제를 여러 영화 단체에서 지적하고 논의하고 있으므로 곧 시정이 될 것으로 보인다. 제작자 입장에서는 영화관 티켓 가격을 내리고 할인제도를 없애는 방식이 좋다.

매출액으로 박스오피스를 집계해야 한다는 입장에 동의한다. 매출액으로 박스오피스를 하면 무분별한 할인이나 공짜 티켓 사서 뿌리는 등의 병폐가 해결될 것이고 단가도 투명해진다. 영진위에서 이 문제를 해결해야 한다.

그렇게 되면 관객도 합리적인 가격을 지불하고 영화관에 갈 것이고, 제작자 입장에서도 합리적인 객단가를 보장받게 되며, OTT 플랫폼이 투자 배급사와 협의하여 홀드백 기간을 지금보다 많이 늘려놓으면 다시 영화 산업은 안정을 찾을 것으로 보인다. 프랑스는 영화관 상영 후 11개월 후에 OTT로 갈 수 있다. 11개월까지는 아니더라도 그에 근접하는 최소한의 홀드백 기간 조정이 있어야 관객도 영화관에서 영화를 미리 보려는 마음이 생길 것이다.

요즘은 잘 만들어진 좋은 영화는 영화관에 오래 걸리게 되어 실적이 좋게 나타나는 점이 긍정적이며, 개선해야 할 점은 객단가와 미디어 홀드백 문제이다. 이 문제를 해결해야 영화 투자가 살아난다. (김원국, 하이브 미디어코프 대표, 〈서울의 봄〉 〈하얼빈〉 제작자)

문 닫는 영화관과 서울 집중화 현상, 특별관 붐

　최근 서울극장과 대한극장 등이 문을 닫았다. 예술영화전용관이나 소극장 같은 대안적 극장도 위축되고 있다. 서울극장이나 대한극장의 경우 소유주의 의지나 결단이 중요한 부분이다. 하지만 예술영화전용관이나 지역의 작은 극장들은 지자체의 의지가 중요하다. 2024년에 원주시는 아카데미극장을 허물었다. 그곳에 주차장을 짓는다는 이유였다. 이런 문화적 폭력을 막아내지 못하는 상황이다. 강원도 이야기를 더 하자면, 춘천은 매우 오랫동안 강원 지역의 수부 도시였지만 예술영화전용관이 없다. 한때 한국 영화산업에서 매우 중요한 도시였고 수많은 극장이 있었지만, 지금은 빈 건물만 남아 있을 뿐 그 어떤 활용도 하지 못한다. 이것은 경제적 이해관계 이전에 문화적 마인드다. (김형석)

　특별관에서 하는 가수 콘서트 영화가 4만 원 정도 한다. 그런데도 그 금액을 주고 영화를 보러 가는 관객들이 있다. K컬처 전반에 걸쳐 2024년의 키워드는 '팬덤'이다. 영화 아닌 콘텐츠를 영화관에서 보려는 팬들이 움직이고 이들은 오프라인에서 만나길 원한다. 취향의 공동체인 팬덤이 팬심을 나누기 위해 영화관을 활용하게 된다. 진영성 정치 팬덤도 마찬가지이다. 내가 강력하게 지지하는 정치인, 가령, 김대중, 이승만, 박정희 영화는 돈을 내면서 여러 번 N차 관람하는 충성도 높은 관객이 있다. 정치 팬덤의 부정성 때문에 이런 양상을 부정적으로 보기도 하지만, 영화산업 입장에서는 불황을 타개하기 위해 열정적인 팬덤이 꼭 필요하다.

여기에 수도권 집중 현상을 하나 더하고 싶다. 지방에서 영화 보러 서울간다, 이런 이야기 들어보았나. 특별한 경험을 하기 위해 영화관에 가고, 인스타에 나만의 경험을 올리고 남들에게 보여주는 Z세대의 문화 소비 형태에서 특별한 영화를 특별관에서 보고 인증사진을 남겨야 하는데, 지방에는 특별관이 사라지고 있다. 그러면서 영화산업 내에서도 서울 집중 현상이라는 불행한 일이 일어나고 있다. KTX 타고 용아맥, 왕아맥, 천아맥에 왔다고 인증하는 문화가 만들어지는 것은 안타까운 일이다. 영화관 산업을 둘러싼 총체적인 문제가 있으며 결국 양극화로 나타나고 있다. 이러한 차별적인 구조가 팬덤 집중 현상과 함께 나타나는 것은 문화소비 구조의 슬픈 이면이다. (정민아)

임영웅 콘서트 영화는 3만 5천 원 정도지만, 실제 콘서트 티켓은 구하지도 못한다. 영화관이라는 접근성과 우리끼리 콘서트를 즐기는 관객의 만족도가 크기 때문에 N차 관람이 일어나고 있다. 10여 년 전부터 N차 관람 문화가 생겨났는데, 자신이 좋아하는 것을 반복 관람하면서 문화적 욕구를 충족시키는 현상이 보편화되었다. 이런 문화는 예전부터 있었지만, 이제 명확하게 하나의 일상 문화로 정착되고 체계화되는 상황이 아닌가 생각한다. 영화관은 그러면 어디까지 할 수 있을까. 영화관은 실제로 신성한 공간은 아니므로 이 안에서 무엇을 해도 용인되는 그런 공간이라는 생각이 든다. 1970년대 미국에 컬트 붐이 일었을 때, 영화관에서 영화가 상영되면 동시에 무대 쇼가 펼쳐지는 〈록키호러 픽쳐쇼〉 같은 영화가 있었다. 이처럼 영화관은 유연한 여유 공간이며, 영화관 활용도는 코로나 이후 여러모로 펼치고 있는 것 같다. 그러나 프로야구나 드라마보다는 영화와 관련된 영화적 편성으로 영화관을 채우면 좋겠다.

코로나가 파괴한 가장 큰 것이 영화관이다. 영화관에 관객수가 늘어날 때 어떤 현상이 있었냐 하면 4인 가족 기준으로 10만 원 정도 주말에 멀티플렉스 관에 가면 3D 영화를 보고, 푸드코트 가서 같이 식사하고, 아이들 장난감 사줘도 10만 원 안에서 해결이 되므로, 그 시장이 매우 컸고, 이것이 가족문화의 루틴이 되었다. 한국이 1인당 관객수가 전 세계 1위를 할 당시의 문화다. 그러나 팬데믹 이후 이런 문화가 다 깨지고 영화관에 가는 대신 OTT를 보는 루틴으로 대체되었다.

지금은 2019년 수준에서 한 60% 회복했는데 불화의 장기화 현상이 영화관 산업 전반에 무의식적으로 존재한다. 플랫폼의 변화로 영화산업이 엄청나게 긴 암흑기를 겪었던 역사적인 선례가 있다. 앞서 이야기한 1970년의 위기에 2010년대의 회복. 그래서 지금 하는 영화관의 수많은 시도가 영화관으로 사람을 다시 끌어와 루틴을 되살리려는 것이다. (김형석)

어찌보면 극장 자체가 콘텐츠가 된 시대라고 생각한다. 콘서트 필름이나 야구 중계의 경우, 야구나 콘서트 자체가 좋아서 가기도 하지만 영화관이라는 공간이 주는 안락함, 많은 사람과 함께 경험하는 동질감 때문에 가는 이유도 있다. 특별관이 매우 다양해졌다. 최근에 CJ CGV가 스크린X 특별관을 통해 야구 생중계를 시도했는데, 콘텐츠를 어떻게 활용할지에 대한 고민 끝에 실제 중계를 하기 위해서 9대의 카메라가 현장에 간다고 들었다. 콘서트 필름, 뮤지컬 실황, 야구 중계 등 현장에 가서도 볼 수 없는, 일종의 우리가 DVD 코멘터리 같은 느낌으로, 스타들이 쉬는 시간에 연습하는 장면을 매우 가까이서 본다든지 하는, 영화상영 버전에서만 제공되는 특별한 콘텐츠도 있다. 이것이야말로 영화관 자체가 하나의 콘텐츠가 된 사례로 볼 만하다.

영화관이라는 콘텐츠 자체에 대한 팬덤도 생긴다. 최근에 CGV 포럼에 따르면, 아이돌 콘서트 영화나 야구 경기를 보러 영화관에 오게 된 10대들에게 영화관 체험 자체가 매우 않은데, 실제로 경험해보고 영화관은 이런 곳이구나 하면서 영화를 예매하는 사례가 늘고 있다고 한다. 영화관이 하나의 팬덤 대상이 될 수 있다는 것은 주목할 만한 현상이다.

출처: 보도자료, CJ CGV

〈엘리자벳: 더 뮤지컬 라이브〉 포스터_출처: 메가박스

1970년대 한국영화가 절멸 수준으로 가서 그전에 1억 명이 훨씬 넘었던 관객수가 7천 명대로 떨어졌었는데 당시에는 검열 정책이 심했다. 시나리오 사전 검열부터 해서 아예 이 영화를 만들 수가 없다는 선고를 내리는 사후 검열을 했다. 최근에 나타나는 문제가 있는데, 독립영화계에서도 문체부와 논의를 거쳐서 영화제와 독립영화 제작 지원금을 2024년 말 예산이 확정되는 시점까지 어떻게든 확보하려고 노력하고 있다. 그럼에도 불구하고 영화제와 독립영화 제작지원, 혹은 지역 영화관 상영에 대한 예산을 끊는 것이 마치 어떤 목소리를 끊는 것과 같은 일종의 우회적인 검열이 아니냐는 의견도 나온다. (나원정)

7.

2025년 한국영화의 새로운 장면:
"모든 것이 영화가 되었다"

대작이 돌아오지만, 투자 고갈이라는 난항

2023년 이전에 촬영을 마친 창고영화가 여전히 30편가량 남은 가운데 대기업 투배사의 신규 투자 고갈이 2025년까지 지속하면 2026년까지는 문자 그대로 극장에 걸 영화가 없을 거란 비관까지 나온다. 2024년 11월 6일 국회에서 열린 '한국영화 활력충전 토크 콘서트'에서 중소 영화사를 대표해 나온 신혜연 인사이트필름 대표는 "가장 큰 위기는 제작편수 축소"라고 말했다. 팬데믹 전까지 매해 70~80편 상업영화가 만들어지던 것에서 현재는 20~30편으로 절반 이상 줄었다는 것이다. 영진위의「OTT 산업 활성화가 영화산업에 미치는 영향과 정책적 함의」연구 보고

서에서 한 투자·제작·배급사의 20년 차 전직 본부장이 "현재 영화산업 자체에 돈이 없으니 신작이 안 나온다. 관객수가 줄어서 돈이 안 들어오는데, 돈이 안 돌아서 어쩔 수 없이 OTT에 가는 것이 현실"이란 악순환을 지적했다.

현재까지 알려진 2025년 한국영화 라인업 중 투자 편수가 가장 많은 곳이 넷플릭스다. 부산국제영화제 현장에서 7편의 신작을 예고했다. 연상호 감독(〈지옥〉)의 신앙 미스터리 〈계시록〉, 변성현 감독(〈길복순〉)의 하이재킹 무비 〈굿뉴스〉, 김병우 감독(〈더 테러 라이브〉)의 재난영화 〈대홍수〉 등 굵직한 흥행 감독들을 포섭했다. 〈길복순〉 스핀오프 〈사마귀〉(감독 이태성), 〈스마트폰을 떨어뜨렸을 뿐인데〉의 김태준 감독의 층간소음 공포 〈84제곱미터〉 등 '넷플릭스가 키운' IP 및 창작자 풀도 갖췄다.

또 저예산 장편 데뷔작 〈십개월의 미래〉(2021)로 주목받은 남궁선 감독의 로맨틱 코미디 〈고백의 역사〉, 한국 애니메이션 기대주 한지원 감독의 넷플릭스 첫 한국 애니메이션 〈이 별에 필요한〉 등 신인감독의 다양한 장르 도전까지 선보인다. "넷플릭스 한국 오리지널 영화의 넥스트를 보여주겠다."(김태원 디렉터)라는 포부다. 물론, 극장 개봉이 아닌 넷플릭스 서비스가 대전제다.

메이저 투배사 중에는 〈서울의 봄〉, 〈범죄도시4〉로 잇따라 성공한 플러스엠 엔터테인먼트가 물량을 과시한다. 12월 31일 개봉하는 송중기 주연 〈보고타: 마지막 기회의 땅〉을 비롯해 유해진·강하늘 주연 범죄영화 〈야당〉, 우도환·장동건 주연 하드보일드 액션 〈열대야〉 등이 내년 개봉 채비 중이다. 그밖에 나홍진 감독이 조인성, 마이클 패스벤더 등 다국적 출연진을 꾸린 SF 대작 〈호프〉, 김한민 감독의 고구려 검투 액션 〈더 소드〉, 마동석 주연·제작 100% 영어 액션 영화 〈돼지골〉과 그가 제작만 맡은 한국 코믹 추적극 〈백수아파트〉가 향후 선보일 계획이다. 연상호 감독의 저예산 영화 〈얼굴〉, 한소희·전종서 주연 범죄극 〈프로젝트Y〉, 박민규 동명 소설 토대의 〈파반느〉도 제작 진행 중이다.

순제작비 100억 원대 대작도 대거 찾아온다. 2025년 개봉이 유력한 작품만 살펴보면 롯데엔터테인먼트가 가장 풍성하다. 인기 웹툰 토대의 300억 원대 대작으로 알려진 〈전지적 독자 시점〉, 구교환 주연 판타지 액션 대작 〈부활남〉, 마동석 공포 액션 〈거룩한 밤: 데몬헌터스〉, 최민식·박해일의 로드무비 〈행복의 나라로〉 등이다. NEW는 2025년 1월 24일 개봉하는 송혜교·전여빈 주연의 공포 〈검은 수녀들〉을 필두로 조정석이 좀비 딸의 아빠가 된 웹툰 토대 〈좀비딸〉 등 오컬트·공포 강세를 이어간다. 2024년 〈파묘〉, 〈사랑의 하츄핑〉 등 흥행으로 1~10월 한국영화 배급사별 매출·관객점유율 1위에 오른 쇼박스는 당분간 숨 고르기 후 신작을 공개한다는 계획이다.

2025년 신년 인사에서 영화 부문을 대거 통폐합한 CJ ENM은 12월 25일 개봉하는 우민호 감독, 현빈 주연의 안중근 의사 영화 〈하얼빈〉으로 2024년을 마무리 짓고, 2025년은 임윤아 주연 로맨틱 코미디 〈악마가 이사왔다〉, 박찬욱 감독, 이병헌·손예진 주연 영화 〈어쩔 수가 없다〉 단 두 편만 개봉한다. 〈외계+인〉, 〈더 문〉, 〈탈출〉 등 팬데믹 기간 연속 흥행 참패의 여파다. CJ ENM은 당분간 요르고스 란티모스 감독, 배우 엠마 스톤이 한국영화 〈지구를 지켜라〉(2003)를 리메이크한 SF 코미디

〈부고니아〉 등 할리우드를 비롯한 해외 현지 합작 등 글로벌 라인업에 힘을 실을 걸로 업계는 전망했다(「내년 영화판 강자도 넷플릭스? 재난·애니·로코 다 있다」, 〈중앙일보〉, 2024년 10월 7일). (나원정)

중예산 영화의 밝은 전망, 문체부 6,000억 펀드라는 단비

중예산 영화는 2025년도 밝은 전망이 이어진다. 영화진흥위원회는 대형 상업영화로 투자가 쏠리는 양극화 탈피 대책으로 영진위 제작 지원 대상을 독립영화뿐 아니라 중급 규모 영화로 확대한다고 밝혔다. 문화체육관광부가 편성한 2025년 영화계 지원 예산 829억 원 중 100억 원을 중예산 상업영화 제작지원사업에 사용할 예정이다. 순제작비 10억 이상, 80억 원 미만 중급 규모 영화 10편가량의 제작 및 유통 활성화에 마중물 역할을 하겠다는 계획이다. 한국 영화계 허리를 살려 차세대 영화인의 성장 사다리를 놓겠다는 것이다.

한국영화 씨앗이 돼온 독립예술영화 및 지역영화, 영화제 지원예산은 축소해온 영진위가 내놓은 중예산 지원책에 대해 비판적 시각도 나오지만, 실제 봉준호·박찬욱·김지운·나홍진 등 현재 거장 감독을 키운 상업 데뷔작이 대다수 중급 영화였다는 점에서 중소 제작사들은 차세대 감독 육성에 기대를 거는 분위기다. 다만 일각에선 지원 편수와 금액이 적어 얼마나 실효성이 있을지 의문을 표하기도 했다.

"한국 대작 영화도 직접 제작 지원이 필요한 시점"(김한민 감독)이란 위기의식도 존재한다. 이에 10월 문화체육관광부가 약 6,000억 원 규모로 조성한 'K콘텐츠 미디어 전략펀드'가 영화계 단비가 돼줄 거란 관측이 나온다. 이 펀드는 세계적 콘텐츠 IP 보유기업 육성을 위한 국정과제 일환이다. 국내 기업 자금조달 및 IP 확보에 투자해 콘텐츠·미디어 산업의 경쟁력 강화가 목표다. 이번 펀드를 위한 업무협약엔 정책금융기관을 대표하는 한국산업은행과 중소기업은행도 참여했다. 2024년 11월 '한국영화 활력충전 토크 콘서트'에서 윤양수 문체부 콘텐츠정책국장은 "6,000억 원 규모 중 상당한 부분이 영화 쪽으로 갈 거"라며 "내년부터 본격적으로 예산이 풀릴 것"이라 내다봤다. (나원정)

선택이 아닌 필수가 된 해외 시장, 글로벌 3.0 시대 열렸다

2024년 11월 6일 미국 매체 〈버라이어티〉는 〈오징어 게임〉의 배우 정호연이 신작 〈더 홀〉에서 테오 제임스와 공동 주연을 맡는다고 보도했다. 편혜영 작가의 동명 소설 원작으로, 김지운 감독이 연출을 맡아 한국에서 촬영하지만, 교통사고로 몸이 마비된 미국인 주인공의 영어 대사가 중심이다. 〈좋은 놈, 나쁜 놈, 이상한 놈〉, 〈변호인〉 등을 만든 최재원 대표의 앤솔로지 스튜디오가 미국 현지 및 글로벌 시장을 겨냥해 제작사 2곳과 공동 제작한다.

글로벌 합작의 판도가 바뀐다. 2000년대 들어 해외 공동제작이 본격적으로 물꼬를 튼 데 이어, 대기업 투배사가 자체 보유 IP, 인적자원을 활용해 해외 현지 시장에 맞는 '글로컬 콘텐츠'를 만들었던 시대를 지나, 이젠 중소 제작사, 독립 프로듀서들도 직접 자체 제작한 IP, 인적자원을 이용해 해외 시장을 공략한다. 넷플릭스 등 OTT로 글로벌 시장에 급부상한 K 컬처의 인기가 발판을 깔았다. 웹툰 원작으로 일본 작가, 한국 감독이 협업한 한일 공동제작 영화 〈옥수역 귀신〉에 참여한 이병원 프로듀서(영화사 수퍼스트링 대표)는 이를 '글로벌 3.0 시대'라 명명했다. "10여 년 전만 해도 현지에서 수년간 경험과 인맥을 쌓는 시간이 필요했는데 이제는 필요 없어졌다. OTT를 통해 한국 콘텐츠를 학습한 현지 시장이 한국과 실시간으로 공유하는 현재진행형 콘텐츠를 원한다."라고 그는 말했다. 한국에서 극장가 침체 요인에 꼽히는 글로벌 OTT 강세가 해외 합작에선 오히려 유리하게 작용하는 것이다.

특히 젊은 인구를 중심으로 최근 폭발적으로 성장한 인도네시아, 베트남 등 동남아 지역은 한국에선 저예산·독립영화 규모인 10억 원 제작비로 1,000만 흥행을 겨냥할 수 있는 신흥 시장이다. 인도네시아 현지 영화 최초로 천만 관객을 동원한 〈페나리 마을의 KNN〉(2022) 제작비가 한화 13억 원 정도였다. 인도네시아에서 올해 〈파묘〉가 260만 관객을 동원하며 현지 한국영화 개봉작 흥행 1위에 오르기도 했다.

한국 영화 투자시장이 얼어붙은 가운데 글로벌은 선택이 아닌 필수가 됐다. 국내에선 대작이 줄줄이 흥행에 참패한 CJ ENM도 베트남에서 2011년 〈퀵〉을 시작으로 현지 영화 사업에 착수해 2014년 현지 개발 영화, 한국 영화 〈수상한 그녀〉의 현지 리메이크판 등을 통해 흥행 신기록을 세웠다. 2024년 베트남 최대 명절 뗏(Tet, 우리의 설) 연휴엔 청불 영화 〈마이〉가 650만 관객을 동원하며 역대 베트남 흥행 1위를 갈아치웠다. 〈마이〉는 CJ ENM 베트남 법인 CJ HK엔터테인먼트가 2023년 〈더

하우스 오브 노 맨〉으로 역시 뗏 기간 흥행 1위를 기록한 베트남 국민 감독 겸 배우 쩐탄과 두 번째 손잡은 작품. 〈더 하우스 오브 노 맨〉이 '베트남 가모장판 〈국제시장〉' 서사로 현지 관객을 웃기고 울렸다면 〈마이〉는 여성의 기구한 인생을 돌아본 진지한 로맨스와 베트남 관객이 선호하는 코미디 요소를 버무려 밸런타인데이를 겨냥했는데 뗏 대목까지 장기 흥행하며 대박이 터졌다.

〈마이〉 포스터_출처: CJ HK엔터테인먼트

베트남 · 인도네시아 · 태국 · 튀르키예 등의 현지 영화 사업도 맡은 CJ ENM 베트남 김현우 법인장은 최근 베트남에선 한국 영화가 한국과 거의 동시기 개봉하고 리메이크가 늘면서 현지 관객 정서도 한국 감성과 비슷해졌다고 귀띔했다. "현지에서 개발한 베트남 IP를 한국 · 미국 등에 역이용해 리메이크해볼 수 있을 거"라면서다.(「베트남서 만든 K막장 터졌다… 역대 최고 흥행 250억 번 CJ」, 〈중앙일보〉, 2024년 3월 8일) 한국 자본이 보유한 IP의 스펙트럼이 국내 개발비보다 저렴한 투자비용으로 더 다채롭게 넓어지는 셈이다.

북미 합작의 경우, 영화 〈미나리〉, 넷플릭스 드라마 〈성난 사람들〉 등 현지에서 떠오르는 신진 한국계 창작진과 아트하우스 영화로 승부하는 형태도 주목받는다. CJ ENM이 미국 투배사 A24와 합작해 북미 시장에 나선 재미교포 셀린 송 감독의 데뷔작 〈패스트 라이브즈〉가 한 예다. 이 영화는 제96회 미국 아카데미 각본상 후보에도 올랐다. 반대로, 현지 저예산 영화 규모로 한국 A급 감독·제작진 등 인적자원을 활용한 글로벌 타깃 작품도 시도된다. 〈패스트 라이브즈〉 한국 개봉에 맞춰 내한한 A24 관계자는 "한국은 창의적 연출자의 산실"이라며 한국 내 신인 감독을 직접 발굴하려는 의지도 내비쳤다("오스카 수상 불발? K영화는 새 도약」, 〈중앙일보〉, 2024년 3월 13일).

한국영화는 창작진의 성숙도에 비해 시장이 작다는 평가가 많던 상황이다. 해외로 넓어진 활동반경이 국내 시장 활성화에 새로운 계기가 마련해주길 기대한다. (나원정)

한국·베트남 합작영화의 경우 지난 10년간 한국 색채를 빼고 현지에서 기획개발과 제작 환경의 기반을 닦은 CJ가 우리 산업의 전략을 대규모 자본이 필요한 영화뿐만 아니라 예산이 작은 영화로도 시장을 차지하는 전략을 잘 구사하고 있다. CJ ENM은 일본 TBS그룹과 향후 3년간 3편 이상의 지상파 드라마 및 2편의 영화를 공동으로 제작하기로 합의했다고 밝히며 아시아 권역에서 사업 영역을 확장하는 중이다.

봉준호, 박찬욱 등 이름 있는 감독에게 기대어 반짝 성과를 기대할 상황이 아니고 장기적으로 지속가능한 시장을 찾고 개발해야 한다. 어차피 한국은 인구가 줄어서 내수 시장 자체가 작아진다. 결국은 해외로 시선을 돌릴 수밖에 없고, CJ, 롯데, 쇼박스 모두 동남아 시장을 개발하며 시장을 확대하는 것으로 알고 있다. 현지 수용을 바라보는 단계에서 현지 제작이 이루어지는 단계로 발전하고 있다.

한류가 1차 1990년대 드라마를 중심으로 일본과 중국에서 시작하고, 2020년대에 4차로 접어들며 전 세계 일상 속에 깊이 스며드는 단계가 되었다. 한류 4.0은 융합, 현지화, 디지털 플랫폼 활용이 특징이다. 현지 문화와 조화를 이루며 지속가능한 성장을 위한 노력이 필수다. 그런 면에서 〈패스트 라이브즈〉, 〈더 하우스 오브 노 맨〉, 〈파친코〉, 〈성난 사람들〉 등의 성공은 한국인 없는 K콘텐츠라는 면에서 K콘텐츠의 진화 현상으로 바라봐야 할 것이다. (정민아)

글로벌 무대로 확장된 명장의 귀환

2025년에는 관객이 기다리는 명장이 귀환한다. 그러나 이 명장들은 글로벌을 상대로 확장된 무대로 귀환한다. 봉준호, 박찬욱, 나홍진의 차기작을 손꼽아 기다리고 있다. 봉준호 감독이 연출한 SF 블랙코미디 〈미키 17〉이 2025년 4월에 한국과 미국에서 개봉한다. 〈기생충〉 이후 6년만이다. 이 영화는 브래드 피트가 기획하고 다리우스 콘지가 촬영했다. 복제인간을 소재로 로버트 패틴슨, 스티븐 연, 토니 콜렛, 마크 러팔로 등이 이 주연을 맡았다. 봉준호의 한국인 스태프들이 할리우드 현지에서 작업하였고 미국 시장과 한국 시장을 실시간으로 공략한다. 이름 있는 감독이 홀로 해외에 진출하는 것이 아니라 자신의 스태프와 함께 집단으로 할리우드로 가서 작업을 한다는 사실이 매우 중요하다. 개인의 명예가 아니라 K시네마 인력풀과 산업이 함께 움직인다는 의미가 된다.

박찬욱 감독은 2025년 하반기 개봉을 목표로 〈어쩔 수가 없다〉를 촬영하고 있는데, 이병헌, 손예진의 조합만으로도 큰 화제를 모았다. 코스타 가브라스 영화의 리메이크인 블랙코미디 스릴러이다.

나홍진 감독은 〈곡성〉 이후 벌써 9년이 지났다. 현재 〈호프〉를 촬영하고 있지만 2025년 개봉이 될지는 불투명한데, 나감독은 원래 작품을 오래 신중하게 찍기로 유명하다. SF 스릴러 영화로 알려져 있고, 황정민, 조인성, 정호연, 알리시아 비칸데르, 마이클 패스벤더 등이 주요 출연진이다. 한국 역대 최대 제작비를 투입된다고 하며, 나홍진 감독이 처음으로 시도하는 SF에 많은 팬이 기대하고 있다. 2024년 MVP인 황정민과 〈곡성〉 이후 다시 만나므로 K컬처 트렌드 팀도 매우 관심을 가지고 주목하고 있다.

양우석, 신연식, 곽경택, 우민호 감독은 각각 김윤석 주연의 〈대가족〉, 송강호 주연의 〈1승〉, 곽도원 주연의 〈소방관〉, 현빈 주연의 〈하얼빈〉을 가지고 2024년 12월에 개봉하여 2025년 초까지 끌고 갈 예정이다. 여기에는 오래 기다린 창고영화도 있다. 중견배우의 가부장이 끌어가는 휴머니즘 서사가 지금 이 시기에 관객에게 잘 스며들지 살펴보는 중이다.

연상호 감독은 박정민과 함께 〈얼굴〉을, 하정우 감독은 본인이 주연과 연출을 맡은 〈로비〉를, 원신연 감독은 구교환과 함께 〈왕을 찾아서〉를,

백 감독은 구교환과 함께 〈부활남〉을, 김병우 감독은 이민호와 함께 〈전지적 독자 시점〉을 가지고 2025년 관객과 만난다. 상대적으로 젊은 1980년대 생 감독들이 다시 영화시장에서 일어서길 응원하는 마음이다. 2024년은 중견감독 중 김성수 감독을 제외하고는 힘을 내지 못했는데, 중견감독들이 대거 귀환하는 만큼 이들이 묵은 진가를 발휘하여 침체한 한국영화 시장에 커다란 활력을 만들어주길 기대한다.

그러나 2025년도 개봉을 기다리는 영화 리스트를 보니, 여성감독, 여성서사가 다시 움츠러들고 있다는 점에서 우려가 된다. 2024년에 〈파묘〉와 〈대도시의 사랑법〉이 있어 여성서사와 여성감독의 존재감을 확인해줬지만, 2025년 감독들의 귀환에 여성감독들의 이름이 보이지 않아 안타깝다. 『K컬처 트렌드 2024』에서 전고운, 이옥섭, 김보라, 윤가은, 윤단비, 이지은 등 1980년대 후반 생, 1990년대 생 여성감독들이 괄목할만한 성장을 하고 있다고 언급했다. MZ세대 여성감독군이 한국영화에 새로운 감수성을 불어넣고 있지만, 그들이 생존하는 것이 관건이라고 꼬집은 바 있는데, 첫 영화에서 강한 인상을 남긴 이 여성감독들의 차기작 소식이 잘 들리지 않는 것은 한국영화의 침체한 현실과 깊은 관련이 있다. (정민아)

팬이 주도하는 영화문화

2025년도에도 〈파묘〉와 같이 스토리텔링부터 체험감을 극대화한 연출 태도를 가진 영화가 나올 것으로 본다. 2024년에 〈장손〉이라는 독립영화가 3만 명 관객을 돌파했고, 〈그녀에게〉, 〈딸에 대하여〉 같은 작은 영화를 멀티플렉스에서 잘 걸어주지 않는 현상을 돌파하기 위해 단관극장에서 적극적인 장기 상영 운동을 하고 있다. 이러한 이런 흐름 속에서 양질의 독립영화들이 눈에 띈다. 2025년에는 대략 3년 정도 침체했던 독립영화계도 다시 살아날 수 있을 것으로 전망해본다. (나원정)

영화뿐만 아니고 전체적으로 영화를 상영하는 것부터 배급과 마케팅, 그리고 상영까지 하나의 일관된 스토리텔링으로 연결되는 영화 콘텐츠 현상이 펼쳐지고 있다. 씨네필 문화 역시 확대 심화할 것으로 보인다. 팬덤 중심의 영화 상영 및 커뮤니티 시네마의 활성화는 젊은 씨네필 문화로 연결될 것이다. 앞으로 영화의 활로가 1990년대에 그랬던 것처럼 씨네필 문화로부터 나올 것이다. 대중음악이나 드라마 분야와 동등하게 영화의 팬덤 문화가 하나의 일상 문화로 정착되어가는 현상도 2025년에 계속해서 심화할 것이다.

OTT와의 공존은 앞으로도 중요한 화두이다. 그런 점에서 〈대도시의 사랑법〉의 사례를 연구하고 분석할 필요가 있다. 영화와 시리즈를 동시에 공개하고 영화는 소설과 드라마의 팬덤 결집용으로 극장에서 상영하는 양상이었다. 영화는 보편적이고 말랑말랑했다면 드라마는 BL 서사의 정체성을 살린 진한 이야기로 구성되었다. 같은 이야기이지만 두 개의 다른 매체로 만들어져서 각기 다른 색채로 다양한 플랫폼을 공략하는 뉴미디어 시대의 콘텐츠 제작의 한 사례라고 보인다. 그런데 이 시점에서 영화는 미디어를 주도하지 못하고 보조하는 형태로 남아버렸다는 탄식이 나온다.

우리는 "모든 것이 영화가 되었다"를 2024년 영화의 키워드이며 2025년에도 지속될 전망으로 선정했다. 유튜브, 뮤지컬, 콘서트, 야구, 미술관 등 이 모든 것이 영화관에 걸리는 콘텐츠이다. 이런 점에서 영화는 새로운 확장의 시대를 맞이하고 있다. 영화 자체보다는 영화관 문제에 초점을 두고 논의를 진행했지만, 영화관이라는 형식과 영화라는 내용은 동전의 앞뒷면처럼 함께 움직인다. 영화관의 변신을 바라보며 영화는 사라지지 않는다고 결론을 내리고자 한다.

2022년부터 다시 '천만 영화'가 탄생하고 세계 무대에서 고무적인 성과를 낸 한국영화계는 활력을 되찾아 가고 있었다. 투자의 기준이 높아진만큼 좋은 작품이 만들어질 가능성이 커졌고, 팬덤을 가진 대중문화 콘텐츠를 영화관으로 들여와 새로운 분야에서 관객이 유입되는 효과를 확인하는 2024년이었다. 이런 현상에 대해 우리는 "모든 것이 영화가 되었다"라는 말로 2024년 영화계를 진단하고 2025년을 대비하려고 한다. 한국영화산업은 다양한 콘텐츠를 포용하고 확장하는 새로운 가능성의 시대로 나아가고 있다. (정민아)

8

2024년 한국영화 MVP:
황정민

2024년 한국영화 MVP는 배우 황정민이다. 황정민은 매력적인 악당을 연기하는 배우 중 일인자인 것 같다. 〈곡성〉의 박수무당 일광, 〈아수라〉의 비리 정치인 박성배, 〈서울의 봄〉의 쿠데타 주역 전두광 등 광인 역할에서 훨훨 날아다닌다. 2024년에 〈베테랑2〉의 히어로 서도철도 있었지만, 연극 〈맥베스〉의 타락하다 선을 넘고 만 왕까지 그는 악당을 연기할 때 진정한 매력이 살아난다. 행동, 말투, 분장까지 완전히 다른 인물로 변신하면서도 황정민이라는 유연하면서도 뻔뻔함이 살아있는 배우 페르소나를 역할에 싣는다. 그래서 밉지 않다. 전두환 실제 인물을 연기할 때 관객을 목덜미 잡게 하지만 그의 카리스마 넘치는 모습에 관객이 매료될지 정말 걱정이 될 정도였다. 50대에 접어들면서 다채로운 연기를 잘하는 배우로 우뚝 서서 2024년에 대단한 활약을 보여주었다.

황정민은 OTT 영화 〈크로스〉, 연극 〈맥베스〉까지 매체를 넘나드는 활약을 펼쳤다. 2024년 3월 '학전 어게인 콘서트'에서 소극장 학전 폐관에 맞추어 공연하며 그가 뮤지컬 배우로 출발했음을 대중에게 알렸다. 그리고 2024년 7월 대중음악가 김민기가 별세하자 황정민은 그의 마지막을 지켰고, 고 김민기와 학전이 배출한 걸출한 배우로 다시 한번 대중에게 각인되었다. 뮤지컬, 연극에서 단련된 연기로 한국을 대표하는 영화배우가 되었고, 광기의 악당을 감칠맛 나게 연기하는 광인역의 일인자 배우가 되었으며, 매체를 넘나드는 활약으로 황정민을 2024년 영화 MVP로 만장일치로 뽑았다. (정민아)

〈서울의 봄〉 스틸_출처: 플러스엠 엔터테인먼트

황정민은 〈서울의 봄〉에서 엄청난 연기를 보여줬는데 맡은 역할 때문에 정당한 평가를 못 받을지도 모른다. 전두광은 〈베트맨〉 시리즈의 조커 같

은 역할이었다. 쿠데타가 끝나고 전두광이 화장실에서 웃는 장면은 소름
이 날 정도였는데, 역사적 인물을 잘 연기한 것을 넘어서 그 역사적 사건
이 지금 우리에게 미치는 감각에 대한 모든 것을 담은 장면이다. (김형석)

Ⅲ. 드라마 &
예능

윤석진

안수영

0.

야만적 플랫폼 시대의
선한 캐릭터 발굴

2024년도 드라마와 예능의 주제어는 '선한 캐릭터'와 '야만적인 플랫폼'이다. "선한 캐릭터 발굴로 야만적인 적자생존의 플랫폼 시대를 돌파하다"가 2024년도 드라마와 예능의 주요 경향이라는 의미다. 레거시 미디어와 글로벌 OTT 플랫폼의 길항은 드라마와 예능의 흐름에 지대한 영향을 미쳤다. 매체 변동 이후의 방송 환경을 예측하면서 드라마와 예능 콘텐츠를 기획하고 제작해야 하는 상황이 된 것이다. 방송 플랫폼의 여건 변화로 인해 2024년도의 드라마와 예능에 공통으로 나타난 경향은 세 가지이다. 첫째, 레거시 미디어의 위축과 글로벌 OTT 플랫폼의 영향력이 강화되는 여건에서 전반적으로 드라마 제작 편수가 감소하는 현상이 나타났다. 둘째, 드라마 제작이 감소하는 것과 비례하여 예능 콘텐츠의 제작 규모가 커지고 있다. 셋째, 드라마의 제작 감소와 예능의 대형화라는 차별성에도 불구하고, 드라마와 예능 모두 캐릭터에 집중하는 경향이 나타났다. 드라마는 작가가 창조한 캐릭터를 배우가 연기를 통해 자기화하였고, 예능은 비연예인 출연이 활발해지면서 일반인 혹은 '연반인'(연예인처럼 대중적으로 잘 알려진 일반인)의 캐릭터를 발견하여 서사를 부여하는 방식으로 에피소드를 구성하는 방식이 보편화하였다. (윤석진)

격변의 시대, 정중동의 생존을 모색하는 드라마

윤석진

드라마는 예술적 요소인 내러티브와 캐릭터, 그리고 산업적 요소인 배우와 플랫폼 차원에서 생존을 위한 변화를 모색했다. 모든 것이 빠르게 변화하는 환경에서 정중동의 생존을 모색한 꼴이다. 외관상으로 특별히 달라진 것이 없는 듯 보이지만, 세상의 변화를 민감하게 반영하면서 경쟁력 강화를 도모한 거로 평가할 만하다. 이를 구체적으로 정리하면 다음과 같다. 첫째, 내러티브 차원에서 스토리텔링은 로맨스처럼 대중적으로 익숙한 장르와 비주류라는 인식이 강했던 추리 스릴러 장르가 교차하는 양상이 나타났다. 둘째, 캐릭터 차원에서 사회적 인식의 변화를 반영한 경향이 나타났다. 셋째, 특정 캐릭터를 누가 어떻게 연기했는가의 차원에서 배우의 역할 변화도 주목할 만하다. 넷째, 플랫폼 차원에서 글로벌 OTT의 영향력이 가속화되면서 드라마 기획과 제작에 미묘한 변화가 나타났다.

tvN 제공

1

스토리텔링:
낭만적 사랑과 문제적 현실

한국 드라마에서 로맨스 장르는 여전히 세계 시장에서 강력한 경쟁력을 자랑한다. 낭만적 사랑에 초점을 맞춘 장르 문법은 여전하지만, 서사 전개의 중심에 놓인 등장인물의 관계를 풀어내는 스토리텔링에 변화가 나타나고 있다. 또한, 대중적 차원에서 비주류로 분류하던 추리 스릴러 장르가 문제적 현실을 반영하면서 주목받았다. 최근 몇 년 사이에 급부상한 '사적 복수 모티프'를 극대화하여 '착한 악마'라는 형용 모순의 진수를 보여준 〈지옥에서 온 판사〉가 대표적이다.

로맨스의 캐릭터 변주: 젠더 감수성의 영향으로 관계 전복

한국 사회에서 가장 예민한 문제로 자리매김한 '젠더 감수성'의 영향으로 로맨스 장르에 변화가 나타났다. 전형적인 남녀 주인공의 캐릭터와 관계 변화가 방증이다. 남자 주인공이 여자 주인공에게 박력 넘치게 사랑을 고백하고 키스하는 장면처럼, 아시아 전역에서 여성 시청자의 이목을 집중시키면서 일종의 클리셰로 자리매김한 상황들을 찾아보기 어렵다. 이와 함께 여성 서사가 강세를 보이는 건 여전하지만, 남녀 주인공의 관계가 전복될 정도로 여자 주인공의 성격이나 역할 등을 강화한 스토리텔링이 일반화하였다.

2024년 상반기 화제작 가운데 하나인 〈내 남편과 결혼해줘〉는 여자주인공 강지원(박민영)이 자신의 가장 친한 친구와 불륜을 저지른 남편 박민환(이이역)에게 복수하는 내용으로 시청자의 이목을 끌었다. 〈엄마 친구 아들〉의 배석류(정소민)와 최승효(정해인)의 경우도 남녀 주인공의 관계 역전 양상을 확인할 수 있는 로맨스 드라마다. 엄밀히 따지면, 여자 주인공 배석류는 특별히 색다른 캐릭터로 보기 어렵다. 하지만 남자 주인공 최승효는 기존 로맨스 드라마에서 보기 어려웠던 캐릭터라 할 수 있다. 지고지순한 순정만화의 남자 주인공 같은 캐릭터도 아닌, 백마 탄 왕자까지는 아니지만, 굉장히 자상하게 여자 주인공을 챙기면서 주목받았다.

2024년 상반기 최고의 화제작 〈눈물의 여왕〉의 남녀 주인공도 이전과 다른 관계로 설정되었다. 홍해인(김지원)과 백현우(김수현)는 기존의 로맨스 드라마에서 볼 수 없었던 전복적인 관계 설정으로 K로맨스의 변화를 보여주었다는 평가를 받았다. 신혼 3년 차 부부가 이혼과 불치병의 시련을 극복하고 운명적인 사랑을 확인하는 결말로 이어지면서 남녀의 성차만 바뀌었다는 지적도 있었다. 하지만 로맨스 장르의 공식에 충실한 드라마로 시청자로부터 좋은 반응을 끌어냈다.

'회빙환'의 판타지: 문제적 현실의 극적 해결 장치

한국 드라마에서 범죄 수사 스릴러 장르가 대세를 형성하기 시작했다. 범죄 사건의 중심축은 정경유착이나 기업 비리 중심에서 조직폭력배의 마약 유통으로 옮겨갔다. 이 과정에서 공권력이 무력화되고, 사적 복수가 만연했다. 공권력이 제대로 작동하지 않는다고 생각하는 사회적 분위기 속에서 인과응보를 앞세운 정의 구현 차원의 사적 복수가 주류를 형성한 꼴이다. 공적 영역의 사법 체계가 비정상적으로 작동하는 현실에 대한 불신 확산과 함께 드라마를 통해서라도 정의 구현의 카타르시스를 느끼고 싶은 수용자의 바람이 만들어낸 변화다. 현실적으로 용납되지 않는 사적 제재와 복수를 주요 모티프로 삼은 웹소설이나 웹툰을 원작으로 각색한 드라마들이 기획·제작된 배경이기도 하다. 특히, 웹툰 원작의 드라마는 이른바 '회빙환'으로 요약할 수 있는, 회귀와 빙의 그리고 복수에 초점을 맞춘다. 일종의 타임슬립 모티프를 활용한 〈선재 업고 튀어〉에서의 회귀, 남편의 불륜을 목격한 날 살해당했다가 10년 전으로 돌아가 복수를 실행하는 〈내 남편과 결혼해줘〉의 환생, 악마가 판사의 몸으로 들어가 인간 세상의 범죄를 응징하는 〈지옥에서 온 판사〉의 빙의 등이 대표적이다.

'회빙환'의 모티프는 판타지 장르의 기본 조건들이다. 한국 드라마에서 판타지는 2010년 방영한 〈시크릿 가든〉을 계기로 2013년 방영한 〈별에서 온 그대〉가 폭발적인 반응을 일으키면서 자연스럽게 주류 장르로 자리매김했다. 이를 계기로 드라마의 판타지적 상황이 일상처럼 인식될 적으로 시대를 풍미했고, 2024년 현재는 판타지 요소를 장착하지 않은 드라마를 찾기 어려운 상황까지 되었다. 멜로 장르가 주류를 형성하다가 소멸한 것으로 보이지만, 실은 모든 장르로 수렴된 것처럼 판타지 역시 장르적 차원을 넘어서 한국 드라마의 기본 요소로 자리 잡은 것이다.

'회빙환' 모티프는 고대 그리스 연극의 '데우스 엑스 마키나(Deus ex machina)'와 유사하다. '데우스 엑스 마키나'는 인간의 능력으로 해결하기 어려운 문제를 "하늘에서 기계 장치를 타고 내려온 신"이 처리하고 다시 하늘로 올라간다는 의미의 용어다. 느닷없이 모든 문제가 해결되고 결말로 이어진다는 의미에서 극적 상황의 그럴듯함, 다시 말해 개연성을 위배한다는 점에서 인위적이고 기계적이라는 비판을 받는다. 한국 드라마의 '회빙환'은 고대 그리스 연극의 '데우스 엑스 마키나'와 다르지 않다. 공권력에 대한 불신이 '회빙환'과 같은 판타지 장치의 활성화를 가져온 꼴이다.

시즌제와 스핀오프: 세계관의 공유와 확장

전작의 세계관을 공유하거나 확장하는 방식의 시즌제와 스핀오프 드라마도 특기할 만한 경향이다. 〈스위트홈〉, 〈경성 크리처〉, 〈지옥〉, 〈열혈 사제〉, 〈오징어 게임〉 등은 시즌제를 표방하면서 세계관을 공유한 드라마을이다. 이 가운데 좀비물 〈스위트홈〉과 크리처물 〈경성 크리처〉 그리고 오컬트물 〈지옥〉의 시즌제는 흥행 면에서 성공을 거두지 못했다. 하지만 〈열혈사제〉는 공간적 배경을 부산으로 옮기고 마약 범죄를 결합한 범죄 수사물로 장르를 변주하면서 대중적 성공을 거두었다. 전작의 세계관을 활용하는 방식에 따라 결과가 달라지는 꼴이다.

　시즌제와 달리 스핀오프 드라마는 원작의 세계관을 확장한 경우에 해당한다. 시즌2까지 제작되면서 화제를 모았던 〈비밀의 숲〉에서 조연급 등장인물인 서동재(이준혁)의 서사를 보강한 〈좋거나 나쁜 동재〉는 스핀오프의 성공적인 작품으로 평가받았다. 〈비밀의 숲〉에서 스폰서 검사로 악명을 떨쳤던 서동재 캐릭터를 변주한 점에서 스핀오프의 가능성을 보여준 덕분이다. 로맨틱 코미디 〈손해 보기 싫어서〉에서 웹소설 작가로 등장한 남자연(한지현)이 자기가 쓴 19금 소설의 주인공에 빙의한 상황을 2부작으로 구성한 〈사장님의 식단표〉도 원작의 세계관을 확장하면서 주목받았다. 1970년대부터 1980년대 한국적 수사 드라마의 전형을 구축한 것으로 평가받는 〈수사반장〉의 프리퀄 〈수사반장 1958〉의 경우, 형사들의 전사를 구축하는 방식으로 시청자의 이목을 집중시켰다.

주말드라마와 막장드라마의 퇴조

 2024년 드라마의 경향 가운데 특기한 만한 점은 기본 시청률 30%를 보장하던 KBS2 주말드라마와 일련의 막장드라마의 퇴조다. KBS2 주말드라마는 시청률 추이에 따라 '막장'이라는 비판을 받기도 하지만, 가족드라마의 마지막 보루로 여겨졌다. MBC와 SBS에서 주말드라마를 폐지한 이후 유일하게 유지되던 KBS2 주말드라마의 평균 시청률이 10% 후반대를 기록하면서 특기할 만한 변화가 나타났다. 〈미녀와 순정남〉이 엄마가 핏줄을 명분으로 딸을 착취하는 내용으로 인해 사회적 비판을 받았다면, 〈다리미 패밀리〉는 기존의 50부작에서 벗어난, 특별기획 형식의 36부작으로 변화를 시도하였다. 돈을 둘러싼 인간의 욕망을 블랙코미디 기법으로 풀어내면서 가족드라마의 장르 영역을 확장했다는 평가를 받았다. 하지만 시청률이 10% 중후반에 머물면서 주말드라마의 퇴조를 막기에는 역부족이다.

막장드라마의 퇴조도 주목할 만한 변화다. 극적 긴장감을 끌어올리기 위해 상식적으로 이해하기 어려운 상황을 개연성 없이 극단적으로 몰아붙이면서 "욕하면서 보는 드라마"라는 비판 속에 장르로까지 확장되었던 '막장드라마'가 힘을 잃기 시작했다. '회빙환'과 같은 판타지 장치가 일반화하면서 막장드라마의 개연성 없는 사건 전개가 힘을 잃은 거로 분석할 수 있다. '순옥적 허용'이라는 표현으로 옹호되었던 김순옥 작가의 〈7인의 부활〉이 4.4%의 저조한 시청률을 기록한 경우가 대표적이다.

트렌드는 제작과 수용의 차원으로 구분하여 살펴볼 필요가 있다. 과거 사례를 찾아보면, 2016~2017년 즈음부터 드라마에서 멜로가 사라지고 있다는 분석이 많았다. 실제 2017년도는 500여 편 가운데 2편만 정통 멜로라는 통계도 있다. 2023년만 해도 〈연인〉과 〈열녀박씨 계약결혼뎐〉과 같은 사극 두 편 정도만 제외하면 정통 멜로로 분류할 수 있는 게 없었다. 그런데 2024년에 〈눈물의 여왕〉과 〈선재 업고 튀어〉 등을 기점으로 멜로와 로맨스를 K드라마의 장점으로 분석하는 흐름이 나타나고 있다. 글로벌 OTT와 같은 빅브라더스가 만드는 것일 수도 있지만, 발견하는 수용자 관점에서 보면 개인화된 이야기와 메시지 그리고 정서에 관심을 보이는 경향이 나타나는 것으로 해석할 수 있다.

물론 다양한 이야기나 장르적 성취를 내세운 드라마 또는 웹툰 원작의 판타지물 등도 있다. 하지만 사회정의를 부르짖거나 너무 어둡고 무거운 주제의식을 다루는 드라마들을 포함한 범주에서 선택하라면 개인화된 이야기에 관한 관심이 〈선재 업고 튀어〉와 같은 작품들을 고르게 하는 힘으로 작용하는 것으로 분석할 수 있다. 그런 차원에서 2025년도에도 직설적이고 사회적인 이야기를 담는 그런 드라마보다 멜로나 로맨스가 아니라 하더라도 개인 차원의 내밀화된 이야기나 감정을 은유하는 소재와 공감대 형성이 가능한 드라마들을 발견하는 경향이 이어질 것으로 전망한다. (김교석, 대중문화평론가)

2

캐릭터:
주체적 여성과 자기모순의 남성

여성들의 유대와 연대에 초점을 맞춘 여성 서사의 강세는 유대와 연대의 여성 캐릭터 부각, 남성적 권력과 제도에 맞서는 주체적 여성 캐릭터의 등장으로 이어졌다. 동시에 남성 캐릭터의 경우, 자기모순의 윤리적 함정에 빠지는 경향이 두드러졌다. 주체적 여성과 자기모순의 남성 캐릭터 못잖게 BL(Boy Love)과 GL(Girl Love) 로맨스의 동성애 캐릭터가 OTT와 웹 플랫폼의 드라마를 통해 등장하기 시작한 점도 주목할 만한 변화다.

정서적 교감으로 유대하는 연대하는 여성(들)

여성 서사의 강세 속에 여성 캐릭터의 주체성 회복과 여성들의 연대 의식이 돋보였다. 대형 로펌 이혼 전문 변호사의 일상을 포착한 〈굿 파트너〉에서 파트너 변호사를 맡았던 차은경(장나라)과 한유리(남지현)는 여성의 유대와 연대의 모범 사례로 주목받았다. 여성국극을 소재로 천재 소리꾼의 시련과 성장 과정을 다룬 〈정년이〉는 여성 캐릭터들의 향연으로 호평받았다. 윤정년(김태리)과 허영서(신예은), 윤정년과 홍주란(우다비), 윤정년과 문옥경(정은채), 문옥경과 서혜랑(김윤혜) 등은 봉건적 가부장제의 억압과 전쟁의 폐허 속에서 생존을 모색한 주체적 여성 캐릭터로 시청자의 뇌리에 각인되었다. 여성들의 성인용품 방문 판매기를 다룬 〈정숙한 세일즈〉의 4인방은 자신들을 타자화했던 성적 담론에서 벗어나 주체적인 여성으로 성장하는 모습을 보여주었다. 각기 다른 처지의 한정숙(김소연), 오금희(김성령), 서영복(김선영), 이주리(이세희)가 성인용품 판매 과정에서 사회적 금기를 타개하면서 타자를 이해하고 연대하는 과정을 통해 여성 서사의 새로운 가능성을 보여주었다.

남성적 권력과 제도에 맞서는 주체적 여성

여성 캐릭터의 유대와 연대가 타자에 관한 이해에서 비롯한 정서적 관계라면, 남성적 권력과 제도에 맞서는 여성의 주체성은 실천적 대응이라는 점에서 흥미롭다. OTT 플랫폼 티빙에서 '19금' 성인 인증 후 시청할 수 있도록 스트리밍한 고려 왕조 배경 역사드라마 〈우씨왕후〉의 우희(전종서)는 갑작스러운 남편의 죽음 이후 '형사취수혼'을 이용하여 생존을 도모한다. 가문을 위해 장기알처럼 이곳저곳 옮겨 다녀야 하는 운명을 피할 수 없다면, 자신이 선택한 길을 가겠다는 결단으로 고려 여성의 주체성을 현대적으로 보여준다. 서울 강남 대치동 학원가를 배경으로 학원 선생이 되어 돌아온 제자와 학원 선생의 로맨스 드라마 〈졸업〉의 서혜진(정려원)도 사교육 시장에서 살아남기 위해 몸부림치며 성장하는 주체적 여성 캐릭터로 꼽을 만하다. 수절 과부가 밤마다 검은 복면의 해결사로 변신하여 힘없는 백성을 구휼하는 활약을 그린 〈밤에 피는 꽃〉의 조여화(이하늬)는 위정자가 공권력을 사사로이 남용하는 현실을 질책하는 여성 캐릭터이다. 봉건적 유교 질서에 직접 맞서지는 못하지만, 자기 나름의 방식으로 자기 세계를 만들어가는 주체적인 여성이라는 점에서 주목받았다. 〈정년이〉의 윤정년은 봉건적 가부장제의 억압에 시달리며 전쟁으로 인한 피해를 온몸으로 받아내야 했던 사회적 약자에서 주체적 여성으로 자리매김한 캐릭터이다. 사회적 약자로서의 여성이 서양의 문물에 밀려나고 있던 판소리로 대변되는 전통 국극에 뛰어들어 꿈을 이루기 위해 자기 주도적 삶을 살아가는 캐릭터라는 점에서 특기할 만하다.

하마르티아(Hamartia)의 윤리적 함정에 빠진 남성

하마르티아(Hamartia)는 영웅적 면모의 인물이 자신을 불행에 빠트리는 판단 착오를 의미한다. 아무리 뛰어난 영웅이라 해도, 자신의 판단 착오로 결정적 오류에 빠지는 이런 경우인데, 여성 서사의 강세 속에서 남성 캐릭터들이 자기모순의 함정에 빠지면서 사건이 전개된다는 점이 상당히 흥미롭다. 〈커넥션〉의 장재경(지성)은 마약 수사로 정평이 난 형사인데 누군가에 의해 마약 중독에 빠지고, 〈이토록 친밀한 배신자〉의 장태수(한석규)는 자타 공인의 프로파일러로 살인사건 용의자를 수사하다가 자신의 딸을 의심하는 모순에 빠진다. 〈유어 아너〉의 송판호(손현주)는 올곧은 신념과 정의로운 사명감으로 모두의 존경을 받는 판사에서 범죄자가 된 아들을 지키겠다는 자기모순에 빠지고, 〈크래시〉의 차연호(이민기)는 교통범죄수사팀의 주임 경위지만 교통사고 가해자라는 과거에 속박된 캐릭터다. 공교롭게도 공권력 집행의 주체들이 모두 자기모순의 윤리적 함정에 빠진 캐릭터로 설정된 것은 공권력에 대한 불신이 드라마에 반영된 결과로 해석할 수 있다.

SBS 제공

BL(Boy Love)과 GL(Girl Love)의 로맨스 주체

2024년 드라마에서 특기할 만한 기타 사항은 BL과 GL의 동성애 주체들이 존재감을 보이기 시작했다는 점이다. 원작 소설을 각색한 드라마 〈대도시의 사랑법〉은 자신이 꿈꾸었던 소설가로 성장하는 고영(남윤수)을 중심으로 남성 간의 로맨스를 전면에 내세웠고, 여성들만의 국극 무대를 배경으로 한 〈정년이〉에서는 윤정년과 홍주란, 문옥경과 서혜랑 등의 관계를 통해 여성 간의 로맨스 징후를 드러냈다. 〈대도시의 사랑법〉이 OTT 플랫폼 티빙에서 스트리밍되고, 〈정년이〉가 tvN의 토일드라마로 방영된 것에 비해, 〈태권도의 저주를 풀어줘〉는 BL 전문 OTT 헤븐리에서 공개되었고, 웹드라마 〈시티보이_로그〉와 숏폼 드라마 〈매치플레이〉는 웹(WEB) 기반의 유튜브 채널에서 공개되었다. 성에 관한 보수성이 강한 사회 분위기에서 BL과 GL 로맨스 하위 장르로 정착할 수 있을지 주목된다.

많은 제작사가 숏폼 드라마 시장에 눈을 돌리고 있다. 드라마 시장이 안 좋아지면서 제작비가 적고 자본 회수가 상대적으로 빠른 숏폼 드라마가 위기 탈출 방안이 될 수 있을 거라고 보는 흐름이다. 숏폼 중에서도 특히 숏폼 드라마는 2025년 드라마 트렌드가 되지 않을까 싶다. 숏폼 드라마는 한 회 2분 내외의 짧은 형식으로 전체 약 50~100화로 구성됐는데 보기도 편하고 이야기가 쭉 이어져서 계속 보게 만드는 힘도 있다. 국내에서는 2023년부터 본격적으로 만들어지기 시작했다. 그전에도 시도했지만, 외국 기반 숏폼 드라마 플랫폼이 국내에 서비스를 시작했고, 2024

년에 숏폼 드라마 전문 플랫폼이 국내에 론칭되면서 본격적으로 시장이 형성된 것이다. 숏폼 드라마 시장은 중국, 미국 등에서는 이미 킬러 콘텐츠로 떠올랐다. 중국 숏폼 드라마 〈억만장자를 낚아채 내 남편 만들기〉는 미국 중년들 사이에서 선풍적인 인기를 끌었다. 그에 견줘 국내에서는 오리지널 콘텐츠도 적고, 상대적으로 덜 알려진 배우들이 출연하면서 시장이 제대로 형성되지 않았다. 하지만 서서히 바람을 타면서 하반기에 이르러 빠르게 성장하고 있다. 최근에는 유명 배우가 숏폼 드라마에 출연하기도 하고, 유명 제작사도 숏폼 드라마 제작에 나서면서 장르도 다양해지고 품질도 좋아질 것으로 기대한다. (남지은, 한겨레신문 기자)

조사 결과에 따르면, 쇼츠와 숏폼 콘텐츠의 시청이용자가 급증하고 있다. 정체를 보이던 유튜브의 이용자 수가 숏폼을 서비스하기 시작한 2020년 즈음부터 기하급수적으로 증가한 것이 방증이다. 하지만 쇼츠나 숏폼 콘텐츠를 2024년 트렌드 내지는 전망으로 보기 어렵다. 중요한 것은 저작권자나 제작사 등의 관점에서 쇼츠가 수익화가 되느냐 비즈니스 모델이 되느냐이다. 대부분의 쇼츠가 불법으로 짜깁기한 콘텐츠라는 점에서 수익모델을 만들기 어렵다. 숏폼이 활성화돼 있지만, 숏폼 중심의 시장을 형성할 것으로 예측하기 어려운 이유다. 산업적 차원에서 숏폼이 2025년에 대세를 형성할 수 있을지 장담할 수 없지만, 쇼츠와 숏폼 콘텐츠의 이용자 수가 급증하고 있으므로 추이를 지켜볼 필요는 있다. (안수영)

3.

배우:
청년의 두각과 중견의 역할 변신

배우는 어떤 캐릭터를 어떻게 연기하느냐에 따라 존재감이 달라질 수밖에 없다. 2024년도에는 그 어느 때보다 강력한 청춘스타의 탄생과 함께 청년 배우가 두각을 나타냈다. 〈선재 업고 튀어〉의 변우석과 김혜윤 배우가 대표적이다. 젠더 감수성의 영향으로 달라진 로맨스의 남자 주인공을 연기하는 배우들의 존재감도 여전했다. 〈눈물의 여왕〉의 김수현 배우, 〈엄마친구아들〉의 정해인 배우가 대표적이다. 청년 여성을 대변하는 청년 배우의 활약 또한 두드러졌다. 완벽에 가까운 캐릭터 연기로 존재감을 보여준 〈정년이〉의 김태리 배우, 중견 배우와의 호흡을 통해 성장하는 캐릭터 연기를 보여준 〈굿파트너〉의 남지현 배우, 30대 여성의 로맨스를 개성 넘치게 표현한 〈웰컴 투 삼달리〉와 〈나의 해리에게〉의 신혜선 배우를 청년 배우의 대표 주자로 꼽을 만하다. 중견 배우의 경우, 로맨스의 여주인공에서 문제적 현실과 맞서는 캐릭터로 이미지 변신을 시도한 〈굿파트너〉의 장나라, 〈원더풀 월드〉의 김남주, 〈우리, 집〉의 김희선 등의 활약이 돋보였다.

청춘 로맨스 〈선재 업고 튀어〉의 변우석과 김혜윤

2024년도에 가장 두각을 나타낸 청년 배우는 단연 〈선재 업고 튀어〉의 변우석과 김혜윤이다. 임솔(김혜윤)은 삶의 의지를 놓아버린 순간 자신을 살게 해줬던 아티스트 류선재(변우석)를 살리기 위해 시간을 거슬러 열아홉의 학창 시절로 돌아간다. '회빙환' 가운데, '회귀'의 판타지 장치를 제대로 활용한 〈선재 업고 튀어〉는 청춘 드라마의 새로운 전형을 개척한 작품으로 주목받았다. 탑밴드의 보컬이자 연기자로 스타덤에 오른 류선재 역할의 변우석 배우와 류선재를 죽음에서 구하기 위해 동분서주하는 임솔 역할의 김혜윤 배우의 완벽에 가까운 연기 덕분이다. 연기력을 겸비한 청년 배우로서 변우석 배우와 김혜윤 배우의 차기작에 관한 관심이 높을 수밖에 없는 이유다.

tvN 제공

젠더 감수성을 반영한 로맨스 드라마의 김수현과 정해인

　로맨스 장르의 경쟁력은 여전하지만, 젠더 감수성의 영향으로 스토리텔링에 변화가 일어나면서 자상하고 감성적인 남자 주인공이 등장하기 시작했다. 영화에서의 거친 액션 연기와 달리, 드라마에서 주로 상대를 배려하는 감성이 돋보이는 연기를 선보였던 김수현 배우와 정해인 배우는 로맨스 장르의 변화된 지형에서도 존재감을 드러냈다. 김수현 배우는 〈눈물의 여왕〉에서 재벌가의 사위가 되면서 행복을 잃어버리고 이혼을 꿈꾸다가 아내의 불치병을 고치기 위해 고군분투하는 백현우 역할로 시청자의 눈물샘을 자극하는 감성 연기를 선보였다. 정해인 배우는 〈엄마친구아들〉에서 어린 시절을 함께 보내면서 형제처럼 생각했던 동갑내기 친구의 아픈 상처를 감싸주는 따뜻한 성품의 최승효 역할로 시청자의 첫사랑을 환기하는 감성 연기를 선보였다. 김수현과 정해인의 로맨스 연기는 젠더 감수성을 반영한 로맨스에 최적화된 연기로 평가할 만하다.

청년 여성을 대변하는 김태리/남지현/신혜선

청년 여성의 현실과 이상을 그린 드라마에서 청년으로서의 존재감을 드러낸 여성 배우들도 주목할 만하다. 〈정년이〉의 김태리 배우는 전후 사회에서 사회적 약자일 수밖에 없었던 청년 여성, 그것도 국극 배우가 되겠다는 일념으로 목포에서 상경한 윤정년 캐릭터에 완벽하게 빙의했다는 평가를 받을 정도로 뛰어난 연기력을 보여주었다. 소리는 타고났지만, 연기와 춤은 부족할 수밖에 없는 윤정년이 시련을 극복하고 국극 스타로 성장하는 과정을 통해 1950년대 중반 전후 사회의 청년 여성을 대변하였다. 〈굿파트너〉의 남지현 배우는 부모의 이혼에서 비롯한 트라우마로 인해 이혼 전문 변호를 맡기 주저하다가 파트너 변호사의 편달과 격려 속에 성장하는 한유리 역할을 소화했다. 신혜선 배우는 일에 매진하다가 후배에게 배신당한 〈웰컴 투 삼달리〉의 조삼달 역할과 결혼을 회피하는 애인과의 관계에서 해리성 장애를 겪는 〈나의 해리에게〉의 주은호 역할을 섬세한 연기로 소화했다. 이처럼 여성 청년 배우들은 드라마의 캐릭터를 자기화한 연기력으로 청년 여성을 대변했다.

이미지 변신에 성공한 장나라/김남주/김희선

젊은 시절 로맨스 드라마의 주인공이었던 중견 여성 배우들은 문제적 현실에 맞서는 캐릭터를 통해 이미지 변신에 성공했다. 〈굿파트너〉의 장나라 배우는 17년 차 이혼 전문 변호사로 백전백승의 승소율을 자랑하지만, 아내와 엄마의 역할에 소홀했다는 질책을 받는 차은경 역할을 맡아 열연했다. 특히, 로펌 직원이 남편과 불륜 관계로 임신한 사실을 알고, 이혼 전문 변호사로서의 명성이 허상에 불과했음을 깨달으면서 인생의 진짜 행복을 찾아가는 과정을 섬세한 연기력으로 설득력 있게 소화했다. 〈원더풀 월드〉의 김남주 배우는 심리학 교수이자 유명 작가에서 4번의 유산 끝에 얻은 어린 아들을 교통사고로 잃고, 법적 처벌을 피해간 가해자를 죽이는 살인자로 전락한 은수현 역할을 섬세한 감정 연기로 소화하면서 연기 영역을 확장했다. 〈우리, 집〉의 김희선 배우는 심리 상담 전문의이자 가족 문제 상담의 권위자로 대중의 부러움을 한 몸에 받지만, 정작 아내와 엄마 그리고 며느리로서의 존재감을 부정당하는 현실에 좌절하면서도 가정을 지켜내는 노영원 역할을 설득력 있는 연기력으로 소화하면서 중견 여성 배우로서의 입지를 강화했다. 젊은 시절 청춘스타로 스포트라이트를 받았던 장나라와 김남주 그리고 김희선 배우가 사회적으로 성공한 여성들의 시련과 위기 극복의 캐릭터를 연기했다는 점이 특기할 만하다.

4

플랫폼: 레거시 미디어의 위축과 글로벌 OTT의 영향력 강화

　방송 플랫폼의 다변화는 드라마가 방송 '프로그램'의 하나라는 통념을 깨뜨렸다. 드라마는 이제 영화와 마찬가지로 독자성을 부여받은 '영상 콘텐츠'이자 세계적 경쟁력이 뛰어난 문화상품으로 자리매김했다. 하지만 승승장구할 거 같았던 드라마 산업은 레거시 미디어의 위축과 글로벌 OTT의 영향력이 드라마 IP를 장악할 정도로 막강해지면서 비상등이 켜졌다. 제작비가 상승하는 거에 비해 수익을 내지 못하는 드라마가 늘어나면서 드라마 제작 편수도 급감하고 있다. 2024년은 방송 플랫폼의 다변화로 인한 폐해가 구체적으로 드러난 한 해라 할 수 있다.

드라마 제작 편수 감소와 드라마 IP의 독점

스튜디오 시스템으로 전환한 레거시 미디어의 드라마 제작 여건 악화와 달리, 글로벌 OTT 넷플릭스가 대규모 제작비로 드라마 IP를 장악하면서 영향력을 키워가는 경향이 두드러지고 있다. 이에 따라 드라마 제작 편수가 2021년 116편, 2022년 141편, 2023년 123편, 2024년 107편(예상치)으로 줄어들고, 이로 인해 국내 드라마 제작사가 글로벌 OTT 플랫폼의 하청 업체로 전락할 수 있다는 언론 보도(「넷플릭스 發 '제작비 인플레' … 흥행작 제작사도 "쇼트폼 갈아탈 판"」, 『동아일보』, 2024. 10. 24.)까지 나오는 실정이다. 드라마 제작 편수 감소와 함께 전편을 완성하고도 편성을 받지 못했던 드라마들(〈백설공주에게 죽음을〉, 〈나쁜 기억 지우개〉 등)이 뒤늦게 방송되는 현상과 함께, 통상 16~24부작이었던 미니 시리즈가 6부에서 12부작 정도로 회차가 줄어드는 현상도 나타나고 있다.

'18세 시청등급'과 '19금' 드라마의 격차 확대

2001년 방송 시청 등급제가 제정되고, 방송사의 자체 심의를 거쳐 시청 연령 등급 표시가 정착되었지만, 불특정 다수를 대상으로 하는 방송의 특성상 18세 이상 시청등급을 표시한 사례는 없었다. 2020년 〈펜트하우스〉 시즌1에서 '18세 시청'로 등급을 표시하면서 선정적이고 폭력적인 장면 연출이 증가했으나, 방송 심의에서 상대적으로 자유로운 OTT 플랫폼 오리지널의 선정성과 폭력성에 비하면 강도가 약하다. 여기에 영화감독들이

OTT 플랫폼의 오리지널 드라마를 연출하면서 표현의 격차가 점점 더 벌어지는 경향이 두드러지고 있다. 레거시 방송의 18세 시청등급, 그러니까 김순옥 작가의 〈펜트하우스〉로 시작됐던 '18세 시청등급'과 OTT 플랫폼 티빙 오리지널 〈우씨왕후〉의 성인 인증 후 시청 가능한 '19금' 드라마의 등장으로 촉발한 폭력성과 선정성이 방증이다. 작가와 연출자의 관점에서는 심의의 제약 없이 마음껏 표현할 수 있는 OTT 플랫폼이 훨씬 더 매력적이겠지만, 다른 한편으로는 OTT 플랫폼 드라마의 장르적 한계로 이어질 수 있다는 점에서 좀 더 지켜볼 필요가 있다.

OTT 플랫폼의 장르적 한계

OTT 플랫폼의 오리지널 드라마가 방송통신심의위원회가 아닌, 영상물등급위원회의 심의 대상이라는 특수성으로 인해 자극적이고 폭력적인 장면을 거침없이 연출하는 좀비와 크리처, 그리고 학교폭력을 다룬 장르물이 꾸준히 제작되고 있다. 좀비물 〈지금 우리 학교는〉 시즌2, 크리처물 〈경성크리처〉 시즌2, 학원물 〈피라미드 게임〉과 〈하이라키〉 등이 대표적인데, 비슷한 유형의 장르물이 범람하면서 자극의 강도가 점점 더 높아지는 문제가 나타나고 있다. 좀비물, 크리처물, 혹은 학교 폭력물, 학원물의 폭력성과 선정성은 자극의 강도를 끊임없이 높일 수밖에 없다는 점에서 한계가 있다.

고전 드라마의 재발견

OTT 플랫폼이 정착하면서 과거 시청률이 높았던 지상파 방송 드라마를 리마스터링하여 스트리밍하는 경향이 나타났다. 20년 전의 드라마들을 리마스터링하고, OTT 플랫폼에서 스트리밍하는 방식으로 고전 드라마를 발굴하여 명작 드라마로 평가하는 현상이다. 4K로 화질을 높이고, 감독 판으로 압축하여 국내 OTT 플랫폼 웨이브의 '뉴클래식 프로젝트'로 선보인 〈내 이름은 김삼순〉이 대표적이다. 〈커피프린스 1호점〉, 〈궁〉, 〈풀하우스〉 등 높은 시청률을 기록했던 드라마들이 20여 년의 시차를 뛰어넘어 공감대를 형성하면서 '고전 명작 드라마'로 재평가받을 수 있을지 귀추가 주목된다.

Wavve 제공

산업적 차원에서 K드라마의 위기는 지상파와 케이블 TV와 같은 레거시 미디어가 광고 수익 축소로 인해서 드라마 제작과 편성을 줄이면서 시작되었다. 드라마를 제작하여 방송하면 손해가 발생하니 차라리 제작하지 말자는 결론에 도달한 것이다. 레거시 미디어의 광고 축소 원인은 국내 경제의 침체로 기업들이 광고 홍보비를 줄이는 것과 2049로 지칭되는 주요 광고주들의 타겟층이 레거시 미디어를 통한 콘텐츠 소비를 줄이고 있기 때문이다. 유튜브나 OTT 등을 통한 콘텐츠 소비 증가로 과거와 같은 시청률이 나오지 않는 점이 주요 원인으로 분석된다. 이러한 상황에서 드라마 제작 여건이 좋았을 때 상승한 작가료 · 출연료 · 연출료 등의 제작비가 실정에 맞게 조정되지 않고 있는 점도 드라마 제작의 어려움을 악화시키는 요소로 작용하고 있다. 드라마를 제작 · 편성하는 레거시 미디어의 수익 구조를 개선하지 못하고, 이러한 제작 여건이 이어진다면 단기적인 관점에서 위기 극복은 어려울 것으로 전망된다.

현재 K드라마 시장이 유지되고 있는 것은 구독경제로 운영되는 거대 글로벌 OTT들과 국내 OTT들이다. 특히 해외의 K드라마 팬덤을 이용하여 아시아에서 성장 동력을 찾으려 하는 글로벌 OTT의 전략에 따라 아직은 투자가 유지되고 있다. 그러나 거대 글로벌 OTT의 국내 성장은 이제 한계 지점에 도달했다는 분석이 나온다. 제작비 상승으로 인해 아시아권에서도 K드라마 투자 대비 효과가 예전 같지 않다면, 투자가 축소될 가능성이 크다. 이런 상황에서 한국보다 인구가 많고, 성장 가능성이 큰 일본과 같은 나라로 거점을 옮기는 방안이 대안으로 거론되고 있다.

K드라마 제작 여건이 어려운 상황을 타개하기 위해서는 원론적으로 위에서 언급한 위기 요인을 해소해야 하는데, 구체적인 방안을 제시하면 다음과 같다. 첫째, 근거 없이 올라가고 있는 드라마 제작 원가를 국내 시장규모에 맞게 자체 조정하여, 드라마에 투자 편성하는 플랫폼이 겪고 있는 손해를 줄이거나, 이익이 나는 구조가 만들어지게 해야 한다. 둘째, 과거에 잘 해왔던 거와 같이 국내뿐 아니라 세계적으로 흥행을 일으킬 수 있는 수준 높은 드라마를 제작해야 한다. 국내 드라마 제작비는 상승했는데 과거 대비 훌륭한 드라마는 나오지 않고 있다는 글로벌 OTT들의 최근 분석 결과를 유념할 필요가 있다. 마지막으로 국가가 나서서 K드라마 분야를 국가 전략 산업으로 지정하여 전폭적인 지원을 하는 것이다. 반도체 분야에서조차 선두자리를 빼앗길 정도로 글로벌 산업 여건에 변화가 일어나고 있지만, 전 세계 젊은이들이 K컬처에 열광하는 현상은 여전히 뜨겁다. 이러한 현상을 지속하기 위해서라도 국가적 차원의 K드라마 산업 기반 조성과 지원이 절대적으로 필요하다. (이상백, 에이스토리대표, 〈이상한 변호사 우영우〉 제작)

5.

2025년
K드라마를 엿보다

2025년의 드라마를 전망하기 위해 언론에 보도된 드라마 라인업을 분석하였다. 다양한 장르의 다채로운 서사로 무장한 드라마들을 개괄하면서 주목할 만한 점을 네 가지로 정리했다.

시대(과거)에 관한 극적 성찰

과거 배경의 시대극이 주류를 형성할 가능성이 있다. 임상춘 극본에 김원석 연출로 이지은과 박보검 배우가 출연하는 〈폭싹 속았수다〉는 1950년대가 배경이고, 양희승 극본·김성호 연출의 〈백번의 추억〉은 1980년대를 배경으로 한다. 이남규·김수진 극본에 김석윤 연출로 김혜자·한

지민 · 손석구 · 이정은 등의 배우가 출연하는 〈천국보다 아름다운〉은 '김혜자 배우의 은퇴작'으로 알려진 만큼, 그의 연기 인생으로 서사를 만들면서 시대를 관통하는 이야기로 주목받을 가능성이 있다. 윤태호 원작으로 류승룡 · 양세종 · 임수정 등의 배우가 출연하는 〈파인〉, 현빈과 정우성 배우의 출연으로 화제를 모은 〈메이드 인 코리아〉 등은 모두 과거를 배경으로 지금 현재를 성찰하는 이야기로 알려져 있다. 이처럼 과거 배경의 시대에 관한 극적 성찰의 장르 드라마가 하나의 경향성을 이룰 것으로 전망할 수 있다.

추리 스릴러와 로맨스의 장르 드라마 외연 확장

추리 스릴러와 로맨스 장르 드라마의 외연이 확장될 것으로 전망된다. 추리 스릴러 장르는 마이너 장르이긴 했었는데, 2025년도의 라인업을 보면 주류 장르로 정착할 가능성을 보여준다. 정서경 극본, 김희원 연출에 전지현과 강동원 배우가 출연하는 〈북극성〉, 김선희 극본, 김정현 연출에 박은빈과 설경구 배우가 출연하는 〈하이퍼 나이프〉, 이은미 극본, 윤종빈 연출에 김다미와 손석구 배우가 출연하는 〈나인 퍼즐〉, 이명희 극본, 진창규 연출에 박형식과 허준호 배우가 출연하는 〈보물섬〉 등이 추리 스릴러 장르로 주목받는 드라마들이다. 여기에 김은숙 극본, 이병헌 연출에 김우빈과 수지 배우가 호흡을 맞춘 〈다 이루어질지니〉는 천여 년 만에 깨어난 경력 단절 램프의 정령이 감정 결여 인간을 만나 세 가지 소원을 두고 벌이는 생사여탈 로맨틱 코미디로 로맨스 드라마의 장르 변주 가능성을 보여주는 사례가 될 것으로 기대된다.

크리에이터의 활성화와 신인 작가의 발굴

산업적인 동향과 연계할 때, 시즌제나 스핀오프 드라마들을 통해서 크리에이터의 활성화와 신인 작가의 창작 기회 확대를 전망할 수 있다. 〈열혈사제〉같은 경우는 박재범 작가가 시즌 2를 집필했지만, 통상적으로 원작의 작가가 스핀오프나 시즌제를 쓰지 않고 크리에이터로 참여하면서 신인 작가에게 기회를 주는 방식이다. 도제 시스템으로 이루어지고 있었던 작가와 보조 작가의 관계를 전제로, 보조 작가가 메인 작가의 작품 세계를 계승하거나 확장하는 방식의 시즌제나 스핀오프를 집필하여 데뷔하는 사례가 나타나고 있는 것이다. 드라마의 크리에이터는 명목상 크레딧에 올라가고 있으나, 실제 극본 집필에 어느 정도 영향력을 행사하는지 알기 어려운 것이 현실이다. 그러나 시즌제와 스핀오프 드라마가 정착하면서 원작의 세계관을 구축한 작가들이 크리에이터로 참여하고 이것이 신인 작가 발굴로 이어질 가능성을 전망할 수 있다.

여성 연출가의 활약과 젠더 감수성의 강화

한국 드라마에서 여성 서사는 여전히 강세를 보일 것이다. 젠더 감수성에 관한 사회적 인식 변화와 함께 드라마 연출이 남성 감독 위주에서 여성 감독으로 옮겨가는 경향이 두드러지고 있기 때문이다. 〈빈센조〉와 〈작은 아씨들>에 이어 <눈물의 여왕>의 흥행을 견인한 <북극성>의 김희원 감독, <옷소매 붉은 끝동>과 <정년이>의 정지인 감독, <괴물>의 심나연 감독 등 연출 역량을 검증받은 여성 감독들의 활약으로 드라마 서사의 젠더 감수성 변화를 예측할 수 있다. 이에 따라 2025년 드라마에서는 젠더 감수성을 강화한 캐릭터와 에피소드의 활성화가 강화될 것으로 전망된다.

2024년 한해 현장에서 여러 사람을 만나면서 "드라마 시장이 굉장히 어렵다.", "제작비가 치솟아서 드라마를 만들 수가 없다."라는 얘기를 많이 들었다. 실제로 드라마를 만들다가 중간에 엎어지고, 이름을 들으면 알 만한 유명 배우가 섭외됐는데도 제작에 들어가지 못한 사례까지 있었다. 글로벌 OTT가 국내에 서비스를 시작한 이후 자체 제작드라마를 만들면서 제작비가 천정부지로 치솟았는데, 이제는 그 거품이 빠지면서 생긴 현상이다. 개인적으로는 거품이 빠지고 시장이 어려워지면서 콘텐츠 제작자들이 오히려 드라마의 본질을 좀 더 생각하게 되었다고 생각한다. 그동안은 블록버스터 같은 규모가 큰, 제작비가 많이 들어가는 작품을 주목해서 만들다가 이제 돈이 없어지니까 소재나 캐릭터 이런 데에 더 집중하게 된 모양새다. 캐릭터를 더 깊게 들여다보거나 소재를 더 다양하게 분석하고, 그러면서 젠더 감수성이 뛰어난 캐릭터가 나오고, 남녀 관계의 고정관념을 깨는 시도가 있었다. 효율성을 강조하면서 조금 더 알토란 같은 작품들이 만들어진 것으로 보인다.
작품을 유통하는 방식에서도 오히려 각자가 나름의 살길을 찾았다는 느낌이 들었다. 예전에는 무조건 글로벌 OTT에서 공개해야 화제를 모은다면서 그곳만 바라봤다면 이제는 TV를 통해서만 내보내기도 한다. 또 하나에서 다양한 콘텐츠가 파생되기도 했다. 예를 들면 스핀오프나 시즌제처럼 세계관을 공유하는 방식은 예전부터 있었는데, 2024년에는 하나의 콘텐츠를 TV와 OTT에서 조금 다르게 내보내는 방식이 두드러졌다. 〈정년이〉가 극 중 여성국극 부분만 따로 떼서 OTT에서 서비스한다거나, 〈손해 보기 싫어서〉에서 드라마 속 인물이 썼던 웹소설을 드라마로 만들어서 OTT로 내보낸 방식이 대표적이다. 이게 시즌제나 스핀오프보다 조금 더 신선한 느낌을 주면서도 인기 작품에서 파생됐다는 점에서 굉장히 안전한 선택이라고 생각한다. 이러한 경향 역시 드라마 시장이 어려워지면서 효율적인 방식을 찾은 거로 보인다.

모든 게 드라마 산업이 어려워지면서 일어난 변화라는 게 흥미롭다. 드라마 산업이 어려워지니까 드라마에 투자하는 대신에 예능에 투자하게 되고 그러면서 예능이 좀 활발해지고, OTT들도 드라마로 더는 돈을 벌 수 없으니까 스포츠로 시선을 돌리고, 그러면서 스포츠 예능이 나오게 되는 과정이 굉장히 아이러니하다. 시청자들은 대작이든 소소한 작품이든 그런 게 중요한 게 아니라 결국 재미있으면 본다는 걸 2024년에 다시 확인할 수 있었다. 플랫폼도 중요하지 않다는 의미다. 여러 가지 혼란의 과정을 거치면서 일단 어떤 기준에서든 재미있어야 본다는 걸 보여준 한 해였다. 대표적인 게 〈선재 업고 튀어〉라든지 〈눈물의 여왕〉이다. 그동안 TV 드라마는 안 된다 이런 얘기들이 많이 나왔지만 〈눈물의 여왕〉이 시청률이 20%가 넘게 나왔다. 〈선재 업고 튀어〉도 시청률은 낮았지만, 정말 오랜만에 나온 열풍을 일으킨 드라마로 주목받았다. 반면에 OTT에서 나온 드라마들은 그렇게까지 화제가 됐던 드라마들이 없었다. 하고 싶은 이야기를 재미있게 만드는 것이 중요하다는 점을 확인한 꼴이다. 외형보다는 본질에 집중해서 재미있는 드라마를 만들어야 시청자들이 보고, 그게 시장이 살아나는 방법임을 유념할 필요가 있다. (남지은, 한겨레신문 기자)

2024년 드라마 MVP:
김태리

　드라마 분야의 MVP를 선정하기 위한 논의 과정은 상당히 어려웠다. tvN 역대 최고 시청률을 기록하면서 상반기 최고 화제작으로 세계의 이목을 사로잡은 〈눈물의 여왕〉을 필두로, 하반기 최고 문제작으로 여성국극에 관한 전통예술 담론을 환기한 〈정년이〉를 포함하여, 화제의 드라마에서 빼어난 연기력으로 인생 캐릭터를 갱신한 배우들까지 모두가 MVP로 선정될 만했기 때문이다. 수차례에 걸친 논의 끝에 '김태리 배우'를 2024년 드라마 분야의 MVP로 선정했다. 서사 전개와 캐릭터 구축 과정 등의 드라마 만듦새에 대해서 의구심을 지우기 어려운 점이 있어서 드라마 〈정년이〉가 아닌, '윤정년' 역할을 연기한 '김태리' 배우에 주목하였다. 드라마 캐릭터 소화력은 기본이고, 캐릭터에 맞는 연기 변신을 통해 자기 세계를 구축하는 도전 정신으로 다채로운 연기 세계를 성취하는 배우이기 때문이다. 특히 "저 배우가 근성 있는 연기력으로 자기 세계를 어디까지 확장할까?"라는 궁금증을 자아내면서 내년 이후를 기대하게 만든다는 점에서 높은 점수를 받았다.

〈정년이〉의 김태리_tvN

성장 둔화의 시대, 적자생존의 예능

안수영

최근 K예능은 글로벌 콘텐츠 시장에서 영향력을 확대하고 있다. 유튜브 채널의 웹예능 성장세가 가파르고, OTT 플랫폼에서 막대한 예산을 투자하여 제작한 예능 콘텐츠가 글로벌 시장 경쟁력을 인정받으면서 발생한 현상이다. 이로 인해 레거시 미디어의 예능 콘텐츠에도 일정한 변화가 나타났다. 레거시 미디어의 예능 콘텐츠를 이끌었던 국민 MC 전성기가 끝나고, 리얼 버라이어티 시대도 종말로 접어들고 있다. 대신, 공정하고 착한 승부를 지향하는 예능 콘텐츠가 시청자의 이목을 사로잡기 시작했다. '연애' 위주의 관찰 예능이 연반인과 비연예인을 출연시켜 흥미 유발에 성공한 것을 비롯하여, 대중성을 검증받은 예능 콘텐츠가 시즌제와 스핀오프 형태로 세계관을 확장할 것으로 전망된다.

1

K예능의
현주소

지난 10월 국제통화기금 IMF가 발표한 2024년 한국의 경제성장률은 2.5%였다. 더불어 내년인 2025년은 경제성장률 2.2%로 전망됐다. 급격히 나빠지지 않아도 눈에 띄게 좋아지지도 않는, 이른바 '성장 둔화의 시대'에 접어든 것이다. 성장 둔화에 따른 경기침체 상황은 콘텐츠 산업에도 직접적인 영향을 미친다. 경기가 침체하면 소비 심리도 위축되기 마련이고, 소비 심리가 위축되면 기업은 제품 광고에 소극적으로 투자하게 된다. 이에 따라 방송 플랫폼의 주 수입원인 광고 매출이 큰 폭으로 감소하게 된다. 실제로 많은 전문가가 2025년에도 TV 광고 매출은 줄어들 수밖에 없다고 보고 있고, 대부분의 방송사가 긴축 재정에 들어가는 상황이다. 성장 둔화의 시대에는 시청자 이용 행태 측면에서 있어서도 변화가 있을 수밖에 없다. '가성비' 이후에 '가심비'(가격 대비 심리적 만족감)라는 신조어가 유행했었는데, 이제는 '가심비'를 넘어 '시성비'라는 말까지 언론에서 사용하기 시작했다. 가격뿐만 아니라 투자하는 시간이 중요하다는 차원의 신조어인데, 콘텐츠 분야에 적용해본다면 콘텐츠를 이용하는 데에 들이는 시간을 보다 신중하게 고려한다는 의미가 될 것이다. SNS 화제성을 바탕으로 본인 취향에 맞는 콘텐츠를 몰아보는 최근의 시청 습관이 바로 콘텐츠 선택에 드는 시간을 최소화하려는 '시성비'에 기인한 것으로 보인다.

TV 예능의 부익부 빈익빈

예능 콘텐츠 역시 이러한 경제 상황과 시청소비행태 변화에 영향을 받는 것이 사실이다. 2024년 현재, 지상파와 케이블을 합친 TV 플랫폼에서의 예능 콘텐츠는 한마디로 '부익부 빈익빈'의 상황이다. 되는 콘텐츠만 계속 잘 된다는 의미다. 유명한 콘텐츠, 오래된 콘텐츠, 남들이 많이 보는 콘텐츠가 몇 년째 시청률 상위권을 차지하고 있다. 이와 달리 새로 나온 신규 예능은 살아남기가 어려운 상황이다.

2024년 10월 월간 2049 TV 시청률 순위 (닐슨 수도권 기준)

순위	프로그램명	채널	시청률(%)
1	KBS스포츠 월드컵예선전	KBS2	5.61
2	지옥에서 온 판사	SBS	4.08
3	삼시세끼 LIGHT	tvN	3.55
4	미운 우리 새끼	SBS	3.52
5	나 혼자 산다	MBC	3.30
6	정년이	tvN	3.18
7	엄마 친구 아들	tvN	2.99
8	백패커 2	tvN	2.97
9	MBC스포츠 월드컵예선전	MBC	2.77
10	1박 2일	KBS2	2.44
11	런닝맨	SBS	2.35
12	다리미 패밀리	KBS2	2.34
13	놀면 뭐하니	MBC	2.23
14	유 퀴즈 온 더 블럭	tvN	2.20
15	KBS스포츠 KBO리그	KBS2	2.15
16	MBC스포츠 KBO리그	MBC	2.01
17	골 때리는 그녀들	SBS	1.97
18	언니네 산지직송	tvN	1.95
19	백설공주에게 죽음을	MBC	1.82
20	SBS스포츠 KBO리그	SBS	1.77

넷플릭스 제공   MBC 제공

광고 판매에 영향을 미치는 2049 시청률 순위를 보면 〈삼시세끼〉, 〈미운 우리 새끼〉, 〈나 혼자 산다〉 등 10년 가까이 된 장수 프로그램들이 여전히 상위에 링크돼 있다. 2024년에 기획된 신규 콘텐츠 중에서 꾸준히 20위권에 들었던 것은 tvN의 〈언니네 산지직송〉 한 편뿐이다. 그만큼 TV에서 시청자의 선택을 받는 데에 있어서 진입장벽이 높다는 것이다. 상황이 이렇다 보니 TV에서 콘텐츠 기획이나 편성에 있어서 안타깝게도 안전 지상주의가 힘을 얻고 있는 현실이다.

높은 시청률을 담보하는 동시에 불확실성을 회피하는 전략도 방송사 채널 성격에 따라 조금씩 다르다. 케이블 채널의 경우에는 시즌제 예능이 안정적으로 정착이 된 상태다. 2014년에 처음 만들어졌던 〈삼시세끼〉가 2024년에 다시 돌아왔고, TV조선의 〈미스 트롯〉, 〈미스터 트롯〉 시리즈나 JTBC의 〈최강야구〉처럼 강력한 예능IP 대부분이 시즌제 형태로 방송되고 있다. 지상파의 경우는 조금 다르다. 지상파 예능은 스핀오프 전략을 시도하는 사례가 늘어나고 있다. SBS의 〈신발 벗고 돌싱포맨〉이 스핀오프의 모범 사례라고 할 수 있을 텐데, 관찰 예능 〈미운 우리 새끼〉의 인기 출연자들을 데리고 토크 버라이어티로 재탄생한 〈신발 벗고 돌싱포맨〉이 안정적인 인기를 얻으면서, 다른 지상파 방송사들도 스핀오프에 관심을 두기 시작했다. 2024년만 해도 MBC는 3년 동안 방송한 〈안 싸우면 다행이야〉를 폐지하고 인물과 배경은 그대로 둔 채 주제만 변경한 〈푹 쉬면 다행이야〉를 론칭했고, 최근 새로 시작한 〈대장이 반찬〉도 〈나 혼자 산다〉에서 인기를 얻은 김대호와 이장우를 내세운 스핀오프 프로그램이다. SBS의 〈정글밥〉 같은 경우도 과거 〈정글의 법칙〉 제작 노하우를 십분 살려서 신규 콘텐츠로 다시 시작한 스핀오프 사례. 이처럼 TV에서는 안전 지상주의 풍토 안에서 익숙하지만 신선한 느낌의 콘텐츠를 지속적으로 만들어가는 경향이 주류를 형성하고 있다.

유튜브 예능의 계속된 약진

웹 플랫폼의 상황은 TV와는 사뭇 다르다. 이미 예능에서는 웃음 트렌드를 유튜브가 선도하고 있다고 해도 과언이 아닐 정도로 웹 예능의 약진이 두드러진다. 2023년에 KBS 〈개그콘서트〉가 부활하기는 했지만, 여전히 대한민국 코미디는 유튜브에서 그 명맥을 이어가고 있는 것이 사실이다. 최근에는 3분에서 5분 사이의 짧은 스케치 코미디를 만드는 '숏박스', '너덜트', '싱글벙글' 등의 유튜브 채널이 선풍적인 인기를 끌고 있다.

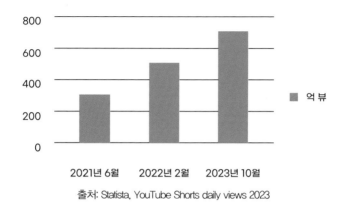

출처: Statista, YouTube Shorts daily views 2023

숏폼 이용도 해가 다르게 증가하고 있다. 숏폼의 선두주자인 유튜브 쇼츠의 글로벌 일일 조회 수를 살펴보면, 서비스 개시 다음 해인 2021년에 300억 뷰였던 것이, 매년 200억 뷰씩 증가하는 폭발적인 반응이 나타나고 있다. 우리나라 역시 클립화된 기존 예능을 숏폼 앱을 통해서 소비하는 경향이 굉장히 뚜렷해졌고, 이는 앞으로도 계속 심화될 전망이다. 다만, 아직은 안정적인 수익모델이 나오지 않아 숏폼 예능 콘텐츠와 관련하여 유의미한 시장이 형성되어 있다고 보기는 어렵다. 게다가 대다수 숏폼 콘텐츠가 여전히 '불펌', 즉 불법으로 퍼온 저작권도용 콘텐츠이기 때문에 향후 발전에 걸림돌이 될 수도 있다.

한편, 2024년에는 『K컬처 트렌드 2024』에서 전망했던 것처럼 유튜버 출신 인플루언서의 활동이 눈에 띄게 활발했던 한 해였다. 특히 지상파와 케이블TV를 넘어 OTT에까지 인플루언서 진출이 본격화된 것은 특기할 만한 사실이다. 2024년 8월 넷플릭스에서 공개된 〈더 인플루언서〉에서는 국내 유명 유튜버와 틱톡커들이 모여 서바이벌 대결을 벌였다. 1세대 유튜버 대도서관부터 틱톡에서 인기를 끌고 있는 시아지우까지 대한민국 인플루언서가 총출동하여 화제를 모았다. 시즌2로 돌아온 〈코미디 리벤지〉 역시 유튜브 코미디 채널을 통해 재발견된 개그맨, 개그우먼의 출연이 상당한 비중을 차지하고 있다.

OTT 예능의 영토 확장

올 한 해 대한민국 예능이 가장 눈에 띄는 활약상을 보여준 플랫폼은 다름 아닌 OTT일 것이다. 넷플릭스의 경우, 2023년 말에 공개됐던 〈솔로지옥 3〉부터 시작해서, 2024년 3월 〈피지컬: 100 시즌 2〉, 8월 〈더 인플루언서〉. 그리고 9월 〈흑백요리사: 요리 계급 전쟁(이하 흑백요리사)〉까지 연달아 글로벌 10위권에 머무는 기염을 토하며 K예능의 저력을 보여줬다. 넷플릭스뿐만 아니라 디즈니 플러스, 웨이브, 티빙에서도 구독자 유입 효과를 증명한 킬러 예능IP들이 탄탄하게 자리를 잡았다. 2024년에 3년 차 시즌을 성공적으로 이어간 〈더 존: 버텨야산다 시즌 3〉(디즈니플러스), 〈피의 게임 3〉(웨이브), 〈환승연애 3〉(티빙) 등이 대표적이다.

2024년도 넷플릭스 오리지널 예능 현황

프로그램명	공개일	장르	넷플릭스 탑10	
			글로벌	한국
솔로지옥 3	23.12.12.	연애 리얼리티	5주	5주
성+인물 3	24.02.20.	버라이어티	×	2주
피지컬:100 시즌 2	24.03.19.	서바이벌	3주	5주
슈퍼리치이방인	24.05.07.	관찰 리얼리티	×	1주
미스터리수사단	24.06.18.	게임 리얼리티	×	3주
더 인플루언서	24.08.06.	서바이벌	2주	4주
신인가수 조정석	24.08.30.	관찰 리얼리티	×	3주
흑백요리사: 요리 계급 전쟁	24.09.17.	서바이벌	6주	8주
코미디 리벤지	24.10.15.	코미디	×	2주
좀비버스 2: 뉴 블러드	24.11.19.	게임 리얼리티	×	1주

조회일: 2024.11.24.

OTT의 K예능 성적표를 자세히 살펴보면 성공 장르에 대한 일종의 공식을 발견할 수 있다. 2024년도 넷플릭스 공개작 가운데 글로벌 순위에 오를 만큼 흥행한 예능 콘텐츠를 보면, 주로 연애 리얼리티나 대결 서바이벌 장르에 국한되어 있다. 공개 전 화제를 모았던 관찰 예능 스타일의 〈신인가수 조정석〉이라든지, 신동엽, 성시경 콤비를 앞세운 여행 버라이어티 〈성+인물 3: 네덜란드, 독일편〉 등은 국내만큼의 영향력을 글로벌 이용자들에게는 미치지 못했다. 이는 국내 시청자에게 소구하는 유명 인물보다는, 타 문화권에서도 쉽게 몰입할 수 있는 일반인 캐릭터와 명확한 구성 포맷이, 글로벌 플랫폼에서는 보다 효과적이라는 사실을 다시금 확인하게 해준다.

2

MC 전성시대의
종말

2024년도 예능의 주요 경향 가운데 하나는 'MC 전성시대의 종말'이다. TV에서 MC가 꼭 필요했던 예능 장르들이 점차 사라지고 있다는 의미다. 이경규 · 강호동 · 신동엽 · 유재석 등 1990년대부터 활동했던 이른바 '국민 MC'들의 연령대가 이미 50대를 넘어섰다. 연말 연예대상 시상식 때마다 MC 세대교체론, 즉 새로운 차세대 MC들이 나오지 않는다는 이야기가 나온다. 하지만 최근 TV 예능의 경향을 살펴보면, 세대교체를 넘어 아예 MC의 역할 자체가 조금씩 사라지고 있는 것이 아닌가 하는 생각이 든다. 시청자가 선호하는 예능 장르가 변화함에 따라 과거 인기보증수표로 여겨졌던 유명 MC들의 존재감이 다소 줄어든 것으로 보이기 때문이다.

리얼 버라이어티의 퇴조

2000년대 초, 리얼 버라이어티의 시대에는 정말 진행 능력 있는 MC가 꼭 필요했다. 대본이 촘촘히 짜이지 않은 구성으로 야외촬영을 나가서 일반인이나 게스트를 아우르며 끌고 가는 진행 능력을 가진 사람들이 실제로 그렇게 많지 않았다. 그래서 진행 능력이 뛰어난 사람들은 중복해서 섭외되었고 방송가에서 영향력을 가지게 되었다. 그러나 리얼 버라이어티 장르가 퇴조하기 시작하면서 상황이 달라졌다. 물론 아직도 지상파 방송사에서는 장수 프로그램으로 리얼 버라이어티를 하나씩 유지하고 있다. 하지만 새로운 기획으로 리얼 버라이어티 장르를 만들었을 때 예전만큼의 인기를 얻기가 쉽지 않다. KBS의 〈홍김동전〉이 2023년 말 종영하면서 많은 이슈를 남겼고, SBS의 〈먹찌빠〉도 결국 2024년에 종영했다. 차세대 MC를 각인시키는 데 실패하여 종영했다고 볼 수도 있겠지만, 한편으로는 버라이어티 장르가 더 이상 시청자에게 매력적으로 다가가지 못한다고 볼 수 있다.

물론, 지상파에서는 여전히 관찰 예능이 대세이고, 관찰 예능만 해도 패널들 사이에서 진행하는 MC 역할이 어느 정도 유지된다고 볼 수 있다. 하지만 지상파가 아닌 다른 플랫폼에서는 점점 MC 자체가 없는 예능 포맷이 많아지는 경향이 나타나고 있다. 〈피지컬: 100〉, 〈더 인플루언서〉 등의 OTT 예능에는 전통적인 의미의 MC가 존재하지 않는다. 〈더 인플루언서〉 1회를 보면, 오랜만에 대중 앞에 모습을 드러낸 장근석이 무대 위로 올라오면서 다른 참가자들이 술렁이는 장면이 있다.

넷플릭스 제공

　참가한 인플루언서는 물론이고 시청자도 장근석이 MC이겠거니 짐작을 하게 된다. 하지만 이내 장근석 역시 신참 유튜버로 경연에 참가했다는 것이 밝혀지고, 결국 이 프로그램에는 MC가 없다는 사실을 확인하게 된다. 사실상 게임이나 서바이벌 형식의 예능은 굳이 MC가 필요하지 않다. 오히려 룰이나 심사위원이 MC의 역할을 대체한다고 볼 수 있다. MC 없이 '연반인'급 참가자들의 스토리만으로 진행되는 예능 콘텐츠들이 국내를 넘어 글로벌 시청자에게 인기를 끌면서, 오랫동안 중요시되어 오던 전통적인 MC 역할에 획기적인 변화를 가져오고 있는 것이다.

유튜브로 간 국민 MC들

　그렇다면 기존 '국민 MC'들은 이러한 변화에 어떻게 적응해 나갈까? 이와 관련하여 반드시 짚어야 할 것이 '유튜브로 간 국민 MC들'에 대한 이야기이다. 한동안 지상파 중심의 활동만 고수했던 스타급 MC들이 2022년부터 차츰 개인 유튜브를 개설하기 시작했다.

'국민 MC'의 개인 유튜브 현황

이름	유튜브 채널명	개설 시기	구독자수
유재석	핑계고(뜬뜬)	2022.11.~	222만 명
강호동	강호동네방네 (SM C&C Studio)	2022.12.~	142만 명
이경규	르크크	2023.7.~	32.6만 명
신동엽	짠한형	2023.8.~	161만 명

조회일: 2024.11.26.

2022년 시작한 유재석의 〈핑계고〉부터 신동엽의 〈짠한형〉까지, 한때 지상파에서 이들이 없으면 새로운 히트 프로그램을 만들 수 없다고까지 이야기됐던 대표 MC들이 개인 유튜브 채널을 통해 새로운 웹 예능을 선보이고 있다. 특히 토크 장르에 주력하는 〈짠한형〉과 〈핑계고〉는 그야말로 폭발적인 인기를 누리고 있다. 신작 영화를 개봉하면 홍보 일정에 맞추어 배우들이 예능 나들이를 하는 관례가 일종의 변화를 맞이한 것을 보면 그 파급력을 확인할 수 있다. 예전에는 배우들이 지상파의 토크쇼에 출연했다면, 지금은 대부분 유튜브로 향하는 흐름이 나타나고 있다.

2024년도 한국 영화 개봉작과 유튜브 예능

영화명	개봉일	홍보 유튜브	출연 배우	공개일
외계+인 2부	2024.01.10.	나영석 나불나불	김태리, 류준열, 김우빈	2024.01.05.
시민덕희	2024.01.24.	르크크 이경규	라미란, 공명	2024.01.10.
댓글부대	2024.03.27.	신동엽 짠한형	손석구, 김성철, 홍경	2024.03.18.
범죄도시 4	2024.04.24.	장도연 살롱드립	김무열	2024.04.16.
설계자	2024.05.29.	유재석 핑계고	강동원, 이동휘	2024.05.18.
하이재킹	2024.06.21.	신동엽 짠한형	하정우, 성동일, 채수빈	2024.06.24.
핸섬가이즈	2024.06.26.	성시경 만날텐데	이성민, 공승연	2024.06.21.
탈주	2024.07.03.	유재석 핑계고	이제훈, 구교환	2024.06.22.
파일럿	2024.07.31.	신동엽 짠한형	조정석, 한선화, 이주명	2024.07.22
리볼버	2024.08.07.	유재석 핑계고	전도연, 임지연	2024.07.27.
베테랑 2	2024.09.13.	유재석 핑계고	황정민, 정해인, 장윤주	2024.09.07.
보통의 가족	2024.10.16.	신동엽 짠한형	설경구, 김희애, 장동건	2024.10.07.
아마존 활명수	2024.10.30.	유재석 핑계고	류승룡, 진선규	2024.10.26.

조회일: 2024.11.26.

2024년 개봉작만 해도, 유재석의 〈핑계고〉에는 〈설계자〉, 〈탈주〉, 〈리볼버〉, 〈베테랑 2〉, 〈아마존 활명수〉가, 신동엽의 〈짠한형〉에는 〈댓글부대〉, 〈하이재킹〉, 〈파일럿〉, 〈보통의 가족〉이 출연 배우를 통해 홍보를 진행했다. 그야말로 국민 MC의 두 채널이 속칭 '싹쓸이'를 했다고 해도 과언이 아닐 것이다. 당연히 지상파나 케이블TV에 영향이 있고, 그만큼 영화 출연 배우 섭외가 어려울 수밖에 없다. 또한, 유튜브 판에도 일종의 '생태계 파괴자'급의 영향이 있을 수밖에 없다.

유튜브 〈짠한형〉 채널 제공

스타급 MC들 입장에서는 오히려 지상파 프로그램보다 유튜브에서 개인 채널을 개설하는 것이 훨씬 만족스러운 선택지가 될 수 있다. 우선 유튜브 채널에서는 표현의 자유가 상대적으로 폭넓게 보장된다. 술을 마시면서 해도 아무런 제재를 받지 않고 오히려 시청이용자에게 솔직한 방송이라고 호감을 산다. 게다가 본인의 친분을 당당하게 드러내며 관련 홍보도 마음껏 할 수 있다. 제작예산은 PPL 등으로 충분히 확보할 수 있는 반면에 제작인력은 더 소규모로 운용할 수 있으므로, 어찌 보면 개인 유튜브는 MC 본인이 자신의 기획력과 섭외력을 바탕으로 직접 제작하는 웹예능이라고 봐도 무방할 것이다. 이러한 개인 유튜브 활동을 통해 유명예능인들이 MC(Master of Ceremony, 진행자) 역할에서 제작 프로듀서 역할로 진화하는 대전환기가 도래할 수도 있을 것으로 예측해 본다.

3.

진정성 있는
착한 승부

스포츠와 예능의 바람직한 결합

2024년도 예능의 또 다른 경향은 '진정성 있는 착한 승부'다. 〈최강야구〉와 〈골 때리는 그녀들〉과 같은 스포츠 예능에서 확인할 수 있다. 2022년에 론칭한 JTBC 〈최강야구〉는 3년 차인 2024년 시즌에 그야말로 최고의 인기를 누렸다고 해도 과언이 아니다. 수도권 기준 가구시청률 4.3%로 최고 시청률을 경신했고, 직관 경기도 전 시즌 통합 17회 연속 매진을 기록했다. 2021년에 시작된 SBS 〈골 때리는 그녀들〉 역시 2024년 한일전을 개최하면서 화제성을 높였고, 팬덤의 인기가 직관까지 이어지는 것도 〈최강야구〉와 일맥상통한 양상을 보인다.

물론 스포츠 예능이 인기를 얻은 것이 어제오늘 일은 아니다. 축구를 소재로 한 JTBC 〈뭉쳐야 찬다〉도 롱런하고 있고, 몇 년 전에는 골프 예능이 유행하기도 했다. 왕년의 스포츠 스타들이 예능에 입성하는 것 또한 새롭지는 않다. 예능 MC로 탈바꿈한 씨름선수 출신 강호동, 농구선수 출신 서장훈, 축구선수 출신 안정환을 차치하고라도, 개인 유튜브의 성공을 바탕으로 올라온 농구선수 출신 하승진, 야구선수 출신 유희관 등 새로운 예능 유망주들이 각종 프로그램에서 활약하고 있다. 티빙에서 발 빠르게 이들을 한데 모아 〈야구대표자: 덕후들의 리그〉라는 토크쇼를 선보였을 정도이다. 이런 여타 스포츠 예능과 비교하더라도 〈최강야구〉와 〈골 때리는 그녀들〉은 독보적인 특별함을 가지고 있다.

〈최강야구〉_JTBC

이 두 프로그램이 유독 강력한 반응을 이끌어내는 것은 출연자 즉, 참가선수들의 '진정성'이 극대화된다는 데에 있다. '예능 말고 진짜'로 경기하고, 이를 위해 실제로 훈련을 받고, 그를 통해 현실 속 인물이 성장하는, 기존의 예능 서사를 초월하는 리얼리티가 시청자를 매료시키고 있는 것이다. 2024년에 새로 선보인 신규 예능에서도 이러한 경향을 이어가는 추세다. tvN의 〈무쇠소녀단〉은 철인 3종에 진심으로 도전하는 여배우 4인방의 땀과 눈물을 가감 없이 보여줘 호평을 얻었고, 〈나 혼자 산다〉에서 거부할 수 없는 순박함을 보여주는 기안84도 지난 11월 뉴욕 마라톤에 도전하며 뭉클한 감동을 선사했다. 넷플릭스에서는 〈최강야구〉의 장시원 PD가 〈최강럭비: 죽거나 승리하거나〉를 통해 비인기 종목의 투혼과 명승부를 공개해서 관심을 모았다. 땀 냄새가 물씬 풍기는 이런 스포츠 예능의 공통점은 출연진과 제작진 모두 프로그램의 진정성을 훼손시키지 않으려고 최선의 노력을 다한다는 것이고, 그 중심축에는 스포츠가 가진 '정정당당한 승부'라는 대원칙이 깊게 자리 잡고 있다.

이 시대의 착한 예능

좀 더 확장해보면 스포츠 예능이라는 리얼리티 장르뿐만 아니라, 지금 글로벌 OTT에서 각광받고 있는 대결 서바이벌 장르에서도 '공정한 승부'라는 키워드를 적용할 수 있다. 〈피지컬: 100〉의 경우에도 단순하게 몸뚱이 하나만 가지고 승부하는 포맷이 시청자를 사로잡았다. 몸을 써서 하는 대결에 꼼수가 들어가기는 어려운 법이다. MC 없이 장내 내레이션만으로 동일한 룰을 적용받고 조작할 수 없는 승부를 펼치는 참가자들을 보면서 시청자는 현실에서 느끼기 어려운 '공정함'을 대리만족했는지도 모른다. 〈흑백요리사〉도 비슷한 요소를 가지고 있다. 오직 맛으로 평가한다는 모토 아래 도입한 블라인드 심사는 〈흑백요리사〉가 가지고 있는 진정성을 증명하는 기폭제가 되었다. 이전 서바이벌 프로그램에서 흔히 사용했던 이른바 '악마의 편집'을 눈에 띄게 억제하고 빌런의 존재를 부각하지 않는 제작진의 '톤앤매너' 역시 시청자의 열렬한 지지를 이끌어냈다. 정정당당한 승부를 통해 대립보다는 상호존중을 발견하게 되는 '착한 예능'이라는 찬사를 통해 〈흑백요리사〉는 다른 요리 예능과는 확실히 차별화된 가치를 폭발적으로 전파하였다.

2024년을 관통하는 트렌드 중에 자극을 통해 쾌락을 관장하는 신경 전달 물질인 도파민과 관련된 이야기가 많았다. 그러나 2025년에는 유튜브나 OTT 등의 고자극 콘텐츠에 지친 시청자가 보다 평범하고 일상적인 느낌을 선호할 것이라는 전망이 나오고 있다. 예능의 스토리텔링 역시 좀 더 착한 방식으로 자신과의 싸움을 계속해 나가는 인간군상을 보여주는 방향으로 변화할 수 있을 것이다. 이 시대 예능의 '착함'은 과거에 회자됐던 공익적 캠페인의 외양에서 벗어나서 인물 캐릭터의 진정한 리얼리티가 시청자에게 주는 공감의 가치로 재탄생할 것이다.

4.

2025년 K예능
이렇게 흘러갈 것이다

예능은 1년 전부터 제작에 들어가는 경우가 많지 않기 때문에, 2025년
도 제작 예정의 예능은 넷플릭스 및 티빙에서 공식 발표한 라인업을 중심
으로 정리하였다.

2025년 공개 예정 예능 콘텐츠

프로그램명	플랫폼	출연	제작/연출	공개 예정
솔로지옥 4	넷플릭스	육준서, 장태오	시작컴퍼니/ 김재원	2025년 1월
대환장 기안장	넷플릭스	기안84, BTS진	스튜디오모닥/ 정효민	2025년 1분기
데블스 플랜 2	넷플릭스		테오/정종연	2025년 2분기

크라임씬 5	넷플릭스		스튜디오슬램/ 윤현준	2025년 3분기
흑백요리사 2	넷플릭스		스튜디오슬램/ 윤현준	2025년 4분기
대탈출 리부트	티빙		tvN	2025년 예정
환승연애 4	티빙		tvN	2025년 예정
야구대표자 2	티빙		Ootb/고동완	2025년 예정
명예의 전당	tvN	BTS진	tvN/유호진	2025년 초
언더커버	ENA		어빗/황지영	2025년 초
죽기 전에 프리토킹	JTBC	장혁, 엄기준, 성동일, 김광규	JTBC/정승일	2025년 초

넷플릭스 공개 예정작 중에 유일한 신규 기획 콘텐츠인 〈대환장 기안장〉은 〈나 혼자 산다〉와 〈태어난 김에 세계일주〉로 인기를 모은 만화가 기안84가 울릉도에 여관을 열면서 벌어지는 내용으로, 넷플릭스를 통해 유재석과 이광수 듀오의 〈코리아 넘버원〉, 신동엽과 성시경 듀오의 〈성+인물〉 시리즈 등을 만들었던 정효민 PD가 〈효리네 민박〉을 연출했던 노하우를 가지고 오랜만에 선보이는 관찰 예능이다. 스타급 MC들에 의존했던 전작들과 달리 상대적으로 일반인 느낌이 강한 기안84를 중심으로 풀어가는 예능이 과연 전작보다 더 효과적으로 글로벌 시청자에게 어필할 수 있을 것인지 귀추가 주목된다.

주요 예능 IP의 메인 연출자들이 타사 계열 스튜디오로 이적한 티빙은 자체 제작 역량을 활용해 이진주 PD가 떠난 〈환승연애〉와 정종연 PD가

떠난 〈대탈출〉의 새로운 시즌을 2025년에 방송할 예정이다. 또한, 2024년 KBO 프로야구 유무선 중계권을 확보하여 구독자 유입에 성공한 티빙은 야구 관련 콘텐츠로 인기를 얻은 〈야구대표자: 덕후들의 리그〉 역시 시즌2를 발표하며 그 기세를 이어가겠다는 계획이다. 〈1박 2일〉, 〈어쩌다 사장〉의 유호진 PD는 국내 여행 버라이어티인 〈명예의 전당〉을 기획하며 군 복무를 마친 BTS 진을 섭외한 것으로 알려졌다. 〈나 혼자 산다〉의 전성기를 이끌었던 황지영 PD는 유튜브에서 이름을 날리는 커버 가수들을 모아 경연을 펼치는 〈언더커버〉를 ENA를 통해 선보일 예정이다.

시즌제와 스핀오프의 크로스 플랫폼

공개 예정작을 바탕으로 2025년의 예능 트렌드를 전망하면, '시즌제와 스핀오프의 크로스 플랫폼' 경향이다. 2025년에도 안정적인 흥행 및 광고 판매를 위해 각 방송사 및 스튜디오 제작사가 시즌제와 스핀오프 전략을 활용할 텐데, 앞으로는 점점 처음 론칭한 플랫폼에 국한되기보다 TV에서 OTT로, 또는 자사 OTT에서 타사 OTT로 예능IP가 플랫폼을 넘나들 수도 있을 것으로 예측된다. 이러한 '크로스 플랫폼' 현상은 2025년 넷플릭스에서 공개 예정인 〈크라임씬 5〉에서 두드러진다. 시즌 3까지는 JTBC에서 방송됐던 〈크라임씬〉 시리즈가 7년 만인 2024년 초 플랫폼을 옮겨 CJ와 JTBC 합작 OTT인 티빙에서 〈크라임씬 리턴즈〉로 방송됐는데, 2025년에는 다시 플랫폼을 변경하여 타사 계열 OTT인 넷플릭스에서 공개되는 것이다.

스튜디오 제작 시스템의 활성화는 이러한 크로스 플랫폼 현상의 직접적인 원인으로 지목되고 있다. 한국 예능 제작사 중에 '스튜디오'라는 이름을 붙이는 것은 종전의 프로덕션 개념을 넘어 다양한 플랫폼을 자유롭게 공략하겠다는 일종의 의지가 담긴 표현으로 볼 수 있는데, JTBC 계열의 SLL 산하 레이블인 스튜디오 슬램 역시 앞으로는 티빙과 경쟁 관계인 넷플릭스에도 조건만 맞는다면 콘텐츠를 납품하겠다는 출사표를 던진 것으로 보인다. 이미 웨이브 지분을 보유한 지상파 3사에서도 넷플릭스, 디즈니 플러스, 티빙 등에 오리지널 예능 콘텐츠를 납품한 사례가 있다. MBC에서는 넷플릭스를 통해 〈먹보와 털보〉, 〈피지컬: 100〉을 제작했고, SBS에서도 〈런닝맨〉의 스핀오프 〈뛰는 놈 위에 노는 놈〉을 디즈니 플러스에서 제작 공개한 사례가 있다. 심지어 2023년에는 티빙에서도 MBC 웹 예능 제작진이 만든 〈만찢남〉이 오리지널 콘텐츠로 공개되었다. 이렇듯 앞으로 예능스튜디오 형태가 늘어나면 늘어날수록 플랫폼을 넘나드는 크로스 플랫폼 트렌드는 더욱 강화될 것으로 전망된다.

준셀럽(quasi-celebrity) 포맷의 증가

K예능의 글로벌 흥행 실적을 살펴보면, 연애, 서바이벌, 게임 등 장르적인 특성과 포맷이 확실한 예능 콘텐츠가 효과를 거둔 것을 확인할 수 있다. 국내에서 인지도가 높은 유명 MC와 스타가 끌고 가는 관찰, 토크 장르보다는, 문화적 할인 폭이 적은 연반인 또는 준셀럽(quasi-celebrity) 출연자들이 나와 서로 경쟁하는 포맷이 글로벌 시청자에게 어필했던 것

이다. 따라서 2025년에는 이러한 준셀럽 중심의 게임 서바이벌 예능을 OTT에서 더욱 선호하게 될 것이며, 독립 스튜디오, 케이블TV뿐만 아니라 지상파에서도 제작예산이 풍부한 OTT에 납품하는 것을 전제로 동종 포맷을 보다 활발하게 개발할 것으로 보인다.

문제는 이러한 장르적 성격이 강한 포맷이 그동안 지상파 방송사보다는 케이블 방송사에서 주로 방송됐다는 것이다. 당연히 시청 충성도가 높고 강력한 IP 역시 tvN과 JTBC 등이 보유하고 있으며 그 편중 현상이 심한 편이다. 넷플릭스 등 글로벌 OTT는 리스크를 줄이면서 퀄리티를 담보할 수 있는 게임 서바이벌 IP를 더 많이 확보하려 할 것이고, 필연적으로 크로스 플랫폼 현상을 또 한 번 가중시킬 수밖에 없을 것이다. 연반인, 준셀럽을 활용한 포맷을 자사 플랫폼에서 론칭시킨 후 성공할 시 글로벌 OTT에 판매하는 전략 역시 차차 늘어날 것으로 전망한다.

요리 예능의 르네상스

2024년도 최고의 화제작인 〈흑백요리사〉의 여파로 2025년에는 요리 예능의 재부흥기가 펼쳐질 것으로 예측된다. 이미 지난 11월 말에 방송을 시작한 ENA 〈백종원의 레미제라블〉은 백종원을 필두로 하여 〈흑백요리사〉로 인기를 얻은 임태훈(철가방 요리사), 윤남노(요리하는 돌아이) 셰프가 가세한다. 이 프로그램은 도전자들의 갱생을 위해 식당 창업을 지원한다는 콘셉트를 가지고 있으며, 멘토 셰프들의 구성에 있어 〈흑백요리사〉의 흥행 여파를 톡톡히 누릴 것으로 보인다. JTBC 역시 5년 만에 자사의 인기 프로그램 〈냉장고를 부탁해〉를 리부트한다는 발표를 하고 2024년 12월에 방송을 시작했는데, 기존 출연자인 이연복, 김풍을 비롯하여 에드워드리, 최강록, 이미영(급식대가) 등을 기용하여 〈흑백요리사〉의 후광을 노리는 모양새다. 이외에도 다양한 플랫폼을 통해 〈흑백요리사〉 출신의 셰프들이 예능에서 활약할 것으로 예측된다. 최근 몇 년 간 요리 예능에 있어서 백종원 쏠림 현상이 두드러졌던 것이 사실이기 때문에, 과연 2025년에는 포스트 백종원이 될 새로운 셰프 퍼스낼리티가 구축될 것인지, 아니면 여전히 백종원의 요리 예능 독식이 계속될 것인가가 관건이다.

2024년 예능 MVP:
<흑백요리사: 요리 계급 전쟁>

2024년도 예능의 MVP는 넷플릭스의 〈흑백요리사〉다. 〈흑백요리사〉의 성과는 더 강조할 필요가 없을 정도다. 넷플릭스의 비영어권 TV시리즈(드라마 포함) 글로벌 TOP10 순위에 6주 연속 머물렀고, 공개 2주 차에는 무려 28개국에서 TOP10 진입을 기록했다. 특히 전 세계 모든 비영어권 드라마를 제치고 3주 연속 글로벌 1위를 차지한 것은 이제껏 K예능이 거둬들인 최고의 성과라 할 수 있다. 국내에서의 성공도 선풍적이었다. 수치만 보더라도, 굿데이터코퍼레이션이 발표하는 펀덱스 국내 비드라마 화제성 지수에서 6주간 1위였고, 한국갤럽이 조사한 한국인이 가장 좋아하는 방송영상 순위에 두 달 연속 1위를 차지했다. 〈흑백요리사〉에 출연한 셰프들의 레스토랑 예매율이 폭발적으로 증가했다는 것 또한 널리 알려진 사실이다. 심지어 넷플릭스를 통해 〈흑백요리사〉를 보고 한국의 파인다이닝을 직접 방문하는 외국 관광객도 늘고 있다는 후문이다.

넷플릭스 제공

글로벌 시청자 맞춤 전략

〈흑백요리사〉의 글로벌 성공 요인은 두 가지로 분석할 수 있다. 첫째, 글로벌 플랫폼인 넷플릭스에 적합한 글로벌 시청자 맞춤 전략을 구사했다. '백종원의 쓰임새'를 바꾼 것이 그 전략 중 하나이다. 〈흑백요리사〉에서 백종원의 존재감은 최근 몇 년 동안의 TV 속 '백종원표 예능'보다는 다소 제한되어 있다. 2014년 〈한식대첩 시즌2〉의 심사위원으로 예능 프로그램에 처음 모습을 드러낸 백종원은 언젠가부터 그 출연 자체가 프로그램의 아이덴티티가 되는 현상을 보여주었다.

백종원 방송 출연 예능 대표작

프로그램명	플랫폼	방송기간
한식대첩 2, 3, 4	Olive	2014-2017
집밥 백선생	tvN	2015-2017
백종원의 3대 천왕	SBS	2015-2017
백종원의 푸드트럭	SBS	2017
백종원의 골목식당	SBS	2018-2021
스트리트 푸드 파이터	tvN	2018-2019
맛남의 광장	SBS	2019-2021
백파더: 요리를 멈추지 마	MBC	2020-2021
백스피릿	Netflix	2021
장사천재 백사장	tvN	2023-2024
백패커	tvN	2022-2024
흑백요리사: 요리 계급 전쟁	Netflix	2024-2025
백종원의 레미제라블	ENA	2024

〈흑백요리사〉 역시 2023년에 제작이 발표되었을 때는 가제가 〈백종원의 무명 요리사〉였다. 1년여의 기간 동안 〈백종원의 무명 요리사〉가 〈흑백요리사〉로 바뀌는 과정이 단순히 그 제목에 국한된 것이 아니라, 사실상 글로벌 플랫폼에 맞추려는 포맷 변화의 과정이었을 것으로 추측된다. 그도 그럴 것이, '백종원표' 예능은 〈흑백요리사〉로 넷플릭스에 첫선을 보인 게 아니다. 2021년에 공개한 〈백스피릿〉은 〈스트리트 푸드 파이터〉로

tvN에서 백종원과 호흡을 맞췄던 박희연 PD가 만든 전형적인 '백종원표' 예능이었다. 박재범 · 한지민 · 김희애 등 초특급 게스트를 초대해서 우리나라 전통주를 마시는 〈백스피릿〉의 국내 반응은 나쁘지 않았지만, 글로벌 순위에서는 존재감이 없었던 것이 사실이다. 글로벌 시장에 예능 콘텐츠를 내놓을 때 '문화적 할인'이라는 개념이 있는데, 자국에서 인기 있는 인물이나 코미디 요소가 다른 문화권에서는 그 힘을 발휘하지 못한다는 이론이다. 이러한 문화적 할인 현상 때문에 우리나라에서 아무리 티켓 파워가 있는 백종원이라고 해도, 외국의 시청자가 봤을 때는 그냥 누군지 모르는 한 명의 요리연구가일 뿐 매력적으로 받아들여지기 어려운 것이다. 〈흑백요리사〉의 제작진은 넷플릭스의 글로벌 플랫폼적인 성격을 염두에 두고 백종원 한 명에게 전적으로 의지하는 방식에서 탈피하는 전략을 구사한 것으로 보인다. 심사위원을 이미지가 대립되는 두 명으로 설정하면서, 백종원 1인 중심보다는 '미쉐린 스타 셰프' 안성재라는 새로운 인물의 캐릭터를 구축하였다. 자연스럽게 참가자들의 개인적인 스토리텔링도 분량이 늘어나면서 다채롭게 구성되었다. 스타 출연자 중심에서 벗어나는 대신 흑수저와 백수저로 명료하게 대비되는 대결(showdown) 요소를 촘촘히 배치한 것 또한 문화적 할인 폭을 줄이고 글로벌 시청자에게 자연스럽게 다가갈 기회가 되었다. 이러한 〈흑백요리사〉의 글로벌 타겟팅 전략은 앞으로 OTT에서 론칭할 다른 예능 콘텐츠들도 참고해볼 만하다고 생각한다.

반전의 쾌감

'코리안 트위스트(Korean Twist)'는 '한국식 반전'으로 해석할 수 있다. 5년간 전 세계에서 가장 많이 알려진 K예능은 우리나라에서는 방송 9주년을 넘긴 MBC 〈복면가왕〉이다. 영어 제목이 〈마스크드 싱어 Masked Singer〉인 〈복면가왕〉은 2019년부터 2022년까지 4년 연속 글로벌 포맷 판매 1위를 차지했다. 현지어로 된 로컬 버전이 제작되고 저작권을 소유한 방송사가 라이센스 수입을 받는 포맷 판매 방식으로 수출된 〈복면가왕〉은 2024년에도 약 27개국에서 인기리에 방송됐다. 2022년 〈복면가왕〉 CP를 맡았을 때, 새로운 K예능 포맷을 찾아 전 세계에서 온 바이어들과 대화하면서 배웠던 표현이 바로 '코리안 트위스트'였다. 〈복면가왕〉의 특징이 뭐라고 생각하느냐, K예능 포맷이 왜 인기가 있다고 생각하느냐는 질문에 미국에서 온 한 바이어는 한국 예능이 가지고 있는 특유의 비틈(twist), 반전이 있다고 대답했다. 〈복면가왕〉의 특징이 얼굴을 모르는 상태에서 목소리만으로 평가하기 위해 가면을 쓰는 것이지만, 그런 요소로 인해 발생하게 되는 코미디적인 분위기가 가장 독특하다는 것이다. 진지하게 노래하는 가창력에 놀라는 동시에 우스꽝스러운 가면을 보며 폭소할 수밖에 없는 아이러니, 그런 한국 예능 특유의 반전 요소가 다른 수많은 노래 경연 프로그램과의 차별 포인트를 준다는 설명이었다.

같은 관점으로 본다면, 〈흑백요리사〉에서도 '코리안 트위스트'를 발견할 수 있다. 〈흑백요리사〉에서 가장 재미있다는 반응을 얻은 장면 중 하나는 '블라인드 심사'였다. 어찌 보면 오직 미각에 집중하기 위해 시각을 제거한다는 측면에서 안대를 씌운 것이지만, 두 명의 엄격했던 심사위원이 검은 안대를 쓰고 입을 벌리는 장면은 그것 하나만으로도 웃음을 불러일으키는 효과를 가져왔다. 평가자라는 우월한 지위에 있었던 두 심사위원이 눈을 가린 무력한 모습으로 타인의 숟가락질에 의존하는 순간, 두 참가자만 가지고 있던 긴장감이 묘하게 심사위원들에게까지 전이되는 아이러니한 상황을 펼쳐진다. 심사위원 역시 입안으로 어떤 음식이 들어올지, 이 맛을 정확하게 평가할 수 있을지, 일종의 두려움을 느끼는 것처럼 보이면서 블라인드 심사의 묘한 쾌감은 최고조에 이른다. 백종원 팬덤에서 안대 짤만 모아 밈이나 쇼츠를 퍼트릴 정도로 이 블라인드 심사 장면은 상당한 인기를 누렸다.

80명 흑수저 요리사 중에 20명을 추려내는 1라운드에서도 비슷한 반전의 분위기를 찾아볼 수 있다. 1라운드는 복층 구조 세트에서 진행되었는데, 마치 '계급 전쟁'이라는 콘셉트를 강조하기라도 하는 듯 2층에서 백수저 요리사들이 1층 흑수저 요리사들의 서바이벌을 내려다보는 다소 자극적인 모양새였다. 그러나 실제 경연이 진행되면, 이런 구도가 대립 양상을 부추기기는커녕 오히려 2층에서 1층을 응원하고 격려하는 분위기로 흘러가는 것을 볼 수 있다. 스승 셰프는 제자 셰프가 요리를 잘 완성하는지 덩달아 긴장하고, 동종 계열의 요리사들은 남은 생존자 중에 중식 또는 일식 전문이 얼마나 되는지 관심을 가지고 지켜본다. 독특한 방식으로 요리를 완성해내는 흑수저 참가자의 결과를 기다리며 너나 할 것 없이 2층에서 숨죽여 바라보는 이런 광경들은 시청자에게 일종의 반전 쾌감을 선사하였다. 이러한 반전과 아이러니 요소들이 문화적 차이를 뛰어넘어 글로벌 시청자에게도 보다 쉽게 몰입하고 열광할 수 있는 단초를 제공했다.

기존 예능 공식을 비틀고 꼬아서 만드는 반전의 차별화는 한국 예능이 가진 고도의 창의성에서 비롯된다. 이런 창의성은 레드오션이 된 예능 제작시장의 무한경쟁에서 필연적으로 응집된다고 볼 수 있다. 전 세계 어느 나라와 비교해도 매주 방송되는 위클리 예능이 압도적으로 많은 우리나라에서 새로운 예능 콘텐츠가 도태되지 않고 살아남기 위해서는 '반 발자국 앞선' 아이디어를 찾아내서 익숙한 신선함을 주는 것이 유일한 방법이다. 한국의 예능이 야만적인 적자생존의 정글에서 자기를 잃어버리지 않고 반전의 창의성을 계속 견지해간다면, 우리는 조만간 또 다른 〈흑백요리사〉를 발견하는 쾌감을 맛볼 수 있을 것이다.

드라마 & 예능, 이런 일 저런 일

로맨스의 연애 감성

멜로 장르가 퇴조했다고 얘기하지만 실은 다 일반화되어 버린 것들이 아닐까 싶다. 다만, 어떤 특정 시기에 따라서 그것이 약간 두드러지게 보이는 점이 있는데, 2024년 〈선재 업고 튀어〉나 〈눈물의 여왕〉이 그랬다. 로맨스가 주춤하는 거 아니냐고 생각할 즈음에 그렇지 않은 결과들이 나온 것이다. 예능에서도 글로벌 OTT를 통해서 나갔던 콘텐츠 가운데, 연애 콘텐츠가 글로벌 순위에서 상위권에 링크가 된 현상의 공통점도 로맨스로 분석할 수 있다. 〈선재 업고 튀어〉를 처음에는 재미있게 보지 못했다. "나는 늙었구나, 이제는 젊은 감각을 내가 따라갈 수가 없다."라고 생각하면 포기했다가, 그러다가 다시 찬찬히 집중해서 보는데, 그사이에 회춘이라도 한 것처럼 재미를 느꼈다. 이 재미의 실체가 무엇인지 궁금하다. (윤석진)

예능으로 빗대어 재미에 관한 고민을 풀어보겠다. 오늘날 예능의 '무해한', '좋은 사람들'은 굉장히 중요한 개념이라고 생각한다. 연예 예능이나 관찰 예능이나 유튜브의 토크쇼들이나 이제 어떤 식의 포맷과 장르든 간에 예능 콘텐츠라면 그 안에 좋은 사람이 있다는 것을 알리고 보여주는 것이 가장 중요한 목표가 되었다. 플랫폼과 기술이 변하고 장르의 변천도 있었지만 2000년대 후반, 그러니까 2007년 〈무한도전〉으로 리얼 버라이어티 시대가 열린 이후로 예능은 굉장히 뚜렷하고 일관된 경향성을 갖고 진행되었다. 리얼 버라이어티 시대 이후 진정성을 쫓는 모험과 함께 도전을 지속했던 과정이 예능 콘텐츠의 변화로 이어졌다.

그리고 최근 타인의 사생활이 기획이자 콘텐츠가 되기에 이르렀다. 타인의 세계에 빠져들어서 "좋은 사람"을 얻고 싶은 심리의 반영이다. 가볍고 편하게 시청할 수 있는 예능을 통해, 좋은 사람을 계속 발견하고 싶어 한다. 좋은 이웃을 곁에 두고 싶어 하는 마음이다. 그 과정에서 예능 선수들이 밀려나고, 연기 외에 인간미를 보여줄 여백이 있는 배우들, 스타 셰프, 일반인들이 등장했다. 실제 삶을 기반으로 한 이 사람들을 보면서 친밀감, 안온함 등의 교감을 나눈다. 1인 가구가 증가하는 각박한 현실에서 친근하게 접근할 수 있는 예능 콘텐츠의 재미가 웃음을 넘어서 안온함과 위로의 정서로까지 확장한 것이다.

물리적으로 진짜 이웃은 아니더라도 방송으로 수더분하고 소박하고 친근한 누군가의 존재를 발견하고 만나는 것만으로도 위안이 된다. 연예인들이 유튜브와 SNS를 통해 생활인의 모습을 드러내면서 점점 더 친근하게 다가오는 이유, 유독 여행과 밥을 먹는 콘텐츠가 많은 이유, 나영석 사단의 예능이 반복되는 코드에도 매번 대박을 터트리는 이유가 여기에 있다. 그래서 예능이 어떤 소재와 장르로 유행할지 예측하기 쉽지 않지만, '좋은 사람'을 발견하고 소개하는 기조만큼은 계속되고, 더 강화될 것으로 확신한다.

진정성에 대한 집착이나 탐구, 진정성을 만들기 위해서 발전해가는 게릴라 버라이어티에서 관찰 예능으로, 그리고 다시 웹예능으로 넘어가고, 실시간으로 반응하는 오프라인의 콘텐츠로 변화할 것 같다. 이런 차원에서 개인들에 관한 관심들, 그리고 좋은 사람을 발견할 수 있다는 기대감 이런 정서적 코드들을 드라마와 연결해보자면, 기분 좋은 사람들이 모여 만드는 이야기는 하나의 핵심일 수 있다. 좋은 사람들이 만드는 커뮤니티, 설렘, 풋풋함이 가득한 청춘 로맨스 장르에 열광하게 된 정서적 배경 중 하나로 분석할 수 있을 것이다. (김교석, 대중문화평론가)

누구나 연애를 하거나 연애의 감정은 있다. 연예 예능 콘텐츠에는 여러 사람이 나오다 보니까, 특히 비연예인들이 나오다 보니까 그들의 연애 방식을 보면서 감정 이입을 하는 경향이 있다. "나 저런 남자를 만났었는데."라거나 "저런 행동은 진짜 상대한테 저런 불편함을 주는구나."라는 거를 간접적으로 경험하게 되면서 누군가한테는 뭔가 몰입하게 되고 어떤 연애를 응원하게 된다. "나도 나중에 저런 사람을 만나야겠다."라는, 첫인상이 아니라 저렇게 연애하는 사람을 만나야겠다는 식으로 뭔가 끊임없이 생각하게 하는 그런 효과가 있는 것 같다. (남지은, 한겨레신문기자)

넷플릭스 제공

글로벌 OTT 플랫폼에서 연애 콘텐츠가 좋은 성과를 내는 건 그런 측면이 있다. 우리나라의 연령대와 지역 등을 떠나, 그러니까 어떤 문화적인 색깔을 제거하고도 외국에서도 몰입할 수 있는 거로 보인다. 우리도 외국의 연애 예능을 보면 좀 이렇게 몰입이 잘 안 되지만 외국의 토크쇼나 코미디보다는 재밌게 볼 수 있다. 연애 예능은 리얼함, 초리얼함의 감정을 바탕으로 한다. 출연자에게 요구하기도 하고 연출자가 추구하기도 한다. 물론 그러다가 후폭풍을 맞기도 한다. 어떤 진정성, 리얼한 모습이 나왔다고 생각했는데, 아니라는 것을 알았을 때 진정성이 깨지면서 논란이 발생하기도 한다. 하지만 결혼이나 출산과 육아 등이 늦어지는 세태가 연애 예능의 효능감을 높인 것은 분명하다. (안수영)

어떻게 보면 가장 본능적인 감정의 문제인 것 같고 그것이 진정성을 담보할수록 훨씬 더 공감하게 된다고 정리할 수 있다. 〈눈물의 여왕〉이 2024년 상반기에 화제를 불러일으킬 수 있었던 것도 결국은 결혼 3년 만에 어떻게 그렇게 될 수가 있나 싶었지만, 사소한 오해에서 비롯한 갈등을 풀어가는 과정을 통해 사랑의 본질을 확인할 수 있었기 때문이다. 제작 과정에서 구설수가 있기는 했지만, 〈나는 솔로〉 같은 연애 예능도 인간의 원초적이고 본능적인 감정들을 보여주면서 주목을 받았다. 로맨스 드라마나 연애 예능을 통해 연애의 사회화 과정을 거치는 거로 정리할 수 있다. (윤석진)

코리안 트위스트(Korean Twist)의 반전

〈복면가왕〉에 관하여 해외 바이어가 '코리안 트위스트'라고 표현한 점은 드라마와 예능을 포함한 K컬처의 핵심 요소가 아닐까 싶다. 봉준호 감독의 영화 〈기생충〉에 대해서 프랑스의 어느 영화잡지에서 '뻑사리의 미학'이라고 표현했다. '코리안 트위스트'나 '뻑사리의 미학'은 어느 순간 미끄러지면서 상황을 뒤집는 반전이다. 반전은 아리스토텔레스가 시학에서 얘기했던, 발견과 인식을 통한 상황의 전복을 의미한다. 〈기생충〉과 〈복면가왕〉은 물론, 〈눈물의 여왕〉에서 반전이라고 하는 부분들은 너무 뻔하다고 생각할 수 있지만, 실은 알고 있어도 놀랄 만한 상황 전개였다. 〈선재 업고 튀어〉도 마찬가지였다. 이처럼 비틀어서 반전을 일으키는 설정을 드라마와 예능의 공통 요소로 정리할 수 있지 않을까 싶다. (윤석진)

〈눈물의 여왕〉도 어떻게 보면 뻔한 재벌 2세, 이혼 등의 클리셰가 있지만, 뚜껑을 열고 보면 막 시골에 가서 사는 그런 것들이라든지 약간 예측하지 못했던 그런 전개에 대한 웃음과 감동이 있다. 따라서 '코리안 트위스트'를 드라마와 예능의 공통 요소로 뽑을 수 있다. (안수영)

캐릭터들의 착한 대결

예능에서 나타나는 착한 대결 서바이벌의 어떤 경향이 드라마에서도 일부 나타나고 있다. 2024년 하반기 화제의 드라마 〈정년이〉는 원작 웹툰과 달리 전체 서사를 구성하고 캐릭터를 구축하는 방식이 특이하다. 〈대장금〉에서부터 시작됐던 사극에서의 성장과 성공서사라고 하는 것이 그대로 나오는데, 12회라는 물리적 분량 때문인지, 서사 전개 과정에 비어 있는 지점이 많은 편이다. 그러다 보니 모든 에피소드가 윤정년에 함몰되는 부작용이 나타났다. 다만, 윤정년과 허영서의 관계가 상당히 흥미롭다. 프로타고니스트와 안타고니스트의 적대적 대립 관계가 아니라 서로 경쟁하면서 연대의 가능성을 보여주기 때문이다. 다시 말해 윤정년과 허영서의 대결 구도는 예능에서 나타났던 착한 대결의 경향성과 일맥상통한다는 의미다. 이에 따라 2024년 드라마와 예능의 공통 요소로 '로맨스의 연애 감성', '코리안 트위스트의 반전', '캐릭터들의 착한 대결'로 정리한다. 2024년도 드라마와 예능의 경향이 2025년도에 어떻게 변화 또는 진화할지 귀추가 주목된다. (윤석진)

IV. 웹툰

김소원

강태진

서은영

임민혁

1.

망가 비켜,
이젠 웹툰이야!

　2024년 이슈를 이야기하기 위해 주목할 것은 '웹툰(webtoon)'이라는 용어 자체가 글로벌 만화 시장에서 자연스럽게 통용되고 있다는 점이다. 웹툰은 다양한 플랫폼을 통해 여러 국가에서 서비스되고 있으며, 과거 종이 출판을 중심으로 만화 시장이 형성되었던 시절과는 완전히 다른 형태로 발전하고 있다. 특히 여러 언어로 번역되어 다양한 성과를 거두고 있는 점이 특징이다. 그중에서도 일본 시장에서의 성과는 주목할 만하다. 카카오가 운영하는 '픽코마(ピッコマ)'와 네이버가 운영하는 '라인 망가(LINE マンガ)'는 일본을 대표하는 앱 망가 플랫폼이다. 이 두 회사는 일본 앱 매출 순위에서 항상 상위권에 자리하고 있다.

픽코마 로고 　　　　　　라인 망가 로고

　앱 시장에서는 주로 게임이 유료 결제를 통해 매출 상위권을 차지하고 있다. 새로 출시되는 게임에 따라 순위 변동이 있기는 하지만, 픽코마와 라인 망가는 항상 상위권에 포함되어 있다. 만화 앱만 놓고 보면, 1위는 픽코마, 2위는 라인 망가로, 두 회사가 1~2위를 차지하며 앱 매출 점유율에서 압도적인 성과를 오랫동안 유지하고 있다. 이처럼 두 플랫폼은 오랜 기간 앱 만화 시장에서 강력한 입지를 이어왔다. 이와 같은 상황에서 종종 "한국 웹툰이 일본 만화 시장을 제패했다."라거나, "웹툰이 망가를 위협하고 있다."라는 기사의 타이틀을 본 적이 있을 것이다. 점유율 측면에서 보면, 한국 웹툰 플랫폼의 성과는 대단하다고 평가할 수 있다. 그러나 일본은 기본적으로 종이 출판시장이 매우 중요한 나라이다.

　일본에서는 종이 잡지와 단행본이 꾸준히 판매되고 있다. 이는 출판 만화 시장이 여전히 굳건하다는 것을 보여주는 것이다. 그러나 최근 일본 만화 시장에서 주목할 점은 전자 단행본과 잡지, 즉 디지털 만화 시장의 성장이다. 일본 만화 시장은 1995년에 최전성기를 맞이했는데, 현재도 일본에서 가장 많이 팔리는 잡지인 『주간 소년점프(週刊 少年ジャンプ)』가

1995년 3 · 4호 합본호를 653만 부 발행할 정도였다. 합본호라는 다소 특수한 상황이기는 했지만 만화 잡지가 수백만 부 팔리는 것은 다른 국가에서는 볼 수 없는 이례적인 현상이다. 『주간 소년점프』는 2024년에도 평균 백만 부 이상 발행되고 있다. 일본 출판 만화 시장은 1990년대 중반 이후 점차 내림세를 보였으나, 전자잡지(디지털 잡지)와 전자 코믹스(디지털 단행본) 시장이 성장하면서 다시 반등하기 시작했다. 디지털 만화 시장의 규모가 종이 출판 시장 규모를 추월하며 새로운 성장 동력을 만들어내고 있다. 중요한 것은 만화 시장의 내림세를 멈추고 반등하게 한 원인은 전적으로 디지털 만화 때문이라는 것이다. 그리고 이러한 성장세의 일부인 앱 만화 시장에서 한국 기업의 존재는 절대적이다.

슈에이샤(集英社), 『주간 소년점프』, 1995년 3 · 4호

일본 만화 시장에서 2017년 처음으로 디지털 단행본 매출이 종이 단행본 매출을 추월했다. 일본 만화 시장은 여전히 세계 최대의 규모이지만,

일본 만화의 미래는 암울할 것으로 진단되기도 했는데 그 이유는 인구 구조의 변화에 있다. 일본의 전체 인구는 감소하고 있으며, 특히 만화의 주요 소비자인 어린이·청소년 인구가 크게 줄고 있기 때문이다. 단행본의 전체 판매량은 큰 폭으로 줄었지만, 출판되는 단행본의 종류는 과거보다 오히려 늘었다. 이는 단행본 한 권의 평균 판매량이 크게 줄었음을 보여준다. 이러한 상황 속에서 암울했던 일본 만화 시장은 디지털 만화 출판의 성장을 기반으로 다시 호황기를 맞이했다. 현재 과거 정점을 찍었을 때보다 더 높은 판매액을 기록하고 있는 것도 디지털 만화 시장의 성장 덕분이다. 물론 이 과정에서 픽코마와 라인 망가의 역할을 빼놓을 수 없다. 그러나 일본의 디지털 만화는 과거 출판 만화로 나온 작품을 디지털 만화로 서비스하거나 종이 잡지로 출간 중인 잡지의 디지털판을 함께 발행하는 등 출판 만화와 디지털 만화가 공존하는 형태이기에 웹툰이 만화 시장의 중심인 한국 상황과는 다르다.

일본만화시장 연도별 추이

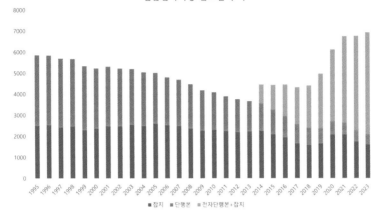

■잡지 ■단행본 ■전자단행본+잡지

일본만화시장 연도별 추이. 출처: 出版科学研究所

그리고 일본 만화 시장의 해외 만화 비율은 매우 낮다. 미국의 슈퍼히어로 코믹스도, 유럽의 예술 만화도 일본에 번역되어 출간되는 일 자체가 극히 드물다. 이런 상황에서 웹툰 플랫폼이 만화 앱 시장에서 입지를 굳혔다는 것은 큰 의미가 있다. 단언컨대 일본 만화의 역사에서 해외 만화가 현재처럼 높은 점유율을 기록한 시기는 없었다. 그렇다면 현재 상황을 만들어 낸 픽코마와 라인 망가가 어떠한 전략을 사용했고 두 플랫폼의 차이점이 무엇인지 궁금해진다. (김소원)

픽코마 vs 라인 망가, 일본 대첩

우리 회사는 망가와 웹툰 관련 데이터를 수집하고 분석하는 일을 하고 있으며, 약 2년째 매달 일본으로 출장을 가고 있다. 현재 일본 시장의 분위기는 마치 2013년 레진 코믹스(www.lezhin.com)가 처음 등장해 무료라는 인식이 강했던 웹툰이 유료로 전환하던 시기를 떠올리게 한다. 당시 웹툰 플랫폼이 우후죽순 생겨나면서 디지털 코믹스로의 전환이 이루어졌고, 경쟁도 매우 치열했다. 그러나 최근에는 플랫폼이 정리되면서 경쟁력 있는 플랫폼들만 살아남아 시장을 주도하고 있다. 2013~2015년 한국 웹툰 플랫폼이 치열하게 경쟁하던 상황이 최근 2~3년 사이의 일본 시장 분위기와 유사하다고 느껴진다.

디지털 코믹스 플랫폼은 일본에서 일반적으로 '전자 서점'이라고 불리는데, 최근 이런 전자 서점이 상당히 많이 생겨나고 있다. 일본 만화 업계에 있는 지인들에게 망가 앱을 보여달라고 하면 망가·웹툰 관련 앱이 두 페이지가 넘을 정도로 매우 많다. 하지만 이런 앱들이 모두 잘 되는지 물어보면, 잘 되는 곳도 있지만, 그렇지 않은 곳도 있다고 한다. 그중에서도 상위 20개 플랫폼 정도는 적자가 나지 않고 꽤 성공적으로 운영되고 있다고 들었다.

일본의 주요 망가 전자 서점
출처: 마이나비 뉴스 https://news.mynavi.jp/media/denshisyoseki-muryo/

라인 망가와 픽코마는 일본 시장에서 크게 유통면의 관점과 제작의 관점에서 살펴볼 수 있다. 한국과 달리 일본은 디지털 코믹스의 독점 유통 방식이 주류가 아니다. 그래서 작품이 나오면 3개월 선 독점 혹은 6개월 선 독점으로 제공한 후 비독점으로 전자 서점에 유통하면서 지속해서 매출을 창출하는 구조이다. 그러나 한국 기업의 플랫폼인 픽코마와 라인 망가는 웹툰을 일본에 가져가서 독점으로 유통하는 구조를 만들어내며 일본 기업의 플랫폼과 차별화할 수 있었다. 제작 측면에서는 일본의 다른 전자 서점들도 자체적으로 웹툰을 직접 유통하거나 연재하고 싶어 한다. 그렇지만, 라인 망가와 픽코마의 독점 정책으로 인해 한국 작품 대부분이 계약에 묶여 있다. 따라서 약 3년이나 5년 지나야만 그 작품을 전자 서점에서 유통을 할 수 있다. 그래서 이러한 부분에 상당히 큰 아쉬움을 느끼고 있으며, 일본 전자 서점들이 웹툰 제작에 좀 더 적극적으로 뛰어들거나 한국 스튜디오들과 새로운 작품 제작에 대해 협업하고자 하는 의향을 보인다.

일본을 매달 방문하면서 느낀 점도 있다. 약 2년 전만 해도 일본의 지하철에서 젊은 사람들이 웹툰을 많이 보지 않았다. 대신 흑백 만화를 아주 작은 글씨로 스마트폰으로 읽는 모습이 많았다. 하지만 최근 들어 웹툰을 보는 사람들이 점차 늘어나고 있다. 급격한 증가세는 아니지만, 꾸준히 증가하는 추세이며, 향후 20년 이내에 일본에서도 웹툰을 소비하는 독자 비율이 상당히 높아질 것으로 예상한다. 또한 픽코마와 라인 망가의 독점적인 유통 정책으로 인해 일본 업체들도 한국과의 협업에 적극적이며, 현재 공동 제작 프로젝트들도 많이 진행 중인 것으로 알고 있다. (강태진)

웹툰 나스닥에 입성하다

일본 시장에 이어 세계 만화 시장 규모에서 두 번째로 큰 시장은 북미다. 북미 만화 시장에서 최근 가장 주목받은 소식은 네이버 웹툰 엔터테인먼트가 나스닥에 상장한 일이다. 네이버 웹툰은 글로벌 플랫폼으로 성장하며 여러 국가에서 다양한 언어로 서비스되고 있다. 한국 웹툰을 소비하는 인구와 국가는 과거와 비교가 안 될 정도로 증가했고 북미에서는 나스닥 상장을 통해 입지를 더욱 강화하고 있다. 네이버 웹툰 엔터테인먼트의 나스닥 상장 배경과 북미 시장에서 한국 웹툰 플랫폼의 전략은 서로 다를 것이다. (김소원)

통상적으로 대한민국의 기업은 약 800만 개 정도로 추산된다. 이 중 상장 기업은 대략 4천 개이며, 미국에 상장한 회사는 약 30개 정도로 예상된다. 2024년 현재, 상장을 유지하고 있는 회사는 20개 미만이다. 대부분 대기업이지만 IT 회사들이 일부 포함되어 있다. 예를 들어, 게임회사인 그라비티, 이커머스 플랫폼 쿠팡, 그리고 웹툰 엔터테인먼트(네이버 웹툰 서비스 회사, 이하 웹툰 엔터)이다. 특히 주목할 점은, 미국에서 다른 기업들은 사업 범위가 상대적으로 제한적이지만, 웹툰 엔터는 미국 시장에서 본격적으로 사업을 전개하고 있다는 사실이다. 이는 투자 분야에서도 주목받고 있다.

웹툰 엔터의 주가가 상장 시점 대비 현저히 낮은 것은 사실이다. 그러나 이를 계기로 웹툰 산업이 제2의 도약을 맞이할 수 있을 것이라는 기대도 크다. 공교롭게도 동사가 상장한 날 미국 애너하임에서 웹툰에 대해 발표할 기회가 있었다. 당시에 가장 많이 받았던 질문은 "도대체 웹툰이 뭐길래 미국에서 상장할 정도인가요?"였다. 이러한 질문은 단순히 관심을 가진 개인들뿐만 아니라, 방송, 영화, 출판 관계자들 사이에서도 공통적으로 제기되었다.

당시 넷플릭스에서 비영어권 콘텐츠 중 가장 주목받는 것이 한국 콘텐츠이며, 2023년 넷플릭스에서 공개된 한국 드라마 작품 14편 중 절반인 7편이 웹툰을 기반으로 제작되었다고 설명했고 이런 설명에 매우 새롭다는 반응을 보였다. 미국에서는 '웹툰' 자체의 인지도가 생각보다 낮다는 것을 실감할 수 있었다. 이번 웹툰 엔터의 상장을 계기로 웹툰이라는 미디어 포맷에 대해 미국에서 관심을 불러일으키고 이를 통해 웹툰 업계가

다시 한번 도약하는 계기가 되기를 기대한다. (임민혁)

　개인적인 경험이지만, 한 가지 사례를 예로 들어 보자. 네이버 웹툰 작가 중 친분이 있는 분이 있는데, 그분과는 자주 술친구로 지내며 이런저런 이야기를 많이 나누는 사이이다. 그분은 현재 가족과 함께 미국 캘리포니아에 거주하고 있으며, 자녀들은 고등학생이다. K-POP이 과거 서브컬처로 여겨지던 시절부터 점차 대중적으로 알려지고, 지금의 주류 문화로 자리 잡아가는 과정에 대해 들었다. 웹툰이 미국에서 어느 정도 인지도를 얻었는지 궁금해 그 작가분께 여쭤봤다. 그분은 아직 미국의 일반 대중에게 웹툰이 널리 알려지지는 않았다고 했다. 그러나 서부 해안이나 동부 해안의 대도시에서 거주하는 10대와 20대들 사이에서는 꽤 많이 알려져 있다고 한다. 지난 12월 말, 네이버 웹툰에서 작가들에게 제공한 점퍼나 유명 작품의 스티커 굿즈를 그분이 딸들에게 별생각 없이 건넸다고 한다. 그런데 딸들이 학교에서 그 굿즈를 보여주자, 미국의 10대 친구들이 굉장히 좋아하며 "도대체 이걸 어디서 구했느냐?", "더 구할 수 없느냐?"라는 반응을 보였다고 한다. 이 사례를 통해, 웹툰도 과거 K-POP이 걸어온 길을 따라 조금씩 성장하고 있는 것이 아닐까 하는 생각이 들었다.

　미국에서 웹툰의 확산에 있어 네이버 웹툰의 역할이 크다고 본다. 특히 플랫폼 비즈니스로서 미국 시장에 진출한 점은 매우 특별한 의미가 있다. 한국의 모든 콘텐츠는 해외의 다른 플랫폼을 통해 수출되고 있다. 그러나 한국 국적의 콘텐츠 플랫폼이 100개국 이상에 진출해 한국 콘텐츠를 직접 수출하는 사례는 네이버 웹툰이 유일한 것으로 알고 있다. 웹툰이 앞

으로 주류 대중문화로 성장하기 시작한다면 더 흥미로운 일들이 벌어질 것이다. (강태진)

「WEBTOON」 시즌 2는 미국에서

북미 진출은 일본과 비교하면 이제 막 시작인 느낌인데 북미도 꽤 견고한 만화 시장을 가지고 있고 탄탄한 독자층이 있는 지역이다. 북미에서의 웹툰 시장 전망, 그리고 한국의 웹툰 플랫폼이 전략적으로 어떻게 해야 성공할 수 있을지 상당히 어려운 질문이겠지만, 묻지 않을 수 없다. (김소원)

산업의 전망에 관해 묻는 것은 그 산업에 속한 사람에게는 꽤 어려운 질문이다. 이유는 업계에 속한 만큼 외부의 전망과 무관하게 전망을 밝게 만드는 것이 우리의 역할이라고 생각하기 때문이다. 하지만, 외부의 시각으로 봐도 웹툰 업계는 희망적이라고 생각한다.

그 첫 번째는 유통처의 다변화이다. 일반 산업을 예로 들면, 소비자의 니즈로 산업이 성장하는 경우도 있지만, 반대로 백화점, 할인점, 카테고리 킬러, 회원형 할인점, 저가형 전문 매장 등 여러 가지 유통업체들이 다변화됨에 따라 각 수요층에 맞는 새로운 상품을 제공하면서 소비자의 선택 폭을 넓히고 산업을 확대하는 역할을 하는 사례도 종종 볼 수 있다. 미국 웹툰의 경우 그 시작은 타파스(2013년, tapas.io)와 네이버 웹툰(2014년, www.webtoons.com/en)이었다. 이후 중국계 웹툰 서비스 플랫폼이 일부 생겼고, 한동안 새로운 플랫폼이 많지 않았다. 그러다가 2023년에

빅테크 기업인 아마존과 애플이 일본에서 웹툰 플랫폼을 출시한 이후 미국 시장을 검토하고 있다는 소식이 있었다. 2024년에는 보이스미(Voyce. Me)라는 웹툰 플랫폼이 1천만 달러를 투자받으면서 웹툰이 다시금 주목받게 되었다. 이러한 추세가 산업의 동력이 될 수 있을 것으로 생각한다.

두 번째는 기존 산업 내부에서의 변화이다. 웹툰 전문 회사들이 영역 확장을 위해 노력했지만, 사실 규모의 측면에서 산업을 급격히 성장시키는 티핑포인트로 자리 잡은 사례는 많지 않았다. 하지만 최근에는 기존 미디어 산업 종사자들이 다시금 적극적으로 웹툰을 활용하려는 모습이 보인다. 출판계의 리더인 펭귄 랜덤하우스가 연초에 잉클로어(Inklore)라는 웹툰 전문 임프린트를 신설했고, 디씨(DC Comics)나 마블(Marvel Comics)을 포함한 기존 유명 IP 회사들이 웹툰 작품을 출시하려고 한다는 소식을 들었다. 이외에도 애니메이션 제작사인 크런치롤 역시 웹툰 확보를 위해 노력하고 있다고 한다. 우리도 이러한 추세에 주목하며 여러 업체와 접촉하고 있다.

마지막으로 주목하는 것은 작가들의 변화이다. 웹툰 플랫폼들이 초반에 가장 집중했던 것은 미국 내 작가 활성화였다. 대표적인 시도가 네이버 웹툰의 캔바스(한국의 '도전 만화')이고 네이버 웹툰 서비스에서 작가들이 직접 연재하는 경우가 늘어나고 있다. 출판과 다르게 정산 시스템을 통해 실시간으로 수익 추이를 확인할 수 있고, 매월 정산받을 수 있는 구조가 작가들에게 매력적이라고 한다. 기존 출판업계가 제공하는 정산 주기와 비교했을 때, 훨씬 투명하고 실시간으로 정보가 제공되는 정산 시스템 덕분에 작가들의 관심이 매우 높아지고 있다. 그리고 반대로 웹툰 작가들이 가장 많이 받는 스트레스는 주간 연재에 대한 부담이다. 출판 주기에 맞춰 작품을 제작하는 것에 익숙한 작가들에게 매주 에피소드를 기획하고 제작해서 납품해야 하는 과정은 큰 숙제이자 부담이다. 그럼에도 불구하고, 작품 흥행에 따른 안정적인 수익을 바탕으로 미국 내 작가층의 저변이 확대되고 있다. 예를 들어 〈로어 올림푸스〉라는 작품은 하비상, 아이스너상 등 미국의 주요 만화상을 수상하며 작품성을 인정받았다.

이러한 저변 확대는 유럽과 동남아에서도 이어지고 있다. 유럽의 경우, 네이버 웹툰 프랑스 서비스가 2019년에 출시된 것을 기점으로 수요가 확대되고 있으며, 작가층에서도 디즈니 애니메이션 스튜디오가 있었던 이탈리아를 중심으로 작화 경험이 풍부한 인재들이 웹툰으로 유입되는 경향이 나타나고 있다. 동남아 시장에서는 이미 네이버 웹툰이 태국어(2014년)와 인도네시아어(2015년) 서비스를 시작했고, 인도네시아의 경우 MAU(월간 활성 사용자 수)가 1천만 명에 달할 정도로 대중적인 관심이 높다. 또한, 한국 회사들이 현지 스튜디오를 설립하거나 인수하며 제작 경험을 풍부하게 쌓고 있다. 이러한 경험은 미국 웹툰 플랫폼에 직접 작품을 제공하는 사례로 이어지면서 작품 수준도 매우 높아지고 있다. 작가층의 확대는 각 지역의 특색을 반영한 수준 높은 작품 출시를 가능하게 하며, 이를 바탕으로 웹툰 산업의 저변 확대와 다양한 양질의 작품 공급과 수요 증가를 기대하게 한다. (임민혁)

네이버 웹툰은 2014년부터 팬 번역 서비스를 운영하고 있다. 이는 팬들이 불법으로 번역해 유통하는 것을 방지하고, 공식 팬 번역가와 번역팀을 섭외해 그들에게 동기부여와 명예를 제공하기 위한 프로그램이다. 현재 10개의 공식 언어 서비스 외에도 다양한 언어로 팬 번역 형태의 서비스를 제공하고 있다. 특히 상위권 작품의 경우, 공식 언어 10개 외에도 약 30개의 다른 언어로 번역되어 전 세계 독자들이 매주 감상할 수 있다. 네이버 웹툰은 이러한 팬 번역 전략을 약 10년 이상 이어오고 있다. 글로벌 침투력이라는 측면에서 봤을 때 웹툰은 미국의 그래픽 노블보다 한발 먼저 전 세계에 퍼졌고 큰 영향력을 발휘하고 있다. 이는 글로벌 게임사나 카카오톡의 초기 전략과도 유사한 면이 있다. 따라서 먼저 독자층을 전 세계적으로 확보한 후, 해당 시장에서 수익을 창출하는 형태로 전환해 나갈 것으로 보인다.

네이버 웹툰 팬 번역 서비스

그리고 현재 네이버 웹툰의 가장 큰 고민은 수익성을 어떻게 더 높일 것인가 하는 부분이다. 앞으로는 점진적으로 유료화 모델을 강화하는 방향으로 나아갈 가능성이 크다. 특히 글로벌 독자들의 반감을 줄이면서도 수익성을 높일 수 있는 전략으로, 1차 콘텐츠 유료 소비와 2차 저작물 확산 같은 방식이 주요하게 작용할 것으로 예상된다.

세계 만화 시장 전체를 놓고 보면, 여전히 망가를 중심으로 한 흑백 만화가 주류이다. 그러나 진화의 관점에서 보자면, 사람의 눈은 컬러에 더욱 특화되어 있다. 과거 흑백 TV를 보던 시청자들이 컬러 TV를 경험한 이후 다시 흑백 TV로 돌아가지 않았던 것처럼, 만화에서도 비슷한 현상이 나타나고 있다. 이런 점에서 컬러 만화, 즉 웹툰이 향후 세계 시장의 주류가 될 가능성이 크다. 결론을 말하면, 한국 웹툰이 전 세계 시장에서 주류가 될 것으로 예상한다. 단기적으로는 어려움이 있을 수 있지만, 중장기적으로 보면 네이버 웹툰을 비롯한 다양한 한국 웹툰 플랫폼이 시장 점유율을 계속 높여가면서, 디지털 코믹스 시장의 메이저 플레이어가 되지 않을까 생각한다. (강태진)

슈퍼히어로와 싸워서 이기는 법

미국에서 가장 대표적인 만화 장르는 슈퍼히어로 코믹스다. 슈퍼맨이 처음 등장한 해는 1938년으로, 슈퍼맨이라는 캐릭터는 거의 90년 가까운 역사를 가지고 있다. 놀라운 점은 이 캐릭터가 지금까지도 계속 변화하며 새로운 모습으로 등장하고 있다는 것이다. 대부분의 슈퍼히어로 캐릭터 저작권을 출판사가 가지고 있는 독특한 구조 때문이다. DC와 마블로 대표되는 미국의 슈퍼히어로 코믹스는 전체 만화 시장의 70~80%를 점유하고 있다. 이로 인해 미국 만화 시장은 매우 안정적이지만, 반대로 말하면 특정 출판사와 장르에 상당히 쏠려 있는 구조이다. 이러한 상황 속에서 한국 웹툰이 거대한 슈퍼히어로들과 경쟁에서 승리하기 위해서는 웹툰만의 매력을 살려야 한다. (김소원)

강풀, 〈순정만화〉 　　　　　 양영순, 〈덴마〉

　우선 웹툰이 본격적으로 글로벌 시장에 뛰어든 지 10년 정도 됐지만 이제 시작이다. 그러니까 지금이야말로 네이버가 승기를 잡느냐의 주도권 싸움이 본격화되었다. 따라서 이 시점에서 웹툰의 장점을 어떻게 구현할 것인가가 관건이다. 그렇다면 기존 로컬시장에서 오랜 전통을 가지고 소비되었던 장르와 경합할 수밖에 없는데, 곧 북미 시장은 로맨스나 마블의 슈퍼히어로물과의 경쟁이다.

　일단 슈퍼히어로와 웹툰을 단순 비교하는 것은 무리가 있지만, 매체적

입장에서 보아도 디지털 환경에서 즐기기 쉽고 편의적인 것이 바로 웹툰이다. 네이버 시리즈에서 마블의 슈퍼히어로를 다운 받아 보면 그 차이를 확연히 알 수 있다. 디지털 디바이스 환경에서는 마블 코믹스의 글밥 자체가 많기 때문에 가독성이 확 떨어진다. 2003년에 나왔던 강풀의 〈순정만화〉나 2004년의 양영순의 〈덴마〉 같은 경우도 마찬가지다. 이 웹툰들은 PC 기반이기 때문에 오늘날 스마트폰 기반의 웹툰에 비해 글밥이 상당히 많은 것을 알 수 있다. 디지털 환경에서 구현된 웹툰은 지난 20년 동안 세로 스크롤과 적당량의 글밥, 디바이스 환경에 맞게 구현된 연출 등 많은 노하우를 축적해 왔다. 따라서 출판 기반의 마블 코믹스와는 차별화된 색다른 재미와 새로운 콘텐츠를 제공한다는 점이 다르다. 이것은 역으로 말하면 마블이 앞으로 디지털 환경에 맞는 매체적 미학을 어떻게 새롭게 구현할 것인가도 주목할 필요가 있다.

다음으로 웹툰은 소재와 캐릭터가 훨씬 다양하다는 점이 강점이다. 오리지널 웹툰과 노블코믹스의 해시태그만 봐도 세분되어있고, 해시태그의 조합으로 이야기가 무한 증식되는 세계이기 때문에 그만큼 많은 유저가 유입될 가능성도 크다. 한편 장르적으로 북미 슈퍼히어로물과 비교할 수 있는 웹툰의 장르물로는 일종의 '먼치킨'이나 '힘숨찐(힘을 숨기는 찐따)' 같은 작품들을 들 수 있다. 이런 작품들은 주인공 자체가 '평범함 속에 숨겨진 비범함'이라는 특징을 지닌다. '힘숨찐'이나 '먼치킨' 모두 일상성 속에서 나오기 때문에 나름 개연성을 확보하면서 등장한. 그래서 오늘날 독자가 가지고 있는 욕망과 좀 더 밀착되어 있다는 점이 매력적이라고 할 수 있다. 특히 이런 작품들은 사건 중심 위주라 내용 파악이 쉽고 맥락화하지 않아도 되기 때문에 언제 다시 읽어도 금세 파악이 가능하다. 따라서 가볍게 읽고 언제 어디서나 즐길 수 있다는 편의성을 지닌다. 일명 '사이다 서사'라고 말하는 빠른 전개와 연출은 몰입도를 높이고 통쾌함을 준다는 점에서도 매력적이다. (서은영)

'파리지엥'도 '웹툰'을 본다고?

만화 시장 규모를 보면 일본이 압도적으로 크고 다음은 북미 시장이다. 그리고 프랑스를 중심으로 한 유럽 시장도 출판 만화 시장이 안정적으로 형성된 지역이다. 웹툰은 물론 아시아 국가들에도 진출해있다. 이들 지역의 웹툰 상황은 어떨까. (김소원)

유럽 시장을 한마디로 정의하자면 "매우 어렵다."라고 할 수 있다. 미국은 단일 언어로 넓은 지역을 포괄하는 반면, 유럽은 언어와 문화가 제각각인 수많은 나라로 구성되어 있다. 이러한 특성으로 인해, 유럽 진출 전략은 지역별 맞춤 접근이 필수적이다.

프랑스에서는 2017년 델리툰(www.delitoon.com)을 시작으로 네이버 웹툰, 태피툰(www.tappytoon.com) 등 한국계 웹툰 서비스가 진출했다. 이후에는 현지 출판사 주도로 웹툰 팩토리(www.webtoonfactory.com)나 오노(www.ono.live) 같은 플랫폼이 등장했다. 개인적으로 현지 플랫폼 사례를 긍정적으로 본다. 2019년 투자 유치를 위해 현지 출판사를 만났을 당시, "웹툰으로 얼마나 벌겠냐?"라는 식의 반응이 많아, 유럽에서는 현지 플랫폼이 나오기까지 시간이 걸릴 것으로 생각했기 때문이다. 이는 코로나 시기를 거치며 웹툰의 잠재력을 이해하는 흐름이 생기고 현지에서의 관심이 높아진 것으로 해석된다.

현재 독일어 웹툰 서비스도 운영되고 있고, 이탈리아에서는 웹소설 서비스가 막 시작되는 상황이다. 그러나 유럽 시장의 잠재력이 검증된 것은 아니다. 진출했다가 빠르게 철수한 사례도 있는 만큼, 유럽은 아직 미국 시장과 비교하면 초기 단계라고 볼 수 있다.

원작 추공, 웹툰 장성락, 〈나 혼자만 레벨업〉

반면, 출판시장에서 웹툰 작품에 대한 매력도는 매우 높다. 예를 들어, 국가별로 당월 출간 1위를 기록한 사례도 다수 있으며, 대표적으로 〈나 혼자만 레벨업〉이 있다. 최근 비즈 마켓을 통해 만난 프랑스 출판사 관계자도 비록 프랑스 현지에서 서비스는 아직이지만, 한국에서 서비스되고 있는 작품에 대해 적극적으로 출판논의를 한 사례도 있다. 현재도 좋은 작품만 있다면 현지에서 출판을 희망하는 출판사들은 충분히 있다. 출판을 통해 웹툰의 성공사례가 축적된다면, 유럽에서도 웹툰의 매력이 부각되고 성장의 가능성은 더욱 커질 것이다. 이는 웹툰이 디지털 콘텐츠를 넘어 출판시장에서도 강력한 영향력을 발휘할 수 있음을 시사한다. (임민혁)

간단하게 설명하면, 픽코마와 네이버는 약간 다른 스탠스로 출발했다. 네이버는 퍼스트 무버(First Mover)로 디지털 코믹스 문화를 형성하면서 사업을 영위했다. 반면, 픽코마는 빨리 따라잡는, 패스트 팔로어(Fast Follower) 입장에서 여러 회사를 인수·합병하거나 수익에 최대한 초점을 맞춘 비즈니스를 전개했다. 유럽은 아직 디지털 시장이 만개하지 않았기 때문에 시간이 조금 더 걸릴 것으로 생각한다. 개인적으로는 픽코마의 유럽 시장 철수나 카카오엔터테인먼트의 인도네시아, 대만 시장 철수 결정이 현재로서는 맞는 결정이라고 생각한다.

해당 시장들은 계속 적자를 보고 있는 상황이다. 인구가 많다는 것만으로는 한계가 있다. 인구가 2억 7천만이 넘는 인도네시아 시장에서도 사실 수익을 내는 것이 쉽지 않은 상황이다. 중요한 것은 1인당 명목 GDP이다. 1인당 명목 GDP가 인도네시아의 경우 5천 달러 수준이다. 한국으로 보면 연 소득이 650만 원 정도 되는 분들이 웹툰 소비에 많은 돈을 쓰기는 어렵다.

동남아나 유럽 시장은 앞으로 시간이 좀 더 많이 걸릴 것으로 생각한다. 그러나 네이버 웹툰은 아마 버틸 것이다. 실질적으로 모든 시장에 다 투자하면서 힘을 빼기보다는 매출이 크게 나오는 시장에 좀 더 집중할 것으로 보이는데 지극히 합리적인 선택이라고 생각한다. 선진국 시장, 그리고 만화 시장이 큰 국가에서 플랫폼 비즈니스가 활발하게 전개되고 있다. 그런 국가들을 중심으로 향후 다른 국가들로 조금씩 확장해 나아가는 전략을 취하는 게 옳은 것으로 생각한다. (강태진)

2

안 보는 사람은 있어도 한 번만 보는 사람은 없는, BL(Boys' Love)

BL(Boys' Love)은 남성 간의 동성애를 다루는 장르로, 한 번 빠지면 헤어 나올 수 없는 매력을 지니고 있다. BL에서 공(攻)은 성행위 시 삽입을, 수(受)는 반대의 역할을 한다는 독특한 설정이 있다. 공수는 이성애 로맨스의 남녀 설정과 다르고 단순히 이분법으로 나눌 수 없다. 최근 이 장르는 국내외에서 큰 인기를 얻고 있으며, 다양한 플랫폼을 통해 소비되고 있다. 국내에서는 웹툰과 웹소설을 중심으로 BL 콘텐츠가 활발하게 제작·소비되고 있다. 특히 웹툰 산업에서 BL 장르는 팬덤 문화와 결합하여 고유한 생태계를 형성하고 있다. 2024년에야 BL을 다루는 것은 오히려 늦은 감이 있지만, BL 장르가 과거와 다르게 다양한 방법으로 소비되고 있으며 해외 웹툰 플랫폼에서는 주요 장르라고 해도 될 정도도 상당히 인기가 높다.

BL 웹소설 〈시맨틱 에러〉가 리디북스(ridibooks.com)에서 연재되면서 큰 인기를 얻었고 이후 웹툰과 애니메이션, 드라마로 제작되는 등 BL 미디어믹스도 활발해졌다. 드라마 〈시맨틱 에러〉는 OTT 플랫폼 왓챠(watcha.com)에서 7주 연속 시청 순위 1위를 하기도 했다. 최근에 흥미로운 일도 있었다. 매년 수만 명이 참가하며 '대박'을 낸 '서울국제도서전'에 BL 웹툰이 소개되었다. 대한출판문화협회가 매년 '한국에서 가장 좋은 책'을 선정해 서울국제도서전에서 특별 기획전시를 하는데 웹툰을 포함한 만화 부문에서 BL 작품인 〈원룸 조교님〉이 선정된 것이다. BL이 재미있는 만화로 선정될 수는 있겠지만, 국제도서전에서 '좋은 책'으로 선정된 것은 상당히 이례적이다. 이는 BL의 인기를 증명하는 것이지만, 무엇보다 BL이라는 오묘한 장르에 대한 인식의 변화를 엿볼 수 있는 사건이다. (김소원)

저수리, 〈시맨틱 에러〉 　 원작 저수리, 웹툰 엔지, 〈시맨틱 에러〉 　 지붕, 〈원룸 조교님〉

몇 년 전까지만 해도 동아시아를 중심으로 로맨스 판타지가 인기 있었지만, 현재는 북미를 비롯해 서유럽 등에서도 로맨스 판타지를 비롯해 BL까지 전반적으로 상위에 랭크된 작품이 많다. 한국 BL 인기에 관한 단적인 사례로 서양인들이 갓을 쓰고 상투를 틀고 코스프레를 한다는 이야기는 이미 BL 소비자들 사이에서도 유명하다. 이처럼 서양인들이 〈야화첩〉의 윤승우를 코스프레를 한다는 것은 BL 산업에서 큰 변화라 할 만하다. BL은 전통적으로 일본과 한국의 여자 오타쿠 혹은 동인녀와 같은 이들이 즐기는 소수의 문화였다고 알려져 있다. 그런데 그 BL이 동아시아를 넘어서 점점 전 세계적으로 확산하고 있다. 특히 일본 BL이 아니라 한국 BL이 실제로 소비되고 팬덤을 이루고 있는 현상은 새로운 한류를 형성하고 있다고 해도 과언이 아니다. (서은영)

BL 작품인 〈야화첩〉에 관한 이야기가 나왔다. 이 웹툰은 레진 코믹스에서 연재된 웹툰으로, 레진 코믹스는 한국 최초로 유료 모델을 도입하며 유료 웹툰 시장을 적극적으로 개척한 플랫폼이다. 〈야화첩〉은 연재를 시작한 해부터 2023년까지 5년 연속 조회 수 1위를 기록하며 큰 인기를 얻었다. 레진 코믹스를 대표하는 인기작이라고 할 수 있다. BL 팬덤의 특징이기도 한데, 〈야화첩〉의 팬들은 충성도가 높다. 이 작품은 한국뿐 아니라 일본, 대만 등 여러 나라의 플랫폼에 연재되기도 했고 출판 만화로 출간되기도 했다. 특히 대만에서는 여러 특전이 포함된 고급 사양으로 발매되었는데, 높은 가격에도 불구하고 한국 팬들이 이를 해외 직구로 구매하며 역수입해서 소비하고 있다. 대만 출판물의 성 표현에 대한 규제가 한국보다 너그럽고 성인 만화에 이른바 '모자이크'가 없는 것도 한가지 이유일 것이다. 같은 콘텐츠임에도 불구하고 팬들은 외국어로 된 버전을 추가로 구매한다. 이처럼 BL 팬덤의 충성도는 매우 독특하고 팬들의 결속력도 강하다.

BL은 여러 장르 중에서도 음지에서 머물렀던 기간이 길다. 동인지로 소비되던 BL 장르가 상업의 영역으로 나온 것은, 2010년대 중반 E-Book 플랫폼을 통해서이다. 동인지로 나왔던 소설이 E-Book으로 정식 발매된 것도 BL 애호가들에게는 신선한 충격이었다. BL이 인기가 있다는 것은 알겠지만, 과연 어느 정도로 소비되고 있는가에 관해서는 정확하게 알려진 바가 없다. 연구자들이 공통적으로 고민하는 부분은 BL의 플랫폼 수익 기여도와 그 비율에 관한 것이다. 플랫폼에서 〈야화첩〉을 비롯한 인기 BL 작품이 적지 않은 수익을 창출한다고 알려졌지만, 정확히 어느 정도 기여하고 있는가에 대한 데이터는 부족하다. (김소원)

변덕, 〈야화첩〉 대만판

형도 읽어? 응, 나도

BL의 가장 큰 매력은 수익화 달성 가능성이 크다는 점이다. 제작사 입장에서는 스토리를 기획하고 작품을 준비해 출시하기까지 일반 장르에 비해 상대적으로 단기간에 가능하다. 또한, 작품별로 투입되는 인원도 다른 장르에 비해 많지 않아 제작 관점에서 제작비를 상대적으로 경쟁력 있게 책정할 수 있다.

이에 비해 BL의 팬덤은, 적어도 웹툰 업계 내에서는 가장 강력한 축에 속한다. 독자의 기대를 저버리지 않는다면 충분히 손익분기점을 넘는 사례가 다수 존재한다. 이 때문에 신규 제작사들은 BL로 수익을 확보한 뒤 다른 장르로 확대하는 전략을 자주 사용한다. 플랫폼 입장에서도 이러한 팬덤은 매우 매력적이다. 재직 중이던 회사에서 신규 언어 플랫폼을 출시했는데, 초기부터 결제율이 꽤 높았던 사례가 있었다. 데이터를 분석해보니 해당 독자는 신규 언어를 사용하는 사람이었음에도 같은 작품을 한국어, 영어 등 기존에 서비스되던 언어로도 결제하고 있었다. 이런 독자들이 다수 존재했으며, 일부는 언어별 번역을 비교하며 신규 언어의 번역에 대해 개선 의견을 주기도 했다. 이후 DM 등을 통해 해당 독자와 소통한 결과, 작품과 그 작가님에 대한 각별한 애정을 가지고 있음을 확인할 수 있었다. 또 다른 사례로는 특정 작품의 신규 언어 출시 이후 독자들이 자체적으로 영상을 제작해 전광판 광고를 실행한 일이 있었다. 이 독자는 전광판 광고를 동영상으로 제작해 SNS에 게시했으며, 이를 본 작가가 감동을 받은 사례도 있었다. 이러한 팬덤을 바탕으로 BL 장르는 굿즈 영역에서도 큰 영향력을 발휘하고 있다. 최근 다양한 작품들이 팝업 스토어를 전개하고 있는데, 업계에서는 성공 확률이 가장 높은 팝업 장르로 BL을 꼽는다. 이 때문에 제작사나 유통사들은 장르를 BL로 정한 상태에서 작품을 발굴하는 경우가 많다.

매출 관점에서도 BL 장르는 큰 잠재력을 보여준다. 예를 들어, 탑툰(toptoon.com)과 투믹스(www.toomics.com) 등 남성향 19금 중심 플랫폼의 매출은 약 1,200억 원으로 집계되었다. 반면, 레진 코믹스, 봄툰(www.bomtoon.com), 리디 북스 등 BL 또는 여성향 성인 작품을 제공하는 플랫폼의 매출 합은 약 1,500억 원으로 이를 상회한다. 이미 시장 차원에서 여성향 성인 콘텐츠의 매출이 높은 것을 확인할 수 있다.

사용자 비중을 살펴보면, BL 기준으로 여성 비중이 100%는 아니었다. 확인한 결과 남성 20%, 여성 80% 정도로 나타났다. 실무자들 사이에서는 농담처럼 부모님 계정을 사용해 결제하다 보니 남성 비중이 높아졌다는 해석이 있었다. 어머니보다는 아버지가 계정 관리를 덜하기 때문에 손쉽게 계정을 이용했을 것이라는 의견도 있었다. 성인용 서비스의 경우 매출을 쉽게 확보하기 위해 성인 인증의 난이도를 낮춘 것도 이러한 해석의 근거로 제시되었다.

요약하자면, BL의 매력은 낮은 제작비, 강력한 팬덤, 그리고 수익원 확장 가능성에 있다. BL은 플랫폼과 제작사 모두에게 안정적인 수익원을 제공하며, 웹툰 업계에서 중요한 역할을 하고 있다. (임민혁)

포르노그래피와 로맨스 사이

BL 소비자 중 남성 독자의 비율에 대해서는 일본의 선행 연구에서도 약 10%로 추산한다. 그러나 일본은 출판 만화로 소비되는 양도 많다. 도서의 판매 데이터를 기반으로 독자의 성별과 연령대를 정확히 구분하는 것은 어렵다. 반면, 웹툰 플랫폼에서는 로그인 기록을 통해 어떤 독자가 어떤 콘텐츠를 소비하는지 더 정확하고 세밀하게 파악할 수 있다. 이러한 데이터를 기반으로 한 수치는 BL 연구에서도 매우 중요한 의미가 있다.

그렇다면 여성 독자들이 BL을 소비하는 이유는 무엇일까? BL 장르에 대한 가장 큰 미스터리이고 연구자들에게는 규명해야 할 과제이다. 독자들조차 스스로 왜 이 장르를 보고 있는지 의문을 가질 때가 있다. 이에 대해 몇 가지 의견이 존재한다. 첫 번째로, BL을 19금 여성향 포르노그래피로 소비한다는 의견이 있다. 두 번째로는, 남성 중심의 기존 로맨스에서 재미를 느끼지 못한 독자들이 남성과 남성 사이의 로맨스를 통해 새로운 즐거움을 찾는다는 주장이다. 기존의 로맨스, 즉 남성과 여성의 로맨스에서 흔히 보이는 클리셰나 익숙한 요소들이 BL에서는 존재하지 않거나 색다르게 표현되기 때문에 흥미를 느낀다는 것이다. 이러한 차이점이 BL을 소비하는 주요 이유 중 하나로 지목된다. 하지만 선행 연구에서 제시된 주장에 대해 100% 동의하기는 어렵다. 일부는 동의하지만, BL 소비의 이유를 단순히 선행 연구 결과의 관점으로만 설명하는 것은 한계가 있다는 생각이다. (김소원)

'아빠폰'으로 추정되는 독자의 일부는 실제 남성 독자일 확률도 배제할 수 없다. 남성 독자 20% 중에는 게이 남성도 있을 것이다. 특히 요즘 게이 남성들이 BL을 읽는다는 것도 특징적이기 때문이다. 게이 남성들 사이에는 BL에 대한 거부도 있지만 자신들의 성적 취향과 독서 취향이 잘 부합되는 BL을 적극적으로 수용하며 읽는 분들도 있기 때문이다. 이는 상당히 흥미로운 부분이다.

여성들이 BL을 왜 읽는가에 대해서는 많은 주장이 있다. 개인적으로는 연구자로서 BL을 의무적으로 읽다가 BL에 늦게 입덕(덕질을 시작하는 것, 즉 팬이 되는 것)한 독자로서 그 부분이 시종 궁금했다. 그래서 BL을 왜 보는지, 언제부터 읽었는지를 만나는 BL 소비자들, 주로 대학생들에게 자주 물어본다. 그럴 때마다 학생들의 답변이 거의 비슷하다. 대부분은 중·고 시절에 입덕해서 대학까지 쭉 읽고 있다는 답변이 많다. 그리고 그들의 답변이 아이돌 소비와 유사한 측면이 있다.

이것은 개인적인 경험으로부터 이야기할 수 있을 것 같다. 개인적으로 BTS를 좋아한다. 그런 필자한테 제일 곤란한 질문은 사람들이 최애(最愛)가 누구냐고 물었을 때다. 단 한 명의 최애를 골라 답변하기가 상당히 곤란하다. 왜냐하면 〈달려라 방탄〉(2015년 8월 1일부터 공식 유튜브 채널에서 공개하고 있는 방탄소년단 자체 콘텐츠)을 보면서 어느 순간에는 RM이 좋았다가, 어느 순간에는 뷔가 좋았다가 또 어느 순간에는 그런 뷔를 달래주고 있는 지민이 좋은 식으로 이렇게 최애가 왔다 갔다 하는 자신을 발견하기 때문이다. 또 그것을 즐기고 있는 나 자신을 발견하게 된다. 이런 개인적인 경험이 BL 소비자들의 경험과 상당 부분 일치한다.

학생들한테 BL을 왜 읽느냐고 질문했을 때 가장 많이 나오는 첫 번째 대답이 바로 "잘생긴 남자 옆에 또 다른 잘생긴 남자"다. 이 대답을 처음에 들었을 때, 잘생긴 남자가 여러 명 있어서 좋아하는 것이라고 오해했다. 하지만 〈달려라 방탄〉을 보면서 그 짧은 순간에도 BTS의 멤버들을 고루 좋아하고 있는 나 자신을 마주했을 때, 비로소 저 답변을 이해했다. 짧은 한 장면이나 한순간에도 불구하고 RM에서 뷔, 다시 지민으로 옮겨 다니면서 그들의 매력을 발견하고 순간 몰입하면서 온 세상이 충만해지는 자신을 마주했기 때문이다. 즉 학생들의 답변은 단순히 잘생김을 표현하는 것 이상으로 한 장면에서 순간순간에 내가 좋아하는 최애들을 여러명 발견하는 즐거움이다. 로맨스는 남자 주인공에 모든 매력을 '몰빵'했지만, BL은 공과 수에 여러 매력을 분산시키며 다채롭고 자유롭게 감정을 몰입시킬 수 있는 것이다. BL 연구서에서는 BL을 왜 읽는지에 대한 여러 주장이 있지만, 그런 주장들보다는 오히려 학생들이 말한 "잘생긴 남자 옆의 또 다른 잘생긴 남자"를 보는 즐거움이라는 감상평이 훨씬 직관적인 답변일 것이다.

결국 BL 소비가 어느 부분에서는 아이돌을 좋아하는 심리하고도 유사하다. 한 작품이나 한 장면 속에서 공에 빠졌다가 어느 순간에는 수에게 몰입하기도 한다. 또한 공이든 수든 간에 어떤 감정을 100% 이입하기보다는 약간의 거리를 두고 관조적으로 읽는 경우도 발생한다. 일종의 남의 사랑 이야기를 보는 관람자 모드다. 제3자의 입장에서 세상에는 없는 이야기이기에 마음 편하게 관조적으로 바라볼 수 있다는 것이다. 즉 판타지라는 것을 알기 때문에 그런 감정들을 관조적으로 떨어져서 보는데, 그런 매력적인 캐릭터를 한 작품과 장면 안에서 옮겨다니면서 몰입하고 즐길 수 있다라는 매력이 바로 BL을 보는 가장 큰 즐거움이다.

BL을 왜 보는지에 대한 또 다른 이유로는 일종의 '금기된 것에 대한 해방적 상상이 주는 쾌락적 감각'이다. 헤테로 로맨스는 남주와 여주가 사랑의 과정을 여러 클리셰를 통해 겪은 후에 최종적으로 이루어진 사랑의 결실이 19금 장면이다. 그리고 대부분의 독자는 그것을 충분히 예상 가능하다. 하지만 BL은 헤테로 로맨스의 익숙함이나 뻔한 결말이 아니라 남성과 남성의 결합이라고 하는, 현실에서는 불가능한 세계가 이 판타지 세계 속에서 어디까지 가능할 것인가에 대한 호기심도 있다. 예를 들어 오메가 버스라는 세계관이 그렇다. 이 세계관은 남성이 출산하고 임신하는 세계로 완전한 판타지이며 현실에서는 불가능한 세계다.

그런데 그런 상상을 한 것은 현실에서는 갖가지 억압이 있는 여성, 특히 그 억압 중에 임신과 출산을 하는 여성의 몸이라는 생래적이고 물리적으로 벗어날 수 없는 억압에 대한 대안적 상상력이다. 또 그로 인해 만들어지는 사회가 여성에게 가하는 가부장적인 억압들도 있다. 이런 억압의 현실을 벗어나 판타지 세계 속에서 남×남의 캐릭터들에 이입시킴으로써 어떤 금기된 것의 상상력들을 통해서 느껴지는 해방의 쾌감도 있지 않을까 생각한다. (서은영)

사실 BL을 소비하는 이유에 정답은 없다. 요즘 BL 작품의 서사와 장르가 과거와 비교할 수 없을 정도로 다양해졌기 때문이다. 과거처럼 로맨스에만 집중하지 않는 작품도 많아졌고, 독자들 역시 각자의 이유로 BL

을 소비하고 있다. 이처럼 소비 이유의 스펙트럼이 넓고 다양하기 때문에 이를 하나의 답으로 설명하기는 어렵다. BL의 또 다른 중요한 특징은 탄탄한 팬덤이다. BL 팬들의 충성도는 매우 높다. 예를 들어, 검열 문제로 연재가 자유롭지 않은 중국 BL이 한국 플랫폼에 공개되면 중국, 대만, 일본 팬들이 번역기를 돌려 소비한다고 한다. 연재될 때 결제했더라도 E-Book이나 종이 단행본으로 나오면 다시 구입하고, 여러 가지 특전이 포함되기는 하지만 상당히 고가로 만들어지는 한정판에도 기꺼이 지갑을 연다. 이는 과거 BL이 동성애에 대한 터부와 함께 동인지를 통해 일부 팬들에게만 공유되거나 매우 폐쇄적인 환경에서 BL 장르의 소비와 창작이 이루어진 데서 비롯된 결속력일지도 모른다. 특히 1990년대 중반 이후 인터넷이 발달하기 시작하면서 BL은 성인 인증을 거쳐야만 접근할 수 있는 소위 '성인동'이라고 불린 온라인 사이트에서 유통되었다. 이들 사이트는 마녀사냥의 대상이 되기도 했고 그럴수록 독자와 작가들은 음지로 숨었다. 웹사이트 주소를 주기적으로 바꾸고 로그인 버튼을 숨겨 놓아 소위 홈페이지 '대문'을 알아도 사이트로 들어가기 어렵게 만들기도 했다. 회원가입도 엄격했다. 성인동에 가입하는 것부터가 상당한 난관이었다. 이러한 환경은 팬들 사이에 강한 동지애를 형성했다. 성인동에 드나들 수 있다는 것만으로 선택받은 느낌이랄까? 이러한 결속력은 팬덤과 작가, 혹은 독자와 독자 사이에서도 나타나며, BL이 점차 양지로 올라오면서 탄탄한 소비계층으로 부상하게 되었다. BL 팬덤은 소비력도 높은 편이다. 일반적인 웹툰 시장에서 100명이 1만 원씩 소비하는 구조라면, BL 시장은 10명이 10만 원씩 소비하는 구조에 더 가깝다. 이러한 팬덤의 강력

한 지지가 없었다면 BL 장르가 이렇게까지 성장하기는 어려웠을 것이다. (김소원)

잘생긴 애 옆에 잘생긴 애

BL의 팬덤적 성향 역시 아이돌 소비와 유사하다. 예를 들어 BL 소비자들 사이에는 '공엄마', '수엄마'라는 이야기가 있다. BL의 중요한 개념으로 공과 수가 있다. 그런데 BL 소비자들의 "공을 내가 키웠다."는 것은 BL 캐릭터에 자신을 엄마 내지는 양육자로 위치시키는 것이다. 이것은 아이돌 문화에서 아이돌을 육성했다는 마인드와도 흡사하다. 즉 아이돌 문화에서 회자되고 있는 일종의 임파워먼트, 내가 소비한 만큼 나에게도 권한이 있다고 생각한다. 권한을 위임받았다는 측면이 BL 소비문화에도 내재해 있고, 이런 경향이 팬덤 소비를 이끄는 측면이 강하다.

BL을 잘 모르는 사람들은 BL이 그 정도로 인기가 있나라고 생각하거나, 왜 BL 이야기를 저렇게 진지하게 할까라고 생각하시는 사람들도 있다. 특히 BL에 대한 남성들의 반응이 그렇다. 이것은 개인적으로 여대 강의를 갔을 때와 남녀 공학 강의를 갔을 때의 반응에서도 확연히 차이가 드러난다. 여대에서는 BL을 수업하거나 이야기하는 것을 스스럼없이 드러내고, 학생들이 같이 자유롭게 이야기하는 분위기다. 그런데 남녀 공학을 가면 상당히 숙연해지거나 BL 혐오의 감정을 스스럼없이 드러내는 경우도 있다. 이것은 BL이 19금 성인물이어서 나타나는 반응은 아니다. 남성간 동성애를 다루는 것 자체에 대한 혐오다. 그리고 그것을 여성들이 즐기는 것에 대한 이중의 혐오이기도 하다. 남녀가 함께 있는 공간에서 BL 이야기를 할 때, '저분은 BL 독자구나.'라는 것이 얼굴에 드러나지만 결단코 발화하지 않는 여성들은 늘 존재한다. 그것이 소프트 BL일지라도 말이다. 이처럼 BL 독자들은 자신의 소비 취향을 숨기는 쪽이 많다.

오늘날에는 BL이 공론장으로 표면화하기도 했지만, 여전히 숨어서 소비하고 있는 것도 사실이다. 그러나 BL은 수익 창출에도 크게 기여하고 있을 정도로 현재 산업에서도 상당히 중요한 콘텐츠인 것은 맞다. 그럼에도 여전히 BL 읽기를 드러내지 못하는 분위기 역시 팽배하다. 그런데 BL 소비자들은 본인들이 자발적으로 홍대 카페 같은 곳을 빌려서 BL의 캐릭터 생일 파티나 결혼식을 개최하고 서로 즐기는 문화가 오래전부터 있어 왔다. BL 캐릭터들이 현실에서 이루지 못한 사랑을 우리가 이루어 주겠다라고 하는 이벤트들을 자발적으로 연다.

이 부분은 상당히 흥미롭다. 왜냐하면 오랜 시간 동안 BL은 취향을 드러내지 못하고 혼자만 즐기는 콘텐츠였는데, 이런 이벤트를 통해 자신을 드디어 드러낼 수 있고 발화할 수 있는 장이 만들어지기 때문이다. 나와 같은 취향의 사람들을 현실에서 확인하고 거기에서부터 안심할 수 있는 장이기도 하다. 또 그 공간에서 만큼은 억압할 수밖에 없던 자신의 취향을 공감받고 인정받게 된다. 앞서 말한 것처럼 지금도 남녀 공학에서 여학생들이 BL 취향을 자유롭게 발화하지 못하는 이유는 여전히 사회적 억압이 있기 때문이다. 한편 BL의 이런 경향들은 오타쿠들의 문화적 소비와도 유사하다. 결국 이런 프로세스들이 BL을 팬덤으로 이끈다. 그런 의미에서 BL은 앞으로도 더 성행할 것이다. (서은영)

BL이 인기를 끄는 이유는 역설적으로 이 장르가 매우 확실하면서도 동시에 모호하기 때문이다. BL의 핵심은 사랑이라는 주제에 있지만, 단순히 사랑으로 귀결만 된다면 어떤 장르도 BL이 될 수 있다. 남성과 남성이 주인공이고 그들의 사랑만 있다면, 고어, 스릴러, 액션, 호러, SF, 판타지, 스포츠, 역사, 리맨물(샐러리맨 물, 주인공이 회사원인 장르) 등 다양한 장르를 포괄할 수 있고 폭력적인 상황, 피폐한 설정 모두 다 용인된다. 로맨스나 로맨스 판타지 장르에서는 도저히 용서할 수 없는 전개도 BL이라면 눈 감아 줄 수 있다. 요즘에는 전문적인 지식이 필요한 영역을 다룬 작품들도 많이 등장하고 있으며, 특정 직업군에 대한 매우 디테일한 묘사가 담긴 BL 작품도 많아지고 있다. 전체 분량도 길어지는 추세이다. BL의 범위는 상당히 넓으며, 독자가 자신의 취향에 맞는 작품을 찾기만 하면 무궁무진한 선택지가 존재한다. BL이라는 장르의 매력은 결국 남성과 남성의 사랑이라는 설정을 바탕으로 폭넓은 이야기를 담아낼 수 있다는 점에 있다. (김소원)

3

미디어믹스 레벨 업:
웹툰이 정복하는 세상

드라마 세션에서 언급된 작품 중 상당수가 웹툰을 원작으로 하고 있다. 매년 웹툰 원작의 드라마나 영화가 제작되고 있고 성공사례도 늘어나고 있다. 최근의 경향 중 하나는 웹소설과 웹툰 간의 경계가 거의 허물어지다시피 했다는 점이다. 웹소설이 웹툰화되기도 하고, 웹툰이 웹소설화 되는 경우가 점점 더 많아지고 있다. 〈살인자ㅇ난감〉, 〈정년이〉, 〈선재 업고 튀어〉, 〈내 남편과 결혼해줘〉, 〈굿 파트너〉 등 2024년에 방영되어 좋은 반응을 얻었던 이들 드라마의 공통점은 웹툰을 원작으로 하고 있다는 점이다. 이 중 〈내 남편과 결혼해줘〉는 웹소설이 웹툰화 되었고 다시 드라마로 제작된 사례다. 〈살인자ㅇ난감〉은 오랫동안 인기를 끌었던 오리지널 웹툰이며, 〈정년이〉 역시 네이버 웹툰을 원작으로 한다. 〈선재 업고 튀어〉는 원작 웹툰 〈내일의 으뜸〉이 먼저 웹소설로 만들어졌고, 이후 드라마로 제작되면서 타이틀이 변경되었다. 〈굿 파트너〉는 인스타그램에서 연재된 '인스타툰' 〈메리지 레드〉가 원작이다. 웹툰뿐 아니라 일본 만화를 원작으로 만들어진 〈기생수〉도 있다. 특히 〈굿 파트너〉는 작가가 직접 각본 작업에 참여한 사례로, 과거에 비해 미디어믹스의 다양성이 크게 확대되고 있음을 보여준다. (김소원)

꼬마비, 〈살인자ㅇ난감〉

원작 김빵, 웹툰 둥둥, 〈내일의 으뜸〉

글 최유나, 그림 김현원, 리쥬, 〈메리지레드〉　　　　　　이와아키 히토시, 〈기생수〉

　영상을 제외한 사례는 애니와 게임을 들 수 있다. 웹툰의 애니메이션화
는 2020년부터 꾸준히 이루어졌다. 초기에는 일본 제작사 주도로 〈신의
탑〉, 〈노블레스〉, 〈갓 오브 하이스쿨〉 등이 제작되었다. 이후에는 한국,
중국, 혹은 크런치롤(www.crunchyroll.com, 미국의 애니메이션스트리밍
서비스)에서 주도했다. 그러나 최근 주목할 만한 점은 일본 제작사의 관여
가 다시 시작되었다는 점이다. 2024년 초에 출시된 〈나 혼자만 레벨업〉은
소니의 자회사인 에이원픽처스(A-1 Pictures)에서 제작했고, 〈외과 의사
엘리제〉는 일본 대형 출판그룹인 카도카와에서 기획과 투자를 진행했다.
흥행에 대한 평가는 갈리지만, 이번 작품들을 계기로 애니메이션 시장에
서 가장 큰 영향력을 가진 일본의 관심이 다시 높아지기를 기대한다.

　게임화된 웹툰으로는 앞서 애니메이션화 사례로 언급된, 〈신의 탑〉, 〈노
블레스〉, 〈갓 오브 하이스쿨〉 등이 있다. 그러나 이들 작품의 게임화를 성
공사례로 보기에는 조심스럽다. 이후에 나온 웹툰 기반 게임들도 비슷한

상황이었다. 그러나 2024년 6월 출시된 넷마블의 〈나 혼자만 레벨업〉은 발표된 자료에 따르면 출시 두 달여 만에 약 1,600억 원의 매출을 기록했다. 이 게임의 성공은 지스타(G-STAR, 국제게임박람회)에서도 〈신의 탑〉 등 새로운 웹툰 기반 게임에 대한 기대감을 높이는 계기가 되었다. 당사에서도 웹툰 기반 게임에 투자를 진행하고 있다. 최근 열린 비즈마켓에서도 일부 게임사가 웹툰 기반 게임에 관심을 보이며 당사를 포함한 여러 회사와 미팅을 진행한 것으로 확인되었다. 이러한 흐름을 볼 때, 웹툰 IP의 게임화는 당분간 확대될 가능성이 크다고 생각한다. (임민혁)

넷마블, 〈신의 탑: 새로운 세계〉

애니메이션 〈외과의사 엘리제〉 메인 일러스트

넷 플레이, 게임 〈노블레스M〉　　　　　넷마블, 게임 〈나 혼 자만레벨업: ARISE〉

　웹툰의 애니화 작업은 지금과는 다른 방식이 도입되어야 한다. 〈나 혼자만 레벨업〉의 경우 웹툰 IP로 애니메이션 티저가 나왔을 때만 해도 많은 유저들이 상당한 기대를 했다. 그런데 최근에 이 애니메이션에 대해 학생들한테 물어보면 그다지 반응이 좋지 않다. 특히 한국 웹툰 IP를 애니화 했을 때 기대에 못 미친다는 반응이 많다. 이 부분이 슈퍼 IP를 지향하는 오늘날 상당한 고민 중 하나일 것이다. 왜 웹툰 IP는 애니메이션으로 각색됐을 때 기대에 미치지 못할까?

　일단 현재 콘텐츠 시장의 주 소비자인 10대부터 40대까지는 이미 일본 애니메이션에 익숙하기 때문에 애니메이션에 대한 기대치가 상당히 높아져 있는 시장이다. 특히 1020은 애니메이션 플랫폼인 '라프텔(laftel.net)'을 통해 일본 애니메이션이 상당히 친근한 세대다. 이것은 국내외 모두에 해당한다. 이미 일본 애니메이션에 익숙한 유저들이 라프텔과 같은 다양한 채널을 통해 일본 애니메이션을 다양하게 접할 수 있는 환경이다. 즉 성공한 웹툰 IP라 하더라도 이 작품이 애니메이션으로 시장에 나왔을 때는 바로 일본의 애니메이션들과 경쟁하게 되는 것이지 성공한 웹툰 IP로 바라보는 것은 아니라는 점이다. 일본 애니메이션에 익숙한 관객들에게 성공한 웹툰 IP라는 것은 별 의미가 없다. 그런데 한국 업체들은 이런 시장에서 경쟁하는 게 아니라 기존에 성공한 웹툰 IP로 경쟁하려는 경향이 있다.

애니메이션 〈더 퍼스트 슬램덩크〉

카와하라 레키, 〈소드 아트 온라인〉

무엇보다 중요한 것은 웹툰 IP 내외부가 모두 다각화되는 것이다. 예를 들어 일본 게임판타지 애니의 경우 주인공 외에 다양한 캐릭터들이 각자의 매력을 뽐내지만, 한국 게임판타지 웹툰 IP는 먼치킨이 독주하는 경우가 많다. 2023년에 〈슬램덩크〉가 흥행할 때 〈하이큐!!〉 세대들이 〈슬램덩크〉에도 열광했다. 〈슬램덩크〉는 부모 세대와 지금 1020이 함께 향유하는 슈퍼 IP가 되었다. 단발적인 화제작도 좋겠지만, 슈퍼 IP로 꽤 오랜시간 지속될 만한 작품으로 기획되어야 한다. 이를 위해서는 캐릭터성의 다각화(분산)가 추진되어야 한다. 보통 스토리텔링에서 한 캐릭터가 다른 캐릭터와 관계를 형성할 때 삼각구도를 이룬다. 이 삼각형이 여러 개

형성되면 작품 내 서사가 풍성해지고, 이 서사들이 가지를 쳐서 이야기의 확장성도 열린다.

그리고 기획 단계에서 세계관을 공유할 프로젝트도 필요하다. 라이트 노벨인 〈소드 아트 온라인〉이 20년 동안 시리즈를 내면서 애니화, 게임화가 진행되고, 스핀오프가 나오면서 20년 전 10대였던 지금의 30대와 현재 1020이 동시에 기억하는 IP로 남아 있다. 이런 사례들에 관한 연구도 필요하다.

마지막으로 일본 애니메이션들은 라이트노벨과 망가를 IP로 삼고 그 다음에 애니화 작업을 한다고 하면, 우리나라는 웹툰 IP를 가지고 애니화 작업을 하는데 이 부분에서 상당한 차이가 발생한다. 왜냐하면 망가나 라이트노벨 같은 경우는 시각화되지 않은, 특히 라이트노벨은 문자텍스트를 시각화함으로써 상상력을 증폭시키고 만족을 느끼는 것인데 반해, 웹툰은 많은 공을 들여서 뛰어난 연출력과 빠른 사이다 전개를 보여주는 완성형 슈퍼 IP가 애니화되는 경우가 많다. 웹툰의 경우 유저가 세로 스크롤을 작동하는 행위를 하면서 머리에서는 연상 작용을 통해 2D가 3D, 4D로 펼쳐진다. 이런 작동방식이기에 이미 입체화된 장면을 애니메이션으로 보는 것이 오히려 기대에 못 미친다는 반응이 나오는 것은 자연스럽다. 게다가 웹툰의 화려한 색감과 리드미컬한 연출은 이미 완성형 IP이기 때문에 더욱 그렇다. 그래서 애니화 작업의 경우에는 기획 단계에서부터 다른 방향성을 가져갈 필요가 있다. (서은영)

한국은 웹소설-웹툰-드라마로 이어지는 파이프라인이 강하게 구축되어 있다. 반면, 일본은 망가—애니메이션—굿즈로 이어지는 미디어믹스 파이프라인이 잘 형성되어 있다고 본다. 현재 단계에서는 각국이 잘하는 분야에 집중하는 것이 올바른 방향이라고 생각한다. 데이터를 보면, 웹소설이 웹툰으로 제작될 경우 평균적으로 웹소설의 트래픽이 약 14% 증가한다. 또한, 웹소설이나 웹툰이 드라마화되면, 드라마 방영 기간인 약 12주 즉, 석 달 동안 웹소설과 웹툰의 트래픽이 300%에서 400%까지 폭증한다는 결과가 있다. 이 기간 동안 매출은 대개 억대에 이르며, 이러한 현상으로 인해 웹툰 제작사나 작가들은 작품의 드라마화를 강하게 희망하고 있다. 드라마 제작사들도 드라마화를 위한 원작 발굴에 점점 정교한 노력을 기울이고 있다. 예를 들어, 오래된 작품인 〈살인자ㅇ난감〉은 성공적으로 드라마화되었다. 이처럼 카카오나 네이버 웹툰에 연재되었던 예전 작품들, 심지어 10년 혹은 20년 전에 발표된 작품들도 드라마 제작사들이 꾸준히 발굴하고 있다.

최근에는 일본이나 동남아 국가에서 어떤 웹툰이 인기를 끌고 있는지에 대한 시장 조사도 정교하게 이루어지고 있다. 이는 글로벌 OTT 플랫폼을 통해 작품을 공개할 경우, 한국뿐만 아니라 다른 나라에서도 긍정적인 반응을 얻을 수 있는 작품을 선정하기 위함이다. 드라마 제작사들은 글로벌 시장에서도 성공할 수 있는 작품을 발굴하기 위해 이러한 노력을 계속하고 있다. (강태진)

웹툰 원작 드라마 방영 일주일 후 트래픽 변화

원작명	OTT/방송사	방송시작	플랫폼	수치	방영 전(일주일 전)		방영 후(일주일 후)	
이태원 클라쓰	넷플릭스	2020.1.31	카카오페이지	구독자수	2020.1.24	667,394	2020.3.28	2,226,078
지금 우리 학교는	넷플릭스	2022.1.28	네이버시리즈	누적 조회수	2022.1.20	2,760,000	2022.2.28	4,610,000
지옥	넷플릭스	2021.11.19	네이버시리즈	누적 조회수	2021.11.2	1,300,000	2021.12.19	2,700,000
안나라 수마나라	넷플릭스	2022.5.6	네이버웹툰	4주간 조회수	2022.4.29	860,000	2022.5.22	1,010,000
모럴센스	넷플릭스	2022.2.11	네이버시리즈	누적 조회수	2022.2.3	1,890,000	2022.3.28	2,690,000
DP	넷플릭스	2021.8.27	네이버시리즈	누적 조회수	2021.8.20	200,000	2021.9.27	1,590,000
나빌레라	TVN	2021.3.22	카카오페이지	구독자수	2021.3.15	382,088	2021.5.2	1,174,214
어게인 마이라이프	SBS	2022.4.8	카카오페이지	구독자수	2021.4.2	588,067	2022.2.22	1,445,260
사내맞선	SBS	2022.2.28	카카오페이지	구독자수	2022.2.1	1,997,276	2022.4.12	2,311,047

출처: cocoda DB

* 인기작의 경우 300~400% 구독자 증가, 비인기작도 20~50% 가까이 트래픽 증가

카카오페이지 웹소설 기반 웹툰 런칭 후, 웹소설 트래픽 증가 비율

웹툰 데이터				웹소설 여부	웹소설				
작품명	시작일	에이전시	오픈 4주 후 구독자		시작일	에이전시	웹소설 시작일	오픈 2주 후 구독자	오픈 4주 후 구독자
데뷔 못 하면 죽는 병 걸림	2022.8.1	다온크리에이티브, KW BOOKS	1,231,256	TRUE	2021.1.11	KW BOOKS	566	1,530,096	2,114,622
세계관 최강자들이 내게 집착한다	2021.9.30	연담	611,151	TRUE	2019.10.24	연담	707	536,265	620,214
8클래스 마법사의 회귀	2021.7.2	KW BOOKS	601,317	TRUE	2017.310	KW BOOKS	1,575	317,131	523,356
내 남자주인공의 아내가 되었다	2021.8.31	연담	594,996	TRUE	2018.8.31	연담	1,096	422,780	516,552
시한부라서 흑막의 며느리가 되었는데	2022.1.31	연담	582,020	TRUE	2020.12.4	연담	423	574,390	657,117
내 동생 건들면 너희는 다 죽은 목숨이다	2021.7.1	C&C 레볼루션	580,289	TRUE	2019.11.24	도서출판 가하	585	417,619	466,507
비선실세 레이디	2021.10.31	필연 매니지먼트	579,158	TRUE	2020.1.25.	필연 매니지먼트	645	390,928	462,945
공녀님의 이중생활	2021.10.14	필연 매니지먼트	568,268	TRUE	2020.7.31	필연 매니지먼트	440	450,130	477,495
황제궁 옆 마로니에 농장	2022.4.30	연담	545,615	TRUE	2017.12.20	연담	1,592	577,474	676,846
빙의자를 위한 특혜	2022.3.30	연담	537,114	TRUE	2021.4.16	연담	348	446,062	521,153

출처: cocoda DB

* 웹소설 – 웹툰화 후 평균 14%, 최소 8%, 최대 64% 구독자 증가

최애로 만든 굿즈? 이건 못 참지

미디어믹스의 또 다른 측면으로 굿즈(Goods)와 관련된 부분이 있다. 굿즈는 단순한 상품 제작을 넘어 서사와 깊은 연관이 있다. 예를 들어, 〈나 혼자만 레벨업〉의 주인공 이름은 성진우로 대부분 기억할 것이다. 그러나 서브 캐릭터인 S급 헌터 '차해인'의 이름을 기억하는 사람은 상대적으로 적다. 이는 한국 웹툰이 주인공 중심의 빠른 서사 전개를 특징으로 하기 때문이다. 일본 망가의 경우, 〈슬램덩크〉, 〈하이큐!!〉, 〈드래곤 볼〉처럼 각각의 캐릭터가 뚜렷한 개성과 스토리를 갖고 있어 독자들이 많은 캐릭터를 기억하고 사랑하게 만든다. 반면, 한국 웹툰은 빠른 몰입감을 강조하기 위해 주로 주인공 중심으로 전개되는 작품이 많다. 이는 세로 스크롤 형식의 특성상 빠른 전개에 적합한 서사 구조를 취하기 때문이다. 웹툰의 경우 각각의 캐릭터들을 다 기억할 수 있고 그 캐릭터들의 서브 스토리를 만들 수 있을 정도로 캐릭터성이 확실하게 부여가 되어 있는 작품이 많지 않다.

이러한 서사 방식은 굿즈 제작에 있어 한계를 가질 수 있다. 주인공 이외의 캐릭터가 충분히 부각되지 않을 경우, 굿즈화된 상품의 매력이 낮아질 가능성이 크다. 이로 인해 최근에는 굿즈에 어울리는 캐릭터성을 강화하거나, 스토리 기획 단계에서 서브 캐릭터를 좀 더 부각시키는 방향으로 제작사들이 고민하고 있다. 굿즈 시장은 향후 더욱 성장할 가능성이 크다. 이에 따라 굿즈와 연계한 미디어믹스를 성공적으로 진행하기 위해서는 서사 전개 방식에도 변화가 필요하지 않을까 하는 논의가 제작사들 사이에서 이루어지고 있다. 어떤 방식이 정답인지는 아직 명확하지 않지만, 다양한 시도가 이어지고 있는 상황이다. (강태진)

토리야마 아키라, 〈드래곤 볼〉

후루다테 하루이치, 〈하이큐!!〉

웹툰 굿즈 팝업 시장을 요약하면 "작년 같지 않다."라는 말이 적절하다. 웹툰 팝업 시장의 시작은 2018년에 열린 〈유미의 세포들〉 팝업으로 볼 수 있다. 그러나 본격적으로 시장이 주목받기 시작한 것은 2023년에 있었던 〈슬램덩크〉와 웹툰 〈데뷔 못하면 죽는 병〉의 팝업 스토어였다. 이 두 작품의 성공적인 팝업 스토어 전개로 웹툰 팝업 시장이 활짝 열렸다.

2024년에는 매우 다양한 작품들이 팝업을 시도했으며, 팝업 장소 역시 여의도의 더 현대에서 판교 더 현대, 타임스퀘어, 롯데월드 등으로 확대되었다. 그러나 성과는 작품에 따라 큰 차이를 보인다. 일본 망가와 BL 작품의 경우, 매출 규모와 관계없이 투입 대비 효과가 높은 사례가 많았다. 반면, 일반 장르의 작품들은 수익을 확보하기 쉽지 않았던 한 해였다.

이로 인해 일부 유명 작품의 경우 방문자 수는 언급하면서도 실적에 대해서는 공개를 꺼리는 사례도 있었다.

그럼에도 불구하고, 장르적 호불호를 떠나 웹툰 굿즈 사업의 매출 규모와 수익 가능성은 어느 정도 검증되었다고 볼 수 있다. 이에 따라 2025년에는 웹툰 굿즈 사업이 더욱 다양한 형태로 전개될 것으로 예상된다. 이러한 흐름은 당분간 지속될 것으로 보인다. (임민혁)

이동건, 〈유미의 세포들〉

원작 백덕수, 그림 소흔, 각색 장진,
〈데뷔 못하면 죽는 병 걸림〉

4.

웹툰 스튜디오,
독이 든 성배일까?

웹툰 스튜디오 시스템에 대해 이야기하지 않을 수 없다. 과거에는 작가가 혼자서 글도 쓰고 그림도 그리는 방식으로 작업을 진행했지만, 요즘에는 이런 방식과는 다르게 스튜디오 회사가 참여하는 작품들이 점점 늘어나고 있다. 특히 화려한 배경과 디테일이 요구되는 판타지나 로맨스 판타지 장르에서 이러한 스튜디오 시스템이 활발하게 활용되고 있다. 웹툰 스튜디오 시스템은 작업의 효율성과 전문성을 높이는 데 기여하지만, 동시에 양산형 작품이 늘어나는 단점도 존재한다. 한 작품이 성공하면 비슷한 제목과 내용의 웹툰들이 대거 등장하는 현상이 그 예다. 이는 웹소설에서도 흔히 볼 수 있는 현상이다. 최근에는 비슷한 작품이 쏟아져 나오는 경향은 많이 줄었지만, 여전히 많은 작품이 스튜디오 체제를 통해 제작되고

있다. (김소원)

최근 많은 웹툰 유저들이 양산형에 대한 피로감을 호소하고 있다. 읽고 나면 특별히 작품의 서사나 캐릭터가 인상에 남아있지 않고, 특히 제목이 생각이 안 날 정도라서 내 서재 목록을 뒤져봐야 한다고도 말한다. 그래서 최근에 네이버나 카카오페이지 같은 대형플랫폼을 소비하지 않는다는 이야기도 가끔 들린다. 그런데 정작 네이버를 확인해 보면 양산형 작품들이 상위에 랭크되어 있다. 독자들이 양산형이 피곤하다고 이야기하면서 동시에 소비하고 있다. 왜냐면 읽으면 재미있기 때문이다. 한 번 빠지면 계속 몰입해서 보게 되는 재미가 있다. 이것을 보면 아직은 대중들의 반응이 양가적이다.

여성향 시장에서 '집착남', '리디광공'(플랫폼 리디북스에 주로 나오는 '광공'캐릭터가 밈화되어 굳혀진 용어)이 나온 지 꽤 오래됐다. 이후에 '북부대공'(북부라는 척박한 환경과 이민족, 몬스터의 위협을 이겨낸 냉혹한 강자. 때로는 스윗한 북부대공도 있다)이 나왔다가 '북부대공'의 시대를 지나 이제 '조신남'도 출현했다. 점점 다양한 남주 캐릭터들이 등장하고 있지만 여전히 대세는 '집착광공'이다. 혹시 '악녀'가 나온 지 몇 년 되었을까? 악녀는 2017년 전후쯤부터 인기를 끌면서 거의 10년 동안 소비되고 있다. 소비자들 사이에서는 악녀도 지겹다는 이야기가 나오고 있다. 코어한 소비자의 경우엔 더 이상 흥미로운 악녀가 나오지 않으니까 최근엔 일본의 '악역 영애물'까지도 섭렵하는 경우도 있다. 이런 식으로 점점 확장해서 가고 있는 것을 볼 때, 독자들은 늘 새로운 것을 원하면서 동시에 피로도의 누적을 호소하는 그런 기묘한 상태다.

그런데 산업적 측면에서도 에이전시들 역시 스튜디오 방식으로 생산해내는 양산형의 효율성이 높기 때문에 포기하기 어려운 시장이기도 하다. 스튜디오 시스템은 안정적이고 효율적인 생산과 수익 구조를 만들면서 서비스할 수 있다는 매력이 있다. 그것이 양산형 작품들이다 보니 계속 제작되고 있고, 소비되고 있다. 하지만 언제나 그랬듯이 새로운 돌파구가 생기지 않으면 이런 방식으로는 곧 한계에 봉착할 것이다. 유저들은 소비하고는 있지만 불만을 누적하고 있기 때문에 이 불만들을 이미 지표상으로도 확인할 수 있을 것이다. (서은영)

최근에는 예전보다 다소 줄었지만, 비슷한 제목의 웹툰이 너무 많아지는 문제의 심각성을 느끼는 경우가 있다. 특히 해외 플랫폼에서 자료 조사를 위해 한국 웹툰 제목을 영어 또는 일본어로 번역해 검색할 때 이러한 문제가 더욱 두드러진다. 비슷한 뉘앙스의 단어로 검색하면 유사한 제목의 작품들이 대거 검색되면서 원작의 한국어 제목이 어떤 번역으로 표시되었는지조차 불분명해지는 경우가 생긴다. 영어로 번역된 제목이 너무 비슷하거나 거의 같아서 작품을 구분하기 어려운 상황이 빈번하게 발생한다. 이런 상황은 제목 번역의 한계에서 비롯된 문제이기도 하겠지만, 그만큼 유사한 작품이 많다는 이야기이다. 스튜디오 시스템이 꼭 단점만 있는 것은 아니다. 스튜디오 시스템을 통해 탄생한 작품들이 시각적으로 상당히 화려하고 밀도도 높으며, 작가 혼자서는 구현하기 어려운 '고퀄리티'의 작품들이라는 점은 인정할 수밖에 없다. (김소원)

제작사 입장은 한마디로 "죽을 맛이다."라는 말로 요약할 수 있다. 과거에는 거의 오리지널 웹툰, 즉 스토리와 작화를 모두 한 작가가 맡아 제작하는 형태가 일반적이었다. 이후 안정적인 연재를 위해 제작사들이 작가와 PD를 채용했고, 기존에 발표된 웹소설을 원작으로 웹툰화한 '노블코믹스'가 활성화되었다. 그러나 웹소설은 다양하고 꾸준하게 출간되는 반면, 제작사들은 이미 어느 정도 흥행한 웹소설에만 관심을 가지는 경향이 있다. 이로 인해 흥행작의 웹툰화 경쟁은 더욱 치열해졌고, 제작사들은 점차 오리지널 웹툰으로 회귀하고 있는 추세이다.

'와이랩'과 '더그림 엔터테인먼트(박태준 만화회사)' 같은 제작사는 오리지널 웹툰을 통해 다양한 성공사례를 만들어왔다. 이들 제작사는 자체 아카데미를 통해 신선한 신규 작가를 발굴하고, 그들의 독창적인 설정을 활용하여 장편 스토리를 기획한다. 신규 작가가 그림 작업까지 가능한 경우 해당 작가가 작품을 완성하며, 그렇지 않을 경우에는 스토리에 적합한 그림 작가를 매칭하여 작품을 제작하고 출시하는 방식으로 운영되고 있다. 이러한 구조는 오리지널 웹툰의 성공사례를 꾸준히 만들어내는 데 기여하고 있다.

이와 더불어, 영화나 게임 등 다른 IP를 활용한 웹툰화 사례도 증가하고 있다. 게임 업계에서는 넷마블, 크래프톤, 웹젠 등이 자사의 IP를 활용한 웹툰화를 시도했으며, 영화 업계에서도 비슷한 움직임이 있다. 마동석 주연의 〈거룩한 밤〉과 곽경택 감독의 〈소방관〉은 영화 개봉을 앞두고 웹툰으로 연재를 시작했으며, 겨울 상영을 준비 중이다. 이러한 시도는 동일 IP의 생명력을 연장하고, 소통 채널을 다변화하며 독자의 저변을 확대하고 수익 모델을 확장하는 데 기여하고 있다. 원천 스토리의 다양화를 통해 콘텐츠의 포맷별로 수익화를 시도하고 성공사례가 이어진다면, 웹툰의 다양성이 점차 확대될 것으로 기대된다. 이러한 노력은 제작사들이 시장에서 새로운 기회를 발굴하고 경쟁력을 유지하는 데 중요한 역할을 할 것이다. (임민혁)

글 사이사, 그림 정한길 〈거룩한 밤: 더 제로〉

웹툰 업계에서 작가가 대부분의 작업을 맡아 진행하는 작품을 오리지 널 웹툰이라고 한다. 이런 작품에서는 스토리, 컬러링, 후반작업 등 거의 모든 과정을 작가가 담당하며, 수익 배분 비율은 작가가 90%, CP사, 즉 제작 스튜디오가 10%로 구성된다. 작가가 판권과 매출의 90%를 가져가 는 구조이다. CP사들은 과거에 이러한 작품을 주로 유통했지만, 최근에 는 이런 형태의 작품 유통이 줄어들고 있다. 대신, 많은 업체가 웹소설 원작을 활용해 스튜디오 직원을 채용하고 이를 업무상 저작물로 인정받는 구조로 제작 스튜디오를 운영하고 있다. 이러한 변화는 웹툰 제작이 점차 산업화하는 과정으로 볼 수 있다.

이런 상황은 시소처럼 한쪽으로 기울었다가, 다시 다른 쪽으로 치우쳤다가, 이제는 균형을 찾아가는 과정이라고 생각한다. 과거에는 작가들이 대부분의 저작권과 RS(Revenue Share, 수익배분)의 70~90%를 가져가는 구조였으나, 이후 노블코믹스라는 이름으로 제작 스튜디오 중심의 구조로 급격히 변화했다. 이제는 오리지널 작품도 중요하고, CP사 중심의 노블코믹스도 중요한 균형 상태가 형성되고 있다. CP사 입장에서는 이익, 리스크 관리, 의사결정 관점에서 스튜디오 제작 시스템이 상당히 유리하다. 좀 더 자세히 살펴보면,

첫째, 이익 관점에서는 저작권과 RS의 대부분을 제작 스튜디오가 소유하게 된다. 제작사가 최소 50% 이상의 RS를 가져갈 수 있는 구조다. 초기 투자 비용은 다소 높지만, 향후 기대 수익이 크다는 점에서 큰 장점을 가진다. 또한, RS에서 예상되는 수익을 바탕으로 작품에 선투자할 수 있다. 이로 인해 작품 제작 단계에서 퀄리티를 더욱 끌어올리려는 분위기가 형성되었다. 몇 년 전부터 한국 웹툰 작품들의 퀄리티가 눈에 띄게 높아진 것을 많은 이들이 인지하고 있을 것이다. 예를 들어, 로맨스 판타지(로판) 장르에서는 한 화에서 캐릭터가 옷을 세 번 갈아입을 정도로 공을 들이고 있다. 옷의 패턴, 소재, 목걸이와 같은 디테일도 매우 정교하게 표현되고 있다. 이러한 디테일을 독자들이 알아보고 댓글로 반응하는 현상이 나타나고 있으며, 이는 스튜디오 시스템으로 전환된 이후 본격적으로 나

타난 변화이다.

두 번째로, 리스크 관리 관점에서 스튜디오 시스템은 1인 작가가 제작하는 콘텐츠의 리스크를 낮출 수 있다는 장점이 있다. 현재 웹툰은 혼자서 작업하기 어려운 규모와 작업량을 요구하는 방향으로 변화하고 있다. 퀄리티가 높아지면서 이러한 경향은 더욱 심화되고 있으며, 이제는 팀으로 구성된 제작 프로세스가 필수적인 상황이 되었다. 이런 구조에서 작가 한 사람에게 콘텐츠의 모든 명운을 의지하는 경우, 개인적인 문제로 인해 제작이 중단되는 사례가 빈번하게 발생한다. 이는 제작사 입장에서 상당히 큰 위험 요소다. 이러한 문제를 해결하기 위해 작업 공정을 세분화하고 팀으로 나누어 진행하는 스튜디오 시스템이 중요한 역할을 하고 있다. 이는 콘텐츠 제작의 안정성과 연속성을 확보하는 데 크게 기여하고 있다.

세 번째로, 의사결정 관점에서는 비즈니스적 신속성이 중요한 부분이다. 과거 한 인기 작가가 애니메이션화를 제안받았으나, 원작 작가가 "샘플 애니메이션을 제작해 가져오라."는 요구를 하며 의사결정을 1년 가까이 미뤘다. 결국 해당 작품은 연재가 종료되었고, 애니메이션화도 확정되지 못했다. 이런 경우, 스튜디오가 저작권을 보유하고 있었다면 비즈니스적인 의사결정을 더 빠르게 내릴 수 있었을 것이다. 이러한 관점에서 스튜디오 제작 시스템은 의사결정의 신속성과 유연성 면에서 더 유리하다고 볼 수 있다.

또한, 스튜디오 시스템은 작업자들의 개인적 행복을 고려한 작업 환경을 제공하는 데에도 긍정적인 역할을 하고 있다. 대부분의 웹툰 제작 스튜디오는 근무 시간을 9시부터 6시까지 엄격히 준수하며, 야근이나 추가

업무를 강요하지 않는다. 근무 시간이 끝나면 모두 퇴근하는 것이 일반적이다. 학생들에게 강의할 때도, 작가로서의 삶을 10년, 20년 동안 이어가는 것도 훌륭하지만, 웹툰과 관련된 일을 하는 직장인으로서의 삶도 좋은 선택이 될 수 있다고 조언한다. 예전에는 만화를 전공한 학생들이 졸업 후 만화 관련 직업을 선택하지 않고 다른 분야로 진출하는 경우가 많았으나, 현재는 웹툰 제작 스튜디오가 많아지면서 이 분야에서 일하면서 취미 생활도 즐길 수 있는 환경이 조성되었다.

산업 규모가 커지면서 제작 스튜디오가 웹툰 업계에서 중요한 역할을 차지하게 되었고, 더 많은 인재를 채용할 수 있는 구조로 변화했다. 이러한 점에서 스튜디오 시스템은 여러 긍정적인 측면을 가지고 있다고 생각한다. (강태진)

5.

2025년 웹툰,
위기는 기회다

디바이스에 찰떡인 웹툰이 날다

2025년 웹툰 산업 전망에 대해 논의하기에 앞서 『K컬처 트렌드 2024』에서 웹툰 분야에 대해 언급한 내용들이 얼마나 현실화했는지 살펴보면, 해외에서 드라마나 영화의 원작이 아닌 오리지널 콘텐츠로 승부할 수 있는 작품들이 많이 나오길 바란다는 의견이 있었다. 최근 판타지나 로맨스 판타지 장르의 인기가 상승하면서 이러한 부분이 개선되고 있다고 본다. 다만, 슈퍼 IP라 불릴 만한 인기 작품의 필요성에 대한 아쉬움은 여전히 남아있다. 2025년에는 이러한 논의가 불필요해지길 기대한다.

또한, 플랫폼의 다양화에 대한 언급도 있었다. 한국콘텐츠진흥원에서 발간한 『2024 만화 산업 백서』에 따르면, 인스타그램을 통해 웹툰을 본다고 응답한 독자가 2023년의 13.6%에서 2024년에는 20.9%로 대폭 증가한 것으로 나타났다. 여전히 네이버 웹툰의 이용자가 가장 많지만, 웹툰 플랫폼의 다양화가 『K컬처 트렌드 2024』에서의 예상대로 더욱 진행되고 있다는 것을 보여준다. 그리고 『K컬처 트렌드 2024』에서 언급했던 내용 중 하나는 일본의 주요 출판사가 세로 스크롤 웹툰을 시도하고 있다는 점에 대한 우려였다. 일본이 세로 스크롤 웹툰 시장에 본격적으로 뛰어들면 우리가 그 시장을 지켜낼 수 있을지 꽤 걱정했지만, 몇 년은 큰 문제가 없을 것 같다.

다른 국가들과 마찬가지로 'WEBTOON'이 네이버의 등록상표라 일본 플랫폼은 웹툰이라는 표현을 쓸 수가 없다. 대신 세로로 읽는 만화라는 뜻의 다테요미 망가(縱読みマンガ)라는 표현을 사용하기도 하고 카카오의 플랫폼인 픽코마는 'SMARTOON'이라는 표현을 쓴다. 일본의 주요 출판사로 인기 만화 잡지인 『주간 소년점프』를 출간하고 있는 슈에이샤(集英社)가 다테요미망가 플랫폼인 '점프 TOON(ジャンプTOON, jumptoon.com)'을 2024년 5월 29일 런칭했다. 최근에 진행된 다테요미 망가 공모전의 수상 작품들을 확인하기 위해 발표 당일 해당 사이트를 확인했었다. 공모전의 수상작 수준을 봤을 때, 2~3년 정도는 충분히 한국 웹툰이 경쟁력을 유지할 수 있을 것이라는 결론에 이르렀다. 망가가 오랜 시간 동안 연출을 고도화하며 특유의 문법을 완성 시켰다면, 웹툰 역시 20년 동안 빠르게 발전하며 디바이스에 최적화한 연출 방법과 나름의 노하우를 만들었다. 여전히 망가의 중심은 출판 만화이고 디지털 만화는 출판 만화

와 병행하는 보조적 수단이다. 일본 웹툰 플랫폼에 오리지널 세로 스크롤 작품은 많지 않다. 따라서 대부분의 만화가 지망생은 잡지 연재를 데뷔 목표로 삼을 것이다.

그리고 개인적 바람이기도 하지만, BL 장르가 더 큰 인기를 끌 것으로 보인다. 그 이유는 바로 얼마 전인 11월 5일, KBS 단막극으로 〈사관은 논한다〉라는 제목의 드라마가 방영되었기 때문이다. 이 드라마 스페셜 단막극은 보도자료에서 "조선판 브로맨스"라는 타이틀로 홍보했다. 공중파에서 자연스럽게 '브로맨스'를 소재로 한 드라마가 방영되고, 이를 기사 제목으로 활용했다는 점은 주목할 만하다. 한국 BL은 일본 BL의 변화 단계를 몇 년의 시간차를 두고 고스란히 재현하는 특징이 있다. 일본의 경우 BL의 출판량이 증가하고 상업적으로 의미 있는 성공을 보여주는 작품이 늘어나면서 공중파 방송국에서 동성애 코드를 담은 드라마가 인기를 끌고 BL 클리셰를 그대로 활용한 드라마가 방영되기도 했다. 드라마나 영화와 같은 만화 이외의 매체에서 BL이 제작되면서 더 크고 넓은 폭으로 향유자가 늘어났다. 그리고 드라마 파트에서 언급했듯이, BL과 GL(Girl's Love) 코드를 포함한 드라마들이 제작되고 있다는 점도 BL 장르를 메인스트림으로 끌어올리는 데 기여할 가능성이 있다. 이러한 변화가 앞으로 BL 장르의 대중화에 긍정적인 영향을 미칠 것이라는 기대를 품고 있다. (김소원)

산업에 종사하는 사람으로서 희망적인 전망을 위해 노력하고 있다. 이러한 희망적인 기대의 이유는 두 가지로 나눌 수 있다.

첫째, 유통처가 계속 확대되고 있다. 일본과 미국의 사례처럼 한국에서도 유통처는 꾸준히 증가하는 추세다. 올웨이즈(올툰)나 에이블리 같은 온라인 쇼핑몰에서 비독점으로 웹툰을 서비스하는 것도 긍정적이다. 특히, 웹툰을 전문적으로 다루지 않는 비독점 서비스임에도 불구하고 성과가 나쁘지 않다는 점이 더욱 고무적이다. 또한, 다른 콘텐츠 포맷을 제공하는 플랫폼들이 웹툰 플랫폼 출시를 검토하고 있다는 소식도 전해지고 있다. 이를 통해 웹툰 시장의 성장은 앞으로도 지속될 것으로 생각한다.

둘째, 결국은 IP의 힘이라고 본다. 미국 영화사례를 보아도 크게 성공한 시리즈나 작품이 영화시장을 크게 성장시킨 것처럼, 우수한 콘텐츠는 시장 성장을 이끌 수 있다. 웹툰 시장에서도 코로나 이후 출시된 작품 중 최고 매출을 기록한 사례가 있다는 점은 웹툰 수요가 다시 전환기를 맞이하고 있음을 보여준다. 웹툰 산업 종사자들도 더 좋은 IP를 통해 시장 성장을 주도하기 위해 끊임없이 도전할 것이다. (임민혁)

다양하게 쪼개지는 취향의 소비자

웹툰은 해시태그를 통해서 자신의 매체적 정체성을 드러낸다. 해시태그는 결국 일종의 소비자들의 세분화된 취향이자 선택이다. 리디북스를 보면 그 세분화된 취향을 집대성해 서비스하고 있다. 예전에 카카오의 AI 픽이라는 서비스도 마찬가지다. 그런데 몇 년 전부터 소비자들이 인스타툰을 읽고 있다. 왜 인스타툰이 성장세를 보이고 있는지를 생각을 해보면, 다양한 것들의 일종의 다변화된 시장에 대한 요구가 있는 것이다. 그러니까 인스타툰은 거대 플랫폼의 AI 픽보다 더 다양하게 쪼개진 취향이 펼쳐져 있고, 플랫폼의 개입 없이 자유로운 소비가 가능한 것이다. 결국 플랫폼이 이 소비자들을 끌어안을 수 있을 만한 서비스가 되어야 한다. 이번 네이버를 향한 여성 소비자들의 불매운동 사례를 보더라도 다양해진 소비자의 층위와 요구를 네이버가 따라가지 못한 것으로 볼 수 있다. 시장 반응에 가장 빠르고 예민하게 대처해야 하는 플랫폼이 그러지 못한 사례다.

또 하나는 네이버 같은 경우 그나마 존재하는 다양한 소재, 장르들을 찾아 읽기 쉽지 않은 UI와 UX를 제공하고 있다. 우리가 네이버에 너무 익숙해져 버렸기도 하지만, 상위에 랭크된 작품 외에 내 취향이나 기분(감정)을 선택할 만한 작품들이 눈에 잘 띄지 않는다. 찾아보면 다양한 장르와 소재를 가진 훌륭한 작품들이 있지만, 그런 작품을 직관적으로 찾아 들어가기가 쉽지는 않다. 웹툰 시장은 이미 고도 산업화 단계를 진입했기 때문에 이 단계에서는 세분화된 취향을 담아낼 수 있는 다양화된 시장을 보여줄 필요가 있다. 또한 그런 웹툰들이 더 표면화돼서 드러날 수 있도록 제시할 필요가 있다. 2025년은 웹툰 소비에서 벗어난 소비자들이나 인스타툰으로 간 이들을 다시 끌어올 수 있는 전략을 고민할 때다. (서은영)

플랫폼 파워로 웹툰의 성장 DNA 완성

웹툰분야는 현재 플랫폼 매출이 줄어들고 제작사들이 어려움을 겪고 있다는 이야기가 있다. 이런 과정은 향후 2~3년 정도 지속될 가능성이 있다. 하지만 상위권 제작사들은 이런 어려운 시기에도 작품 수를 늘리거나 새로운 전략을 펼치는 등 적극적으로 대처하고 있다. 웹툰 산업은 2025년에도 영어권이나 다른 언어권에서 성장을 이어갈 것이다. 특히 일본 시장에서는 매출이 계속해서 증가할 것으로 보인다. BL뿐만 아니라 남성향 성인물도 일본 시장에서 상당히 선전하고 있다. 국내 주요 플랫폼들과 제작사들은 일본 관련 사업부나 팀을 별도로 운영하며 일본 시장에 판권 유통을 집중하고 있다. 이에 따른 매출 성장도 상당히 크다고 들었다. 가까운 일본 시장에서 2025년에는 작품 유통으로 인한 더 큰 매출 성장이 기대된다. 또한, 해외 업체들과의 공동 제작이나 외주 제작 사례도 더욱 많아질 것으로 예상된다.

웹툰 산업은 K-POP 엔터테인먼트 산업과 유사한 구조를 가지고 있다고 생각한다. 팬덤의 형성, RS 배분 방식, 그리고 문화적 장벽이 낮은 점에서 공통점이 있다. 특히, 웹툰은 이미지로 약 70%가 전달되기 때문에 번역할 내용이 적고, 빨간 머리, 금발, 파란 머리 같은 무국적의 캐릭터들이 등장해 어느 나라 작품인가에 대한 거부감도 적다. 중장기적으로 보면, 웹툰은 지속적으로 성장할 수밖에 없는 구조다. SM엔터테인먼트를 예로 들어보면, 2007년 매출이 약 332억 원에서 2023년에는 약 9,611억 원으로 30배 가까이 증가했다.

K-POP이 폭발적인 성장을 이룩했지만, 웹툰의 경우 플랫폼을 우리가 보유하고 있는 구조로, 전 세계에 진출해 있다는 점에서 향후 10~20년 동안 현재보다 최소 10배 이상의 매출 성장이 가능할 것으로 본다. 이미 웹툰 인프라는 잘 갖춰져 있고, 매년 좋은 콘텐츠가 꾸준히 나오고 있기 때문에 중장기적으로 좋은 결과를 기대할 수 있다. 지금은 적자를 기록하는 업체들도 많지만, 수익성을 개선하기 위한 노력을 계속하다 보면 특정 시점에 흑자로 전환될 것이다. 콘텐츠 산업의 특성상 한 번 흑자로 전환되면 지속 가능성이 커진다. 따라서 웹툰 산업의 중장기적 미래는 매우 밝다고 생각한다. (강태진)

■ 웹툰 산업 매출 10년 안에 10배 이상으로 성장 <웹툰 산업 규모 추정>
- 언어적 장벽이 큰 문제가 되지 않는 현 상황
- 온라인 생산과 소비가 가능한 완벽한 언택트 비즈니스
- 글로벌 진출의 가속화

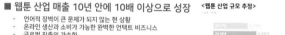

■ 엔터산업의 예: SM 엔터테인먼트

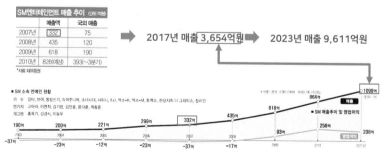

SM엔터테인먼트 2007년 vs 2023년 매출 비교. 출처: 대우증권

6

2024년 웹툰 MVP:
〈정년이〉 - 웹툰에는 있고 드라마에는 없는 것

2024년 MVP로 선정된 작품은 웹툰 〈정년이〉이다. 이 작품이 선정된 이유는 여성 국극이라는 참신한 소재를 다뤘다는 점과 여성 서사의 새로운 장을 열었다는 점 때문이다. 또한, 드라마에서 다루지 못한 이야기들을 원작 웹툰에서는 세련된 그림체로 풀어냈다. 무엇보다 GL 장르를 과감히 시도했다는 점에서 높은 평가를 받았다. 드라마에서 원작의 주요 인물인 '권부용' 캐릭터를 제외해버리면서 정년이와 권부용의 GL 서사가 증발된 부분은 너무나 아쉽다. 원작에서 정년이의 성장 서사에 큰 영향을 주는 인물인 권부용이 사라지면서 드라마가 정년과 영서의 대결 구도에만 집중하다 보니 서사가 얇아진 느낌이 있다. 권부용이 사라지니 〈유리 가면〉(일본 소녀만화로 연극 주인공 역할을 맡기 위한 두 소녀의 치열한 대결을 그렸다)이 되어버린 느낌이랄까. GL 요소를 삭제한 것은 처음 드라마화를 기획하는 단계에서 공중파 방영을 염두에 두었기 때문일지도 모른다. 원작 웹툰에서 묘사된 국극의 디테일한 표현은 드라마에서 소리가 입혀지면서 더할 나위 없이 잘 살아났다. 원작 팬들도 대단히 만족했을 것이다. 당연한 이야기이지만, 드라마 〈정년이〉는 원작 웹툰 〈정년이〉가 없었다면 나오지 않았을 작품이다. 좋은 드라마의 기반이 된 원작으로서, 웹툰의 장점을 잘 살린 작품으로 2024년 MVP로 선정했다. (김소원)

글 서이레, 그림 나몬, 〈정년이〉

7.

더 이야기할 거리

결국 AI 웹툰 작가가 등장할 것인가?

질문. 웹툰이라는 전문화된 영역에서 AI 작업이 미치는 영향에 대해 알고싶다. AI 기술은 스튜디오 체제의 작업팀 규모를 줄이거나 창작자들의 도전 장벽을 낮추는 긍정적인 면이 있다. 그러나 동시에 저작권 경계가 모호해지는 문제나 양산형 작품 증가와 같은 부정적인 영향도 우려된다. AI 기술과 같은 작업 방식이 웹툰 산업에 긍정적인 변화를 가져올 것일까, 아니면 부정적인 영향을 미칠 것일까?

AI에 대한 언급은 조심스러운 부분이다. 하지만 시대의 변화에 따라 우리의 의지와 상관없이 AI가 점차 스며들게 될 것이라고 생각한다. 이는 마치 과거 연필로 그림을 그리던 시대를 지나 펜, 패드, 마우스를 사용하는 도구의 변화처럼 자연스러운 흐름이다. 지금은 아무도 연필로 웹툰을 그리지 않듯이, AI도 멀지 않은 미래에는 우리가 웹툰 제작 툴인 '클립스튜디오'를 바라보는 시각으로 받아들여질 가능성이 크다.

그럼에도 불구하고 현재 웹툰 업계에서는 AI에 대한 논의가 조심스럽다. 이는 2023년에 AI를 적용한 웹툰에 대해 독자들이 보였던 부정적인 반응이 주요 이유라고 생각한다. AI를 사용한 작품이 기존 작품과 비교해 진정성을 의심받거나 거부감을 불러일으킨 사례가 있었기 때문이다.

하지만 AI 활용에 대한 시도는 이미 다양한 방식으로 이루어지고 있다. 최근 사례를 보면, 주요 캐릭터를 활용한 일러스트나 굿즈 디자인에 AI를 사용하는 경우가 확인되었으며, 원고 보정 작업에도 AI를 활용하는 사례가 있다. 이는 작가들의 작업 시간을 효율화하고, 작업 퀄리티를 높이는 데 기여할 수 있는 가능성을 보여준다.

AI 적용은 Chat GPT 출시처럼 어떤 특정 사례를 기준으로 터닝포인트가 생긴다기보다 시간이 흐르면서 자연스럽게 작가와 독자들에게 스며들게 될 것이다. 어느 순간에는 AI가 단순한 저작 도구가 아니라, 더 좋은 작품을 만들어내는 데 필요한 효율적인 도구로 인식될 것이다. 이러한 변화는 궁극적으로 좋은 작품 제작에 더 많은 시간을 할애할 수 있는 환경을 제공하게 될 것이다. AI가 작가들의 창의성을 보조하고 작품의 질을 높이는 방향으로 자리 잡게 될 시점이 머지않았다고 생각한다. (임민혁)

일본에서는 2020년 첫 번째 "데즈카 오사무 프로젝트"가 있었고, 2023년에 두 번째 "데즈카 오사무 프로젝트"를 진행했다. 이미지 생성형 AI로 데즈카 오사무의 작품을 새롭게 창작한다는 취지였다. 그리고 첫 번째 창작품이 〈파이돈(ぱいどん)〉이었고, 이것을 잡지에 게재했다. 그때 참여했던 이들의 2021년도 인터뷰 기사를 읽어보면 AI에 대해 아직은 인간의 영역이 남아있다. 그래서 창작에서 AI는 인간의 훌륭한 도구가 될 것이라고 정리를 했다. 그때 기사에는 AI의 전망에 대한 약간의 부정적인 뉘앙스, 인간의 안도를 읽을 수 있었다. 그런데 2023년 프로젝트 관련 기사는 논조가 확 바뀌었다. 이제 AI는 어쩔 수 없는 시대의 산물이고 받아들일 수밖에 없다는 다소 긍정적인 반응이었다.

얼마 전 네이버에 연재 중인 〈신과 함께 돌아온 기사왕님〉이라는 작품이 있다. 그때 독자들의 반응을 보면 거부감이 상당히 심하다. 하지만 이것도 Chat GPT에 대한 2023년의 반응을 떠올려 보면 앞으로를 예상할 수 있을 것이다. 우리 사회에 Chat GPT에 관한 반응이 쏟아져 나온 게 2023년 초다. 그때 대부분의 비평가들과 언론에서는 여전히 창작은 인간의 영역으로 남아 있다고 주장했다. 대중들도 Chat GPT를 사용해보고 여러 오류를 지적하면서 안도했었다. 그런데 그 뒤, 불과 6개월 만에 이런 분위기가 확 반전됐다. 인간들이 AI의 발전 속도가 너무 빠르다는 것을 실감했다. 그때의 기억을 상기해보면 지금은 AI에 대한 반감이 있다고 하더라도 이것 역시 조만간은 사라지거나, 적어도 그것이 AI인지 모른 채 지나갈 것이다.

또한 AI의 특징 중 하나가 구조적으로 표준화된 것들의 모듈화다. 저작권 부분은 중요하지만 복잡하고 아직 우리 사회에서 논의되지도 않았기 때문에 우선 이 이야기는 차치하자. 이야기의 생산이 무한 증식되는 것이 AI 특징인데 그런 증식된 것들을 어떻게 변주하느냐에 따라서 이야기의 세계가 무한하게 펼쳐질 수 있다. 앞서 웹툰의 해시태그를 어떻게 조합하느냐에 따라서 이야기 세계가 완전히 달라질 수 있다고 이야기했다. 이 부분에서 인간은 AI의 도움을 받기 수월해진 환경이다. 결국 AI가 인간의 능력보다 더 빠르게 좋은 결과물을 제공할 수 있는 세계가 도래할 것이다. 그래서 현재 스토리 쪽에서는 AI의 영역이 상당히 도움을 많이 받을 수 있고 이미지보다는 오류가 적다는 측면에서 이미 많은 작가들이 도움을 받고 있을지도 모른다. 그것을 어떻게 가려낼 수 있는가는 어려운 문제다. (서은영)

AI 활용에 관한 문제는 『K컬처 트렌드 2024』 웹툰 세션의 가장 중요한 주제로 다뤘던 문제였다. 결국 웹툰 창작에 AI의 활용은 막을 수 없을 것이다. 웹툰 배경에 작가들이 3D 모델링 프로그램인 '스케치업'을 처음 사용할 당시 독자들의 반발이 꽤 있었다. 지금은 만화를 전공하는 학부생들도 스케치업을 아주 자연스럽게 사용하고 소스를 구입해서 과제에 활용한다. AI는 사실 이미 다양하게 활용되고 있다. 창작 분야의 AI 활용은 더 이상 막을 수 없는 대세이다. 기술 발전에 앞서 저작권과 활용의 범위를 정해야 하고 관련 법에는 창작자, 소비자, 플랫폼, 제작업체 모두의 의견이 최대한 조율되어야 할 것이다. (김소원)

그녀들이 남성 동성애에 탐닉하는 이유

김소원

'Boys' Love'라는 오묘한 이름

'BL'은 Boys' Love의 약자로 1970년대 일본의 '소년애' 만화에서 발아한 남성 동성애 장르로 정의할 수 있다. '소년애' 즉, '소년들의 사랑'을 영어로 표기한 BL이라는 용어는 1990년대 일본에서 전문잡지가 등장한 후 본격적으로 사용되었다. 종종 동일한 개념으로 오해받는 '소년애'와 '야오이(やおい)', 'BL'은 남성들의 동성애를 그리는 여성 수용자를 위한 장르라는 점은 같지만, 조금씩 그 결이 다르다. '소년애'는 동성애 코드를 담고 있는 소녀만화이고 '야오이'는 남성 동성애를 그린 동인지를, BL은 남성 동성애

를 그린 상업 장르를 말한다. 물론 BL 장르는 퀴어물과도 구분된다.

북미에도 여성을 대상으로 특화된 남성 동성애 서사물이 존재하고 프랑스어와 독일어 등 서구권 언어로 서비스하는 웹툰 플랫폼에서도 BL은 주요 장르로 소비되고 있다. 여성들이 창작하고 소비하는 남성 동성애 서사물로 영어권 국가, 특히 북미지역에는 '슬래시(slash, 커플이 되는 남성과 남성 이름 사이에 / 기호를 넣은 것에서 유래)' 장르가 있다. 슬래시는 주로 유명 소설이나 영화, 드라마의 팬픽 형태로 창작되고 소비된다. 일본이나 중국의 BL 만화나 소설이 영어 등 서구권 언어로 번역·출간되고 있어 BL은 세계적으로도 보편적인 장르이다.

BL 장르에는 몇 가지 전제조건이 있다. 첫 번째, 창작자 대부분이 여성이고 주요 수용자(소비자)도 여성이다. 그리고 이들 작품은 로맨스 플롯을 중심으로 하며 시각적 표현도 로맨스 장르의 전형을 보여준다. 두 번째는 BL 특유의 세계관이 작품 속에 존재한다는 점이다. BL의 기본 개념의 하나는 공(攻)과 수(受)의 존재인데 공은 섹스시 삽입을, 수는 그 반대 역할을 하며 공수가 작품 속에서 전환되는 경우는 매우 드물다. 공수 전환이 일어나는 경우 #리버스(reversible, 공수의 포지션이 바뀌는 장면이 존재하는 작품)로 작품 키워드를 표기한다. 리버스는 호불호가 명확하고 매우 마이너한 장르이다. BL에는 다양한 하위 장르가 있는데 미국 드라마 〈스타트랙〉 팬픽에서 시작된 '오메가버스'는 임신·출산이 가능한 '오메가', 임신하게 할 수 있는 '알파', 기존의 남녀 성별의 '베타'로 인류를 나눈다. 즉, 남성 오메가의 임신과 출산이 가능한 세계관도 존재하는 것이다. 이처럼 BL 장르에서 그려지는 사회는 동성애가 당연하거나 문제가 되지 않는, 혹은 무리 없이 용인되는 사회이다. 일부 작품에서 성 소수자에 대한 사회적 편견에 대한 묘사나 성지향성에 대한 고민이 그려지기는 하지만 이는 주인공들의 사랑의 장벽 정도로 그려질 뿐 심각하거나 현실적으로는 묘사되지는 않는다.

BL 독자들은 작품 속에서 그려지는 남성과 남성의 애정 관계를 이성애와 다른 것으로 생각하지 않는다. 적어도 BL 작품 속에서는 남성들 사이의 사랑이 상식적이고 자연스럽다. BL은 퀴어물과도 다르고 로맨스물과도 그 결이 분명 다르다. 무엇보다 이들 작품을 수용하고 소비하는 독자들이 작품 속에서 묘사된 세계를 이해하는 방식은 보통의 사회적 통념과 매우 다르다.

여성들이 남성 동성애에 탐닉하는 이유

BL 장르를 논할 때 항상 제기되는 질문이지만 만족스러운 답을 얻기 어려운 질문이 이것이다. 대다수 이성애자인 여성들이 왜 남성 동성애에 탐닉하는 것인가? BL의 존재 이유를 설명하기 위해 여성 독자들이 BL 장르를 통해 얻고자 하는 것이 무엇이며 왜 BL을 소비하는지를 규명해야 할 것이다. 남성 동성애 로맨스를 여성들이 소비하는 이유는 다섯 가지로 압축할 수 있다. 첫 번째는 가부장적인 위계질서에 대한 도전, 두 번째는 기존 로맨스물에서는 얻을 수 없는 재미, 세 번째는 BL이 여성들을 위한 포르노그래피로 기능한다는 주장이다. 네 번째는 두 주인공 모두에게 감정이입을 취사선택할 수 있다는 장점, 그리고 다섯 번째는 새로운 누군가로 변신하고자 하는 욕구를 들 수 있다.

(1) 가부장적 위계질서에의 도전

여성 독자들이 BL을 소비하는 이유로 기존의 가부장적 위계질서에 대한 도전이라는 의견이 있다. 남성 동성애 만화는 이성애 기반의 가부장제가 여성에게 부과하는 의무로부터의 탈출구이자 심리적 도피처라는 것이다. 시대가 변화하면서 가부장적 분위기는 과거보다 약해졌지만, BL은 여전히 독자들에게 사랑받고 있고 오히려 대중적으로 영역을 확장하고 있다.

(2) 로맨스의 새로운 변주

많은 연구에서 로맨스를 포함해 전통적인 서사물에 공감할 수 없는 여성 독자들이 새로운 형태의 로맨스를 필요로했고 그 결과 등장한 것이 남성 동성애 장르라고 주장한다. 여성이 수동적인 인물로 묘사되거나 서사의 주변부로 밀려나 있는 것에 만족하지 못한 독자들이 남/녀의 차별적 구도가 원초적으로 존재하지 않는 판타지적 로맨스 세계관을 만들어냈다고 할 수 있다.

대중문화 속의 여성상은 최근 몇 년 사이에 크게 변화했다. 그러나 전통적인 이성 로맨스물은 남성과 여성이라는 이분법적 사고와 어느 한쪽이 우위에 있는 불균형에서 벗어나기 어렵다. 그러나 남성과 남성 사이에는 한쪽이 더 강하거나 능력이 출중할 수 있지만, 그것이 극복할 수 없는 차이를 안고 있지는 않다. 같은 성별의 서로 다름은 대중매체 혹은 사회에서 여성과 남성에게 씌워 놓은 차이와는 본질적으로 다르다. BL 독자들은 기존 로맨스 서사에 고착된 남녀의 성 역할에 대한 도전을 통해서도 쾌감을 얻는다.

(3) 여성들의 포르노그래피

BL이 여성들을 위한 포르노그래피로 존재한다는 주장이 있다. 실제로 BL 상당수가 '19금'이기도 하다. 많은 사회가 여성의 성적 욕망에 대해 보수적인 태도를 보인다. 남성의 섹슈얼리티에 대해서는 능동적이고 공격적인 것으로 판단하지만, 여성의 섹슈얼리티는 수동적으로 평가한다. 이러한 이중 잣대는 여성과 남성의 섹슈얼리티를 서로 다른 것으로 정의하며 근본적인 불평등을 담게 된다. 여성의 섹슈얼리티를 존재하지 않는 것으로 보아왔던, 정확히는 알려고 하지 않았던 사회에서 포르노그래피는 오직 남성들을 위해 존재했다. 이성애 남성의 성적 판타지를 충족시키는 포르노그래피에 여성들은 공감할 수 없었다. 남성과 여성의 성적 판타지가 서로 다르다는 것은 연구로 입증된 사실이다. 남성들이 포르노그래피를 통해 성적 공상을 즐긴다면 여성들은 주로 로맨스 소설을 통해 성적 공상을 즐기며 여성들의 성 판타지에는 구체적인 스토리가 존재한다는 것도 특징이다. BL 장르는 19금이라고 해도 대부분 기—승—전—결의 분명한 서사를 가지고 있고 주인공들을 매우 아름답고 매력적으로 묘사한다.

BL 장르의 과도하고 때로는 폭력적인 성애묘사에 대해 BL 독자들은 편리한 취사선택을 한다. BL은 남성들의 이야기이기 때문에 여성 독자들은 등장 인물에게 가해지는 폭력을 자신의 이야기로 치환하지 않으며 철저하게 타인의 이야기로 관조하면서 즐긴다. BL은 때로는 과도한 성 묘사를 포함하기도 하고 여성을 대상으로 하는 장르에서는 보기 힘든 폭력적인 성관계나 강간 장면이 있는 경우도 많다. 그러나 이러한 과도한 성애장면도 결국은 사랑으로 귀결되는 특징이 있다.

(4) 감정이입의 취사선택

BL에는 남자 주인공이 최소한 두 명 등장한다. 공/수로 역할을 분담한 이들은 대개 서로 다른 성격으로 그려지며 직접적인 성묘사가 없어도 독자들은 공수를 분명하게 구분할 수 있다. 캐릭터가 가진 매력도 색을 달리한다. 기본적으로 아름답거나 멋진 외모로 묘사되는 것이 절대 법칙이지만 공수의 외모, 성격, 직업, 환경, 나이 등 많은 부분은 서로 다르거나 상반된 경우가 많다. 서로 다른 개성은 이들의 로맨스에 긴장감과 위기를 만들어내지만, 한편으로는 독자들이 취사선택할 수 있는 두 배의 매력으로 작용하기도 한다. BL의 두 주인공은 결함을 상호보완하며 이야기를 만들어간다. 독자들은 장면에 따라 상황에 따라 자유롭게 감정이입의 대상을 바꿔가며 이야기를 즐길 수 있다. 잘생긴 애 옆에 잘생긴 애, 1+1의 상황을 마다할 이유가 없다.

(5) 변신 욕구와 다중 아이덴티티

애니메이션, 특수촬영물, 만화 등의 서브컬처에서 자신의 본 모습을 감추고 역할을 바꾸어 활약하는 이른바 '변신물'의 대상이 소년인가 소녀인가에 따라 서로 다른 양상을 보인다. 소년을 대상으로 하는 변신 히어로는 기본적으로 단일한 아이덴티티를 갖는다. 그러나 여자아이들을 대상으로 하는 이른바 '변신 공주' 애니메이션은 대개 여러 모습으로 변신한다. 사건을 해결하는 데 필요한 모습으로 변신하고 최종적인 변신 형태에 맞는 아이덴티티를 갖는다.

우치다 토모유키(打田素之)는 자신의 논문 「BL 장르의 근본 문제: 어째서 남성 동성애인가? −변신 희망과 대상 관계론의 시점으로부터−(BL ジャンルの根本問題: なぜ、男性同性愛なのか？-変身願望と対象関係論の視点から-)」에서 수십 년 동안 많은 만화와 애니메이션에서 변신하는 소녀 주인공의 활약을 응원했던 소녀들과 여성 독자들은 작품 속 주인공의 정체성 변화에 매우 익숙하다고 주장한다. BL 독자들은 변신 소녀 애니메이션을 감상할 때와 마찬가지로 감정이입 대상을 자유롭게 바꾸며 작품을 즐기는 것이다.

BL 독자들은 기존 로맨스를 통해 충족할 수 없는 빈틈을 BL을 통해 채운다. 그녀들은 BL을 적극적으로 즐기되 어디까지나 관찰자의 입장에서 받아들이며 작중 인물들과 자신을 철저하게 분리하는 이중적 태도를 취한다. 이는 BL이 가지고 있는 '남성 동성애'라는 특징에 기인한다. BL 독자는 남성 주인공들에 대해 강한 애착을 가지는 동시에 여성인 자신과 선을 긋고 상황에 따라서는 감정이입도 하지 않는다. BL이라는 이름으로 독자들은 남성들의 사랑으로 치환된 사회적 터부와 모순에 도전한다. BL은 독자들의 다양한 요구와 사회적 터부의 타파를 매력적이고 잘생긴—혹은 아름다운—남성들의 사랑을 통해 풀어낸 결과물이다.

이 저서는 아모레퍼시픽재단의 지원을 받아 수행되었음
이 저서는 2021년 대한민국 교육부와 한국학중앙연구원(한국학진흥사업단)을 통해
K학술확산연구소사업의 지원을 받아 수행된 연구임(AKS-2021-KDA-1250004)